Antar Pradeep
Der tiefe See

DER TIEFE SEE

Antar Pradeep

Swami Prem Jayant Verlag

Die Deutsche Bibliothek - CIP Eintrag

Pradeep, Antar: Der tiefe See /
Antar Pradeep. - Erfelden a. Rh. :
Swami-Prem-Jayant-Verl., 2000
ISBN 3-00-006418-4

2000
ISBN 3-00-006418-4

Satz und Layout: Swami Prem Jayant Verlag,
Umschlagbild: Rena Lévano Casas
Printed in Germany
Herstellung: Libri Books on Demand

Vorwort

Stelle Dir vor, Du bist ein Wesen, das zwischen den Welten wandern kann, ein Wesen, das seine Träume genauso bewußt erlebt wie seine Realität hier auf der Erde. Ein Wesen, das Zeit und Raum als das erkennt, was es ist, nämlich als relativ; relativ zu der Position des Betrachters. Dann würdest Du Dich in einer ganz neuen Perspektive wiederfinden, Dich in einem ganz neuen Kontext erleben, und die Möglichkeiten Deines Seins vollständig erfahren können. Du würdest Dein jetziges Bewußtsein übersteigen zu Gunsten einer ganzheitlichen Betrachtung, einer Bewußtwerdung der Zusammenhänge von Existenz und den Zusammenhängen von Energien und Kräften zwischen Deinem Sein hier auf der Erde und Deinen gleichzeitigen Manifestationen in den jenseitigen Welten der Träume und Visionen, der Ideen, Ideale, Wünsche und Hoffnungen.

Die nachfolgende Geschichte erzählt von den Möglichkeiten dieser ganzheitlichen Wahrnehmung und den Zusammenhängen zwischen „Diesseits“ und „Jenseits“, zwischen Traumwelten und dem, was wir die Realität zu nennen pflegen. Und vielleicht erkennst Du Dich wieder in dieser Erzählung, in diesem Wandern zwischen den Welten und findest Deinen Weg, auf den verschiedenen Ebenen der Welten zu sein, um sie fruchtbar und fördernd miteinander zu vereinen.

„Wir sind aus solchem Stoff, aus dem die Träume sind.“
(Der Sturm, William Shakespeare)

Kapitel 1

Ich war nur zu Besuch hier. Ein Durchreisender auf dem Weg von einer Verlorenheit in die Nächste. Ein Mensch, für den es keine Selbstverständlichkeit war, daß er beim Gehen die Erde mit den Füßen berührte.

Ein Wunder, daß ich mich hier überhaupt zurechtfand, meine täglichen Aufgaben erledigen konnte und auf irgendeine Weise mit meinen Menschen in Kontakt war. Kontakt war mir wichtig. Irgendwie band mich der Kontakt mit Menschen ein klein wenig mehr an diese Erde, die mir ansonsten doch sehr fremd war. Und fremd waren mir im Grunde auch die Menschen, die mich umgaben. Was sie so dachten, was sie taten, oder unterließen zu tun; ich konnte es nie ganz nachvollziehen, irgendwie war es anders, unnötig kompliziert und im Grunde sehr unlogisch, auch wenn sich alle stets bemühten, ihrem Tun eine scheinbar nachvollziehbare Begründung zu verleihen; eine Geschichte, die es ihnen erlaubte, so zu denken und so zu handeln wie sie es ohnehin letztlich tun mußten. Nur daß sie ihrem aus der Tiefe ihres Herzens hervorkommenden Willen eine kausale Verbindung zur Welt verleihen wollten. Und so erfanden sie Geschichten und Dramen, die am Ende zu nichts anderem führten, als daß ihr Dasein sich nur noch mehr verkomplizierte und am Ende noch undurchsichtiger erschien, als es ohnehin schon war.

Da war z.B. meine Nachbarin Sarah, eine bildschöne Frau, Mitte 20, groß, schlank, lange blonde Haare, die ihr ein engelhaftes Wesen verliehen und tiefe blaue Augen, die etwas Verträumtes und gleichzeitig Hypnotisches ausstrahlten.

Sie war in einem großen Immobilienbüro in der Stadt beschäftigt, liebte gutes Essen, Theaterbesuche und Joggen, und sie liebte vor allem Männer jeglicher Art. Sie konnte keinen Tag ohne Verabredung ertragen, und treu sein konnte sie auch nicht. Ihr Terminkalender sah ein klein wenig so aus wie die Anmeldeliste des besten Herrenfriseurs der Stadt, und vor lauter sich überkreuzender Bettgeschichten verwechselte sie nicht nur permanent die Wochentage, sondern auch die Namen ihrer Verehrer und Liebhaber. Das führte dann zu recht netten Komplikationen. Sie war z. B. einmal mit Frank verabredet, glaubte aber Tom zu erwarten, der plötzlich und unerwartet auch in ihrem Appartement erschien und Frank, dem eigentlich der Abend reserviert war, erhielt dann bei seinem Erscheinen einen recht deftigen Rüffel von ihr, warum er denn unangemeldet in ihre Verabredung hineinplatze. Frank verstand an diesem Tag die Welt nicht mehr, und Tom fühlte sich geschmeichelt. Dabei basierte doch alles nur auf einem großen Irrtum.

Natürlich hatte Sarah für ihren Umgang mit Männern eine Geschichte parat, eine Erklärung, die bei oberflächlichem Hinsehen durchaus nachvollziehbar klang, bei näherer Betrachtung sich aber nur als die Rechtfertigung einer Verhaltensweise entpuppte, die ihr selbst völlig unerklärlich war. Da war ihr Ex-Freund Paul, dem sie vier Jahre lang treu und ergeben war wie ein Schoßhund. Irgendwann hatte sie dann herausgefunden, daß Paul noch drei andere Beziehungen parallel laufen hatte. Für Katy hatte er Montag und Dienstag reserviert, Anne besuchte er mittwochs und der Donnerstag wechselte zwischen Eileen und Sarah hin und her. Die Wochenenden waren dagegen ausschließlich Sarah vorbehalten. Sie war also sozusagen seine Favoritin. Das tröstete sie allerdings nur wenig. Sie warf ihn nach einer heftigen Auseinandersetzung hinaus und beschloß, es ihm künftig nachzumachen und es der Männerwelt heimzuzahlen.

Soweit Sarahs Erklärung, wenn man nach dem Grund ihrer Promiskuität fragte. Nun erscheint diese Geschichte beim oberflächlichen Hinsehen - wie bereits gesagt - durchaus plausibel, wie sich die Menschen gerne höchst plausible Geschichten für ihre Begründungen wählen, vielleicht um einfach zu vielem Nachfragen vorzubeugen. Aber bei näherem Hinsehen stellen sich mir doch mehr Fragen als die Erklärung an Antworten zu bieten hat. Da ist zuerst die Frage, weshalb Sarah Paul einfach aufgegeben hat. Ich meine, sie hat ihn doch sehr geliebt und sich auch immer wieder über den Verlust ihres Pauls bei mir ausgeweint. Aber warum hat sie dann nicht um ihn gekämpft, wenn sie ihn doch so liebte, wie sie sagt? Weshalb hat sie nicht versucht ihn für sich allein zu erobern, wenn sie ihn schon nicht mit Katy, Anne und Eileen teilen mochte? Warum hat sie ihn einfach nur rausgeschmissen? Jetzt haben ihn die drei anderen für sich allein und ein verdammt gutaussehender Mann war er ja schon, dieser Paul. Und wenn sie ihn sich schon nicht für sich allein geangelt hat, warum sucht Sarah dann nicht einen anderen gutaussehenden Mann, der mit nur einer Frau zufrieden sein kann und bereit ist, das Leben mit Sarah allein zu teilen? Warum spielt sie die Rachegöttin, verdreht den Männern erst den Kopf und läßt sie dann einfach abblitzen? Glücklich ist sie dabei ebensowenig wie mit ihrem Paul, wie sie mir immer wieder versichert; aber was soll sie sonst machen? Sie könnte es ja mal mit einer Frau versuchen, habe ich ihr geraten, aber das kam auch nicht so gut an.

Aber was war es dann, was Sarah zwang genau ihren Weg zu gehen nun ihrerseits die Männer unglücklich zu machen, weil sie zuvor von einem Mann unglücklich gemacht worden ist?
Und was taugten alle klugen Begründungen der Menschenkinder, wenn sie im Grunde ihres Herzens ohnehin nicht anders konnten, auf eine Sache oder eine Verhaltensweise festgelegt waren oder besser gesagt, nur scheinbar in freier Überzeugung ihre Wahl zu treffen pflegten? Was hielt sie fest, daß sie nur konnten, wie sie konnten, daß bei ernsthaftem Hinsehen eine freie Wahl dann doch nicht stattfand?

Kein Mensch konnte mir diese Antworten geben. Alle zuckten mit den Achseln, wenn man mit seinen Fragen wirklich tiefer ging und mit etwas Pech wurden sie sogar ärgerlich, wenn man die Begründungen ihrer Geschichten wirklich hinterfragte.

Da war David, ein Mann, dem das Glück auf der Stirn geschrieben stand. Er sah blendend aus, war wortgewandt und als Börsenmakler mehr als erfolgreich. Wir trafen uns für gewöhnlich einmal in der Woche zum Joggen und ab und zu auf ein Bier. Das schien ein recht oberflächlicher Kontakt zu sein, aber es war die Art von Beziehungen, die David immer pflegte. Nur nicht verpflichten, nur nicht zu eng mit jemanden zusammen sein. Sein Motto lautete: „ Geld ist alles auf der Welt - ohne Geld bist du ein Nichts. Alles, auch zwischenmenschliche Beziehungen werden getragen vom Geld. Bist du erst arm, laufen dir die Freunde von alleine weg." Und so kreisten natürlich alle seine Gedanken um das Eine und all seine Handlungen waren ausgerichtet auf nichts anderes als auf das Ziel, sein Geld möglichst noch um ein Vielfaches zu vermehren. Den Börsenplan hatte er auswendig im Kopf. Häuser und Grundstücke beurteilte er rein nach dem Verkehrswert. Auch seine Kleidung wählte er weniger nach ästhetischen Gründen aus als nach Auffälligkeit und Markennamen. Jeder mußte sehen können, was es gekostet hatte. Natürlich wählte er auch seine Freunde und Bekannten nach diesem Prinzip aus. Nur diejenigen waren interessant, die Kontakte und Beziehungen hatten oder die selbst wirtschaftlich für ein gutes Geschäft in Frage kamen. Ich schätze wohl, daß er täglich wenigstens einen Tausender an Gewinn machte. Wenigstens! Bei einer guten Immobilientransaktion war der Gewinn sicherlich noch höher. Daß er überhaupt mit mir joggen ging, lag wohl weniger an meiner wirtschaftlichen Lage und noch weniger an meinen sportlichen Fähigkeiten, als vielmehr daran, daß er sich bei mir einmal so richtig ausweinen konnte. Und zu Beweinen hatte er dann genug. „Keiner liebt mich wirklich," war sein beliebtester Satz. „Alle sind nur auf mein Geld aus," und: „Die Welt ist doch ein Raubtiergehege, was soll ich nur tun, wenn ich einmal zu schwach bin, um zu kämpfen?" Na und, denke ich, du bist doch selbst ein Tiger, wenn es darum geht anderen an das Portemonnaie zu gehen - und wer soll dich denn lieben, wenn du sowieso nur dein Geld liebst? Nur aussprechen durfte ich diese Gedanken nicht, sonst sprang der „Tiger" mir an die Kehle.

Vor allem war da sein Problem einer fehlenden dauerhaften Partnerschaft, das ihn quälte. Da er ein attraktiver und offener Mann war, lernte er im Handumdrehen die schönsten Frauen kennen. Kannten die ihn dann so richtig, suchten sie ganz schnell das Weite - oder sie blieben gerade so lange bei ihm, bis sie einen neuen Geldsponsor gefunden hatten. Darunter litt er ungemein. „Zu einem erfolgreichen

Geschäftsmann gehört eine repräsentative Partnerin," erzählte er mir dann, „und wenn diese Partnerin fehlt, merken die Anderen schnell, daß etwas nicht stimmt." Richtig, denke ich! Dann versuchte ich schon das eine ums andere Mal anzudeuten, daß man doch nur empfangen kann, wenn man auch zu geben bereit ist, und daß man immer das erhält, was man selbst gibt. Gibt man nichts, kann man auch nichts erhalten. In dieser rein abstrakten Form konnte er das dann auch annehmen. Wurde ich dagegen konkreter, dann war das Theater perfekt: „Was? Du willst mir vorwerfen, daß ich nicht lieben kann? Von wegen! Tausende habe ich schon für Frauen ausgegeben und was habe ich erhalten? Nichts! Eine schöne Nacht vielleicht, aber nichts Bleibendes; nichts, worauf sich eine Beziehung richtig aufbauen ließe." Und wenn ich ihn fragte, was er denn macht, um seiner Favoritin seine Gefühle für sie zu zeigen, dann erhielt ich zur Antwort, daß Gefühle sowieso nur Täuschung sind, das Wallen von Hormonen oder einfach sexuelle Anziehung. „Gefühle vergehen," sagte er dann, „aber die Macht des Geldes, die bleibt." Und wenn ich versuchte zu erklären, daß man alles mit Geld kaufen kann, nur die Liebe nicht, dann erhielt ich zur Antwort, daß ich naiv sei und wohl in einer anderen Welt lebe - womit er offensichtlich recht zu haben scheint - . „Marc," sagte er dann zu mir, „auch du wirst es noch erfahren, daß auf dieser Welt nichts anderes zählt als Geld - und der Kampf ums liebe Geld."
Versuchte ich tiefer nachzufragen, woher David seine Lebensphilosophie schöpfte, dann erfuhr ich, daß Davids Vater ein erfolgreicher und angesehener Firmenchef war, der niemand anderen neben sich akzeptieren konnte, auch seine Söhne nicht. Daß Gefühle für seinen Vater keine Bedeutung hatten und er niemals Gefühle zeigte, nicht einmal seiner Frau,

Davids Mutter gegenüber, die ihren Mann still und freundlich 30 Jahre neben sich erduldete, bis sie eines Tages an Magenkrebs erkrankte und starb. Mit seinem Bruder lag David von klein auf im Wettstreit. Sein Vater hatte sie nicht zur Gemeinsamkeit angehalten, sondern zu Kampf und Wettbewerb. Nur derjenige von beiden, der schneller war, erhielt das vom Vater mitgebrachte Geschenk und wer von beiden die besseren Noten in Mathematik und Physik schrieb, der durfte am Wochenende bei Freunden übernachten oder erhielt ein zusätzliches Taschengeld. Von klein auf ging es ums Siegen, ums Bessersein, sich abzugrenzen und den anderen zu zeigen, wer man war. „The winner takes it all." Das war Davids Welt. An dieser Welt ließ er um keinen Preis rütteln.
Da meine Auffassung vom Leben eine andere war, blieb unser Kontakt locker. Einmal die Woche joggen, und natürlich war David immer der Schnellere, wie könnte es auch anders sein.

Und da war mein Freund Mike, ein lieber, ein gefühlvoller Kerl, etwas scheu, aber amüsant und einfach zum gernhaben. Mike liebte die schönen Dinge des Lebens, gemütliche und stimmungsvolle Cafes, Plätze mit Springbrunnen und Blick auf die Berge oder italienische Hafenstädte um Mitternacht. Er war sensibel, den Künsten zugeneigt, und wenn ich mit ihm ins Theater ging oder eine Kunstausstellung besuchte, dann fühlte ich mich ein kleines Stück geborgen, es wehte ein Hauch von Heimat, von Wärme und Miteinandersein, ohne daß es vieler Worte bedurfte.

Aber Mike war ebensowenig geerdet wie ich. Es gab Tage, an denen er sich nicht aus dem Haus wagte, weil er sich schlecht und elend fühlte und, weil er glaubte, der rauhen Wirklichkeit da draußen nicht gewachsen zu sein, dem täglichen Überlebenskampf der Menschen in ihren S-Bahnen, Zügen, Büros und Einkaufspassagen, ihrer Rücksichtslosigkeit und Gleichgültigkeit, die er glaubte nicht mehr ertragen zu können und so zog er sich mehr und mehr in seine kleine Welt, in sein zu Hause zurück. Er erschuf sich sein Reich, seine eigene Welt, sah viel fern, trank reichlich Alkohol und wurde immer passiver. Einen wirklichen Halt, einen Anker in dieser Welt, konnte mir Mike auch nicht geben, er schwebte irgendwo zwischen den Welten, zwischen Hier und Jetzt, genauso wie ich.

Dann waren da noch meine Arbeitskollegen. In der Fotoagentur, für die ich arbeitete, gab es wirklich nette und interessante Leute. Jo, zum Beispiel, der ein begnadeter Fotograf war, der aus jedem Auftrag ein wirkliches Kunstwerk fertigen konnte, egal ob er gerade die Abwasserrohre des nahen Kernkraftwerks oder die Gewinner des städtischen Musikpreises zu fotografieren hatte, der immer guter Laune war, der aber niemals schlafen konnte, weil ihm seine Bilder immer wieder durch den Kopf schossen, wie ein Fluch, in tausend verschiedenen Einstellungen, Beleuchtungseffekten und Perspektiven. Wie ein immerwährendes Kaleidoskop erschienen ihm diese Bilder in immer neuen Varianten, wurden gebrochen, neu zusammengefügt, veränderten sich leicht, dann immer mehr und mehr und brachen sich von neuem in immer bunteren Farben und Tönungen. Was hätte er darum gegeben, dieses Kaleidoskop nur ein einziges Mal abstellen zu können und was wäre die Folge gewesen? Vielleicht war ja gerade dieses bunte Kaleidoskop in seinem Kopf die Ursache für seine außergewöhnliche fotografische Schöpfungskraft? Vielleicht?

Nancy, die immer fleißige, die immer parate, liebenswerte, hilfsbereite war die Seele der Agentur. Ohne ihre Wärme, ihr Lächeln, ihrem „immer für alle dasein" wäre diese Arbeit hier undenkbar gewesen, nicht auszuhalten und nicht zu organisieren. Sie wußte alles, sie sah alles, und sie konnte alles irgendwie zum funktionieren bringen. Nichts lief ohne sie.

Betrachtete man Nancy jedoch näher, schaute man ihr in die Augen, dann entdeckte man hinter ihrem liebenswerten Lächeln einen müden Blick, etwas wie Abwesenheit und einer tiefen Trauer, die sie mit ihrer liebenswürdigen Art zu überspielen suchte.
Irgendwann in einem langen Gespräch erzählte sie mir, daß sie schon dreizehn Therapien und zwei Selbstmordversuche hinter sich hatte und alles konnte nichts an ihrer Traurigkeit ändern.

Tina war da ganz anders. Sie war die Resolute in unserem Team. Alle hielten sie für den Chef der Agentur, jedenfalls die, die unseren eigentlichen Vater der Gruppe, Ted Stone, nicht kannten. Sie war ein echtes Energiebündel, konnte exzellent Verhandlungen führen, und sie erreichte immer, was sie wollte. Glücklich machte sie das aber nicht. Denn sie wollte immer mehr und je leichter wir Mitarbeiter und auch andere Verhandlungspartner es ihr machten, um so mehr trumpfte sie auf und schraubte ihre Forderungen immer höher. Ohne die ausgleichende Art von Nancy wäre eine Zusammenarbeit mit Tina unmöglich gewesen.

Steven, Pete und Paul waren sozusagen unsere fliegenden Reporterfotografen und ein eingeschweißtes Team. Überall, wo es etwas Sensationelles zu fotografieren gab, rasten sie hin. Und nicht zu vergessen war da noch unser eigentlicher Chef, Ted Stone, ein liebenswürdiger, ruhiger Mann, der sich gern im Hintergrund hielt und die Routineaufgaben Tina überließ. Sein Auftreten war eigentlich immer nur dann gefragt, wenn Tina allzusehr über das Ziel hinauszueilen schien.

Insgesamt ließ es sich mit diesem Team gut arbeiten. Bis auf Tinas „tolle Tage" waren alle recht umgänglich, und es herrschte trotz aller Konkurrenz um das beste Bild des Jahres doch ein gewisser Gemeinschaftsgeist, eine Idee davon, daß wir als Ganzes stärker und besser waren als unsere Konkurrenz, und wir diesen Vorteil durch interne Auseinandersetzungen nicht verlieren durften. Dieser Ansatz von Zusammengehörigkeitsgefühl gab mir ein kleines Stück weit das Gefühl von Heimat in meinem Job. Ein Gefühl von Familie, Gemeinschaft von Nicht-Fremd und Nicht-ganz-allein-sein. Allein deswegen zog es mich auch an schlechten Tagen zu meinem Job. Allein deswegen übernahm ich immer wieder die aberwitzigsten Aufträge.
Irgendwie hatte es sich eingebürgert, daß ich der Mann für die „besonderen" Aufträge war. Da ich allen sowieso ein wenig seltsam, zu verträumt und zu fern von allem realistischen Sein zu sein schien, sagten sie sich wohl: „Na dann können wir ja auch ihn hinschicken", wenn wieder einmal ein allzu skurriler Fotoauftrag auf dem Schreibtisch von Nancy landete. Zwar versuchte gerade sie mich ab und an auch mit ganz normalen Aufträgen zu versorgen, dem Fotografieren bei den üblichen Galerie- oder Museumseröffnungen zum Beispiel oder dem Jahrestag der Gesellschaft für Friedensforschung und Abrüstung. Aber entweder entpuppten sich gerade die ach so normalen Aufträge als höchst sonderbar, wie zuletzt

der Jahrestag der Friedensforscher, bei dem die Abschlußtagung in einer echten Prügelei endete, oder Tinas Organisationsgeschick sorgte schon dafür, daß ich meiner Sonderstellung gerecht wurde und regelmäßig den besonderen Fällen zugeteilt blieb. So war meine Aufgabe in der Regel das Fotografieren von Vorfällen ganz „außergewöhnlicher“ Art, wie dem jährlichen Neujahrsschwimmen im städtischen Badesee oder der regelmäßigen Demonstration der Veganer gegen das Verspeisen von Tieren und allem was dazugehört oder das Ablichten der städtischen Abwasserkatakomben vor und nach der Reinigung. Ebenso bei Razzien gegen Obdachlose oder Drogendealer waren meine Kamera und ich regelmäßig gefragt. Auch all die Dinge, die mit Parapsychologie im weitesten Sinne zu tun hatten, schien Tina in die Rubrik „Besonderheiten“ einzuordnen und wies sie mir zu. Esoterikmessen, Zaubervariétés mit spektakulären nicht erklärbaren Zaubertricks - wenn z. B. die goldene Uhr eines Zuschauers tatsächlich nicht mehr auffindbar war - oder Meldungen über die Landung von Außerirdischen im benachbarten Stadtwald oder den nahe gelegenen Bergen, immer war ich gefragt, das Vorhandene oder besser gesagt das weniger Vorhandene in ein materielles Bild zu pressen und abzulichten, um es dann einer bekannten Zeitschrift oder Illustrierten als sogenannte Sensationsaufnahme anbieten zu können.

Am besten wurden in der Regel die Aufnahmen von Objekten, die ohnehin nicht so oder nicht so richtig zu sehen waren. Die Ufos im Stadtwald zum Beispiel, die ich weit und breit nicht zu finden vermochte. Ich fotografierte die mir angegebene Waldlichtung aus allen Richtungen und siehe da: Beim Entwickeln wiesen die Bilder einige diffuse blauviolette Lichtstreifen im Zentrum der Waldlichtung auf. All mein

Beteuern, daß es da weit und breit nichts zu sehen gegeben habe, half nicht viel. Die Bilder wurden für teures Geld an die Presse verkauft und von dem zweitgrößten Klatschmagazin der Umgebung veröffentlicht. Der Untertitel lautete: „Geheimnisvolle Lichtwesen auf der Erde gelandet!"
Ähnliches widerfuhr meinen Aufnahmen, als ich eines Tages in das Museum für Archäologie und Altertümer gerufen wurde, weil es dort angeblich spukte. Ich sollte dort das Nachtgespenst auf meinem Film festhalten. Wie ich das machen sollte, sagte mir niemand. Also wanderte ich die halbe Nacht durch das Museum, begleitet von einigen merkwürdigen Geräuschen, die eher von der veralteten Heizungsanlage als von einem Museumsspuk zu stammen schienen. In der Morgendämmerung machte ich dann aus Frust über die vertane Zeit einige wenige Aufnahmen von einer übergroßen ägyptischen Götterfigur, die im Zentralsaal der Antikensammlung direkt unter einer Glaskuppel stand. Bei der Entwicklung der Bilder war deutlich ein weißer Schatten hinter der Statue zu erkennnen, der sich in Form und Größe eindeutig von der Statue unterschied. Am nächsten Tag war das vermeintliche Nachtgespenst in allen Zeitungen zu sehen. Die Erregung hierüber legte sich erst einige Wochen später.

Überhaupt schien es mir immer wieder, daß Menschen weniger das sehen, was es tatsächlich zu sehen gibt, als vielmehr das, was sie sehen möchten. Da kommen ihnen diffuse Bilder, mit Schatten oder schattenhaften Wesen doch sehr entgegen. Jeder kann sich darin anschauen, was er zu sehen wünscht. Ob es da tatsächlich irgend etwas zu sehen gibt, ist dabei von geringem Belang.

Umsoweniger wunderte es mich, daß mich Tina eines Tages zum Fotografieren in ein Spiegelkabinett abkommandierte. Es ging um einen Antiquitätenladen in der Vorstadt, der seit Jahren mit Spiegeln handelte. Nun erzählte man seit einiger Zeit, daß ein Spiegel dort besondere Fähigkeiten besitze. Wenn man sich lange genug in diesem Spiegel betrachte, könne man sich auf anderen Ebenen sehen. Man sehe sich dann teilweise, wie man früher gelebt habe, zu anderen Zeiten und in anderen Lebensrollen. Überhaupt erfahre man eine Verwandlung.

Ich fragte verdutzt, was ich dort anderes fotografieren sollte als ein Dutzend Spiegel, aber Tina meinte in ihrer unnachgiebigen Art: „ Dir wird schon etwas einfallen!“

Und schon war dieser Auftrag mir. Ich fuhr also am nächsten Morgen in die Hill Street. Sie war eine lange Straße, die sich vom Ende des Citybereichs bis weit in die Vorstadt erstreckt. Neben gemütlichen Szenekneipen war sie bekannt für ihre Antiquitäten- und Trödelläden, die das Bild dieses Stadtviertels prägten und wo alles verkauft wurde, was bei Nachlässen, Wohnungsauflösungen oder finanziellen Schwierigkeiten keine Abnehmer im Familien- oder Freundeskreis fand. Die Grenze zwischen altem Trödel und echter Antiquität war dabei häufig sehr fließend. Gerade das machte einen der besonderen Reize dieses Viertels aus. Ich fuhr also in die Hill Steet 486, parkte meinen Wagen um die Ecke und betrat den alten Laden mit einigem Zögern. Es schien mir, als ob ich diesen Ort kennen würde, als ob ich schon einmal hiergewesen wäre. Ich fühlte mich recht wohl und vertraut, obwohl ich gleichzeitig sicher war, daß ich noch nie in dem oberen Teil der Hill Street gewesen war. Gedankenverloren trat ich in den kleinen Laden ein, der mit Kleinmöbeln, Glas und Statuen, Bildern und Bilderrahmen vollgestopft war.

Es begrüßte mich ein alter Mann von kleiner Statur und zierlicher Gestalt. Er mochte an die 70 Jahre alt sein, vielleicht auch etwas älter und ich fürchtete schon eine schaurige Konversation mit ihm, etwa so wie mit meiner Tante Emily, die immer etwas ganz anderes zu verstehen vermag, als ich sie gerade frage und sich durch diesen Effekt statt einer vernünftigen Unterhaltung zwei ganz unterschiedliche Geschichten entwickeln, die dann so nebeneinander herlaufen; meine Erzählung einerseits und ihre Erwiderungen, die mit meinem Thema absolut nichts zu tun haben. Wenn ich sie z. B. nach ihrem letzten Wochenende frage, erzählt sie mir von ihrem Urlaub in Neapel, der bereits drei Jahre zurückliegt. Und wenn ich ihr etwas von meinem letzten Auftrag erzählen will, fragt sie mich, ob es denn schön war, so lange nicht arbeiten zu müssen. Es ist immer dasselbe. Wir schaffen es einfach nicht, uns auf ein Thema und eine Geschichte einigen zu können. Selbst wenn ich versuche auf ihre oftmals abwegigen Antworten einzugehen, dann ist sie ausnahmsweise bei meinem Thema gelandet und es entsteht nun ein vollständiges Durcheinander.

Jedenfalls hatte ich mir so oder ähnlich auch mein Gespräch mit dem alten Antiquitätenhändler ausgemalt, aber zu meiner Überraschung war er ganz klar, beantwortete meine Fragen deutlich und gewissenhaft und es entstand schnell ein interessantes Gespräch. Ich schilderte ihm den Grund meines Kommens, daß ich von seinem sogenannten Zauberspiegel gehört hätte und diesen fotografieren sollte und auch alles andere, soweit es mit dieser Geschichte zusammenhing. „Ja, ja," antwortete der alte Mann. „Die Menschen machen sich immer ihre kleinen Geschichten, wenn sie sich die Dinge, die mit ihnen passieren, nicht erklären können. Der Spiegel ist ein ganz normaler Spiegel. Er hing bis vor wenigen Jahren bei der Nichte einer alten russischen Fürstin, die ihn noch vor der großen Revolution ins Ausland gebracht haben soll. Der Spiegel ist uralt, nur der Rahmen ist der jeweiligen Zeit angepaßt worden. Das Ding ist vom Antiquitätenwert her nichts außerordentlich Besonderes, ein ganz normaler Spiegel, der vielleicht durch seine Größe und durch die Klarheit des Glases beeindrucken mag. Jedenfalls hängt er jetzt schon fünf Jahre hier und hat noch immer keinen Käufer gefunden. Er scheint aber die Fantasie der Kunden anzuregen. Sie kommen, so wie Sie, um den Spiegel zu sehen, und so ist es nicht ganz so langweilig in meinem Laden. Viele sehen ihn sich keine zwei Minuten an, sie stöbern dann ein wenig in meinem Laden, kaufen vielleicht eine Kleinigkeit und gehen dann wieder. Andere bleiben eine ganze Weile vor dem Spiegel stehen und betrachten sich dann ganz gedankenverloren, um dann den Laden plötzlich überstürzt zu verlassen, ohne mich noch wahrzunehmen oder die Gegenstände zu betrachten, die sonst noch hier herumstehen. Ein ums andere Mal kommt ein solcher Besucher ein zweites Mal, um mir zu danken für den Blick in meinen Spiegel, der ihm ein Tor geöffnet habe. Welches Tor sich da geöffnet haben soll, das hat mir noch keiner gesagt. Auch schauen sie kein zweites Mal in meinen Spiegel. Sie gehen dann und kommen nicht mehr wieder." Ich schaute den alten Mann etwas verwundert an und fragte: „ Was geschieht denn, wenn Sie in diesen Spiegel schauen?" - „Gar nichts!" antwortete er mit einem sanften Lächeln. „Irgendwie scheine ich gegen ihn immun zu sein. Aber die Frau, die ihn mir vor Jahren verkauft hat, sagte mir, es sei ein besonderer Spiegel - er mache die sehend, die bereit sind zu sehen. Ich verstehe nicht, was sie damit meinte, denn man sieht in ihm ja nur das, was man sowieso in jedem anderen Spiegel auch sieht -

nämlich sich selbst; aber vielleicht können Sie ja mit dieser Geschichte etwas anfangen!" - „Darf ich den Spiegel sehen?" fragte ich. „Natürlich, solange Sie wollen," antwortete der alte Mann und zog dabei einen dunkelblauen Samtvorhang beiseite.
Hinter diesem befand sich ein kleines Kabinett, an dessen vier gleichgroßen Wänden vielleicht an die zwanzig alte Spiegel in den verschiedensten Größen hingen. Manche von ihnen waren mit breiten, stark verzierten Goldrahmen versehen, manche mit leichten und geraden, silber- oder glasfarbenen Rändern, einige von ihnen waren oval, andere vier- oder rechteckig. Insgesamt war es ein großartiger Anblick. Jeder von ihnen war so aufgehängt, daß sich der Besucher in allen Spiegeln gleichzeitig sehen konnte und zwar von allen Seiten. In der Mitte der Stirnwand des Raumes hing ein besonders großartiges Exemplar. Ein etwa zwei Meter hoher und ein Meter breiter klarer, glatter Spiegel, dessen Rahmen aus kleinen facettenartigen Spiegelgläsern bestand, die trapezförmig ineinander gelegt waren, so daß sich das Licht im Spiegel tausendfach brach, in allen Farben, von blauweiß über violett, grün, gelb bis zu tiefem blutigen rot. Es war wie ein Feuerwerk in diesen Spiegel zu schauen. Auch ohne einen Hinweis des alten Mannes wußte ich sofort: „Das ist der Spiegel des Bewußtseins!" Ich war wie verzaubert. Ich konnte nicht anders als in diesen Spiegel zu schauen, tief mit meinen Augen in ihn einzudringen, ihn mit meinem Inneren aufzusaugen, ihn in mich aufzunehmen, so wie er mein Abbild in sich aufnahm und nicht nur mein Abbild, mein ganzes Wesen, mein ganzes Ich floß umflutet von der Farbenpracht des Spiegelrahmens in diesen Spiegel ein. Ich verschmolz mit diesem Spiegel, und der Spiegel verschmolz mit mir.

Plötzlich spürte ich mich vollständig in den Spiegel hineingezogen. Er weitete sich, gab mir Raum vollkommen in ihn einzutauchen und immer tiefer hinter die Spiegeloberfläche zu dringen. Und immer noch war da Raum, Platz genug für mich zu sein und immer noch war da die Farbenpracht, die zuvor nur den Rahmen des Spiegels schmückte. Die Farben breiteten sich im Spiegel aus, sie umhüllten mich, drangen vollständig in mich ein, und als ob ein Schleier von meinen Augen gezogen würde, konnte ich plötzlich in die Tiefen des Seins blicken, alles war glasklar, nicht Zeit noch Raum begrenzten mich, alles war einfach da, alles war jetzt, und alles war gut wie es war.

Ich weiß nicht genau, wie lange ich in diesem Zustand blieb, ich weiß nur, daß es das Großartigste war, was ich bisher in meinem Leben erlebt hatte, ohne daß ich es hätte begreifen oder auch nur annähernd beschreiben können. Es war einfach; das reichte mir vollkommen aus! Irgendwann erwachte ich aus diesem Zustand. Ich glaubte, der alte Mann hatte mich gerufen oder vielleicht bildete ich mir das auch ein. Vielleicht war es auch nur ein besonders auffälliges Geräusch auf der Straße oder es war eben an der Zeit. Jedenfalls wachte ich auf, betrachtete zunächst ganz verwundert meine Hände und Füße, schaute dann noch einmal in den Spiegel und betrachtete mich in allen Einzelheiten, um sicherzugehen, ob ich auch noch der war, der ich war oder ob sich da vielleicht etwas geändert haben könnte. Ich wußte auch nicht, warum mir das so wichtig war, daß noch alles da war von mir, aber nach einer Weile war ich sicher. Das war ich, wie ich bin. Und auch mein Gefühl der Präsenz kehrte ins Hier und Jetzt zurück. Ich war immer noch ich, und ich war in dem kleinen Laden dieses alten Mannes, und ich sollte, ja was sollte ich gleich noch hier machen? Ach ja, ich

sollte einen Spiegel fotografieren, einen Spiegel mit besonderen Fähigkeiten, einen Spiegel...
Verdammt, das war mir alles zuviel. Immer bekam ich diese blöden Aufträge. Immer war da ein komisches Gefühl, wenn ich Dinge fotografieren sollte, die es so gar nicht festzuhalten gab, die anders waren als die üblichen Dinge und Orte, die ihre Besonderheit vielleicht durch ihre Ausstrahlung und einzigartige Atmosphäre, durch das Erleben ihrer Präsenz erhielten, nicht aber durch ihr oberflächliches Aussehen. Das, was es da eigentlich zu „sehen“ gab, das war mit keinem Auge festzuhalten, und erst recht konnte es nicht auf Celluloid gebannt werden. Ich drehte mich abrupt um, immer noch etwas befangen und benommen durch das zuvor Erlebte, murmelte ein paar Worte des Dankes zu dem alten Mann, der irgendwo in einer Ecke seines kleinen Trödelladens stand und rannte aus der Tür ins Freie.

Aber auch hier ließ mich das soeben Erfahrene nicht los. Es lag plötzlich etwas in der Luft. So etwas, wie man in den ersten Tagen des beginnenden Frühlings verspürt, wo man noch den Schnee riechen kann und der Frost einem die Nase zusammenzieht und doch da etwas wie eine Ahnung von etwas Neuem ist, ein Gespür, daß die Tage des Winters gezählt sind, daß die Sonne die Kraft hat und die Wärme, den Frost zu vertreiben und es einem ganz warm ums Herz wird, bei dem Gedanken an das Erblühen der ersten Frühlingsblumen und dem Zwitschern der Vögel. Und als ob sich der Blick durch diese Empfindungen weiten würde, sieht man zwischen den Schneeresten die ersten Krokusse und Schneeglöckchen sprießen, erkennt man die ersten Knospen von früh blühenden Büschen und Sträuchern und hört das Zwitschern der Vögel intensiver - Ja! Der Frühling ist unaufhaltsam im Anzug, der Winter hat seine Macht verloren. So etwa empfand ich beim Hinausgehen auf die Straße, die Vögel zwitscherten etwas lauter als zuvor, die Menschen erschienen ein wenig freundlicher und offener und die Farben der Büsche und Sträucher am Straßenrand und im benachbarten Park leuchteten intensiver und grüner, ja ich bemerkte erst jetzt, wie schön dieser Park eigentlich war mit seinen Seerosenteichen, Rosenhecken und Magnolienbäumen. Zuvor war mir der Park überhaupt nicht aufgefallen und auch die Stadt, die Menschen und alles um mich herum nahm ich mit anderen, offeneren Augen wahr.

Aber dieses besondere Gefühl des Glücks und eines zum Positiven hin geweiteten Bewußtseins hielt nicht lange an. Als ich in meinem Auto den Weg von der Vorstadt ins Büro zurückfuhr, überfiel mich wieder die graue Alltagsrealität. Tina, die mich fragen würde, was ich den ganzen Tag getrieben hätte, denn es war schon nach fünf und ich hatte ja bei meiner Hals-über-Kopf Aktion beim Verlassen des Antiquitätenladens vollkommen vergessen, diesen sonderbaren Spiegel wenigstens der Form halber zu fotografieren, wie ich es sonst zu tun pflege, wenn es schon sonst nichts Besonderes zu sehen gibt. Nein, das war wahrlich kein erfolgreicher Tag für einen aufstrebenden, jungen Fotografen. Und mir ging durch den Kopf, warum gerade ich diese Loseraufträge erhielt und diese grau-in-grau Erlebnisse hatte, sei es bei Verabredungen, bei Wochenendaktionen oder bei Partys. Während Andere aus der gleichen Aktivität ihre Highlights ziehen konnten, blieb das bei mir alles eher dezent, nett, aber eben grau-in-grau.

Einmal war da etwas Besonderes. Eigentlich war eine langweilige Wanderung durch die Berge mit einem nahen Bekannten als Beschäftigung für ein sonst einsames und langweiliges Wochenende geplant. Ich dachte mir, bevor es wieder so öde würde wie in der Woche zuvor, ginge ich lieber mit Tom durch die Berge, aber es wurde eines meiner schönsten Erlebnisse. Zunächst verirrten wir uns im Wald, so daß wir das mit der durchgeplanten anstrengenden Wanderung schnell für erledigt erklärten und einfach nach unserer Laune durch die zauberhafte, mit Farnen und kleinen Bächen durchzogene Natur streiften, mit der inneren Gewissheit, irgendwo würde ein Hinweis auf die nächste Ortschaft schon zu finden sein. Irgendwann kamen wir dann auf die Idee, dem kleinen Waldbach bergauf zu folgen und nach einer Weile dehnte sich das Bächlein zu einem kleinen See, der in ein Natursteinbecken eingebettet war. Wie ein Nymphensee aus einem Kindermärchen lag er vor uns, dieser kleine Waldsee. Der Wald um ihn herum öffnete sich zu einer Lichtung, so daß die Sonne auf den See und das umliegende Gras scheinen konnte und die ganze Szene in ein besonderes Licht tauchte, ein Licht von Wärme und Geborgenheit. Und das Licht- und Schattenspiel auf den umliegenden Büschen und Blättern der Bäume, verbunden mit dem Reflektieren des Sonnenlichtes auf der glasklaren Oberfläche des Sees, ließ eine ganz einzigartige Stimmung entstehen, eine Stimmung von Wohlbefinden, von Ausgelassenheit und stiller Freude. Wir beschlossen baden zu gehen, da die Nachmittagssonne warm genug war und das spiegelklare Wasser eine besondere Anziehungskraft auf uns ausübte.

Schnell warfen wir unsere Sachen in die Büsche, zogen uns aus und Tom rief mir zu: „Wer zuerst am Druidenstein ist." So bezeichnete er einen riesigen Felsbrocken, der am anderen Ufer des Sees halb in das Wasser hineinragte und der auch auf mich eine

besondere Anziehungskraft ausübte. Aber „Druidenstein“? Na wie auch immer, Tom war schon im Wasser und ich sprang ihm hinterher, wir schwammen einen Moment um die Wette, um dann einem plötzlichen Impuls folgend gemeinsam ohne Eile das Wasser des Sees zu genießen und mehr und mehr zu spielen, als zu schwimmen, wie kleine Kinder oder Delphine, die miteinander ausgelassen im Wasser herumtoben, tauchten und planschten wir miteinander. Eine plötzliche Nähe und Anziehung entwickelte sich zwischen uns, ohne daß wir uns dessen richtig bewußt geworden wären, noch daß einer von uns dies so oder ähnlich erwartet hätte, und plötzlich war da eine spontane Natürlichkeit im Umgang miteinander entstanden, nicht mehr Wettkampf und Konkurrenz war in unseren Gedanken, sondern Miteinander, Nähe spüren und Wärme spenden, das stand plötzlich im Vordergrund. Unsere Körper berührten sich ganz sanft während des Spiels im Wasser und unmerklich entwickelte sich eine starke Anziehungskraft zwischen uns.
Keiner hätte sich das erklären können. Noch vor ein paar Stunden waren zwei Bekannte, die außer dem Hobby, ab und zu zusammen zu wandern, nicht viel gemeinsam hatten, zu einer mehr oder weniger sportlichen Bergtour aufgebrochen und nun fanden sie sich tollend wie die Kinder in einem idyllischen Bergsee wieder und fühlten sich nahe, wie man sonst sich vielleicht seinen Eltern nahe fühlt oder seinem Zwillingsbruder oder seinem Lebenspartner, mit dem man schon jahrelang glücklich zusammenlebt.

Als wir aus dem Wasser stiegen um auf den großen Felsbrocken zu klettern, sah ich Tom auf einmal mit ganz anderen Augen.

Er war mir immer unscheinbar und nichtssagend erschienen, so ein Beamtentyp, der den ganzen Tag im Büro sitzt und stets freundlich irgendwelche Vordrucke sortiert und an die zuständigen Mitarbeiter weiterverteilt. Jetzt wirkte er kraftvoll auf mich, männlich und ausgesprochen anziehend. Jede seiner Bewegungen zeugte von einem Mann, der weiß, was er will und sich nimmt, was er braucht. Sein Körper war schlank, muskulös und gut gebräunt. Sein wohlgeformter Nacken, der in die starken Muskeln seines Rückens überging, die schmalen Hüften und seine kraftvolle Statur ließen ihn wie einen Panther erscheinen, einen Panther, der voll von Energie jederzeit zum Sprung bereit ist.

Wir legten uns auf die glatte Oberfläche des Findlings, der von drei Seiten vom Wasser des Bergsees umspült wurde, starrten in den Himmel und träumten in den Tag hinein. Während sich unsere feuchten Körper berührten, in einer Natürlichkeit, wie zwei ruhende Katzen gemeinsam in der Sonne liegen, ohne Berührungsangst, ohne Absichten oder Hintergedanken begann Tom zu erzählen: „ So frei wie hier habe ich mich schon lange nicht mehr gefühlt. Es ist hier einfach unglaublich - wie verzaubert, als ob das Wasser hier alle deine Sorgen wegwaschen kann und du wieder frei und unbelastet bist wie ein kleines Kind an einem schönen Sommertag. Ich glaube nicht an solches Zeug wie Magie und Zauberei, aber hier könnte ich mir das erste Mal so etwas wie Engel und Feen vorstellen, so wie in Shakespeare`s „Sommernachtstraum", wo sie die Geschicke der Menschen beeinflussen und lenken und wenn du aus lauter Verstrickungen nicht mehr weiter weißt, dann führen sie dich hierher, an diesen Ort, zur Feenkönigin, die hier auf diesem Felsen thront. Und wenn du dann von ihren Helfern, den Kobolden in das Wasser des Sees

getaucht wirst, dann bist du frei von aller Last, frei von allem Ärger und allen Sorgen der Welt." - „Das klingt ganz wundervoll", sagte ich. „Ich bin überrascht, solche romantischen Geschichten von dir zu hören und es freut mich sehr. Es freut mich vor allem, weil ich hier ganz genauso empfinde wie du. Es ist, als hättest du meine Gedanken gelesen und in deine eigenen Worte gefaßt, einfach wunderschön. Ich fühle mich hier glücklich und frei und einfach wie zu Hause. Ich könnte mein ganzes Leben hier verbringen, nur auf diesem Stein liegend und das Leben genießend."
Tom drehte sich plötzlich zu mir, umarmte mich und ohne zu sprechen blieben wir in dieser herzlichen Umarmung, ohne daß später jemand hätte sagen können, wieviel Zeit wohl vergangen war.
Anschließend lagen wir noch lange im Gras, genossen die verzauberte Atmosphäre und die Wärme der untergehenden Sonne auf unserer nackten Haut und träumten weiter von Feen und Kobolden.
Erst lange nach Einbruch der Dunkelheit kehrten wir wieder ins Tal zurück.
Tom und ich haben später nicht oft von diesem Erlebnis gesprochen. Es blieb etwas ganz Besonderes, etwas Einzigartiges zwischen uns. Und die Nähe, die wir an diesem Tag füreinander verspüren konnten, ist bis heute zwischen uns geblieben. Jedesmal, wenn wir zusammen sind, ist der Bergsee irgendwie mit anwesend und die Erinnerung an diesen wundervollen Moment des tiefen Einklangs zwischen zwei Menschen.

Vor lauter Gedanken an Bergseen und Feenköniginnen landete ich mit meinem Wagen versehentlich auf dem Cityring statt auf meinen Schleichwegen durch die Seitengassen der Innenstadt, die ich üblicherweise zum Büro benutze. Und das zur besten Hauptverkehrszeit. Erst gegen 19 Uhr traf ich dann endlich im Büro ein.

Alle waren bereits gegangen bis auf Nancy. Die gute Seele der Agentur war wie immer die letzte im Büro und ich dachte mir, sie sei ein geeignetes Opfer, mich einmal richtig bei ihr auszuweinen und ihr vor allem von meinem seltsamen Erlebnis heute mittag mit dem Spiegel zu berichten.
„Nancy", fing ich an. „Ich brauche deinen Rat, bitte schenke mir ein paar Minuten deiner Zeit."- „Natürlich", sagte sie. „Fang nur an, ich habe jede Menge Zeit." Ich hatte nichts anderes erwartet. „Nancy, ich weiß nicht mehr weiter, ich glaube noch ein bißchen und ich werde noch ganz verrückt. Diese ganze Scheiße erstickt mich. Es ist wie eine Schlinge, die sich ganz langsam immer weiter zuzieht, immer ein kleines Stückchen mehr. Zuerst sieht man die Schlinge nur, dann kann man einen Hauch von ihr am Hals spüren, dann fängt sie an etwas zu drücken, drückt nach und nach immer fester, so lange, bis du keine Luft mehr bekommst. Ich sehe das Ganze deutlich vor mir; ich weiß aber nicht, wie ich die Sache aufhalten kann."
Sie legte ihre Hand sanft auf meinen Arm und sagte: „Ich kann sehr gut nachempfinden, was du fühlst, sprich nur weiter."- „Eigentlich ist es ja alles, absolut alles auf dieser verdammten Erde, was mich ganz krankmacht. Nichts funktioniert richtig und keiner ist wirklich daran interessiert, etwas funktionsfähig zu machen. Ob das mein Fahrstuhl, meine Dusche oder mein Auto ist, ob es um eine pünktliche Lieferung von Filmzubehör oder die rechtzeitige Versendung von Einladungskarten geht. Immer scheint sich die Welt verschworen zu haben, alles zu tun, damit es zu spät ankommt, nicht richtig oder überhaupt nicht funktioniert.

Und genauso sind die Menschen hier. Alle haben etwas auszusetzen, sind unzufrieden, wollen etwas oder etwas anderes, als sie gerade haben oder wollen einfach mehr. Steven zum Beispiel hat bereits zwei Motorräder und ein Kabriolett, jetzt will er auch noch einen Jeep und jammert uns jeden zweiten Tag die Ohren voll, was das nun wieder alles kostet. Pete ist gerade mit Jane befreundet, liebt aber deren Schwester Kathy und weiß nicht, wie er es beiden nur erklären soll und Paul weiß nicht, ob er nun lieber eine Beziehung mit einem Mann oder besser mit einer Frau eingehen soll. Am liebsten wäre ihm wohl beides gleichzeitig, aber das klappt dann auch wieder nicht so recht." - „Ja, und wie ist es denn mit dir, Marc?" fragte Nancy. „An was fehlt es dir denn, das dich glücklich und zufrieden machen würde?" - „Gute Frage, eigentlich fehlt es an allem. Hier im Büro bekomme ich nur die verrückten und blödsinnigsten Aufträge, die mich noch bald zur Verzweiflung bringen, meine Freunde sind genauso depressiv wie ich, so daß sie nur wenig dazu in der Lage sind, mich ein Stück aus meinem Tief herauszuziehen, wenn ich einmal so richtig „down" bin; mein Geld reicht regelmäßig nur bis zum 20. eines Monats und das Liebesleben eines Mittsiebzigers ist sicherlich aufregender als meins."

„Wie lange hattest du jetzt keine Beziehung mehr?" fragte mich Nancy. „Seit fast fünf Jahren, ich habe schon überlegt, ob ich nicht in ein Kloster gehe, da ist es sicherlich aufregender." - „Na, das klingt ja wirklich nach einer tiefen Krise, in der du dich im Moment befindest, da geht es ja sogar mir noch besser." - „Ein wundervoller Trost. Danke, genau so habe ich mir eine liebevolle Unterstützung vorgestellt." - „Nun sei doch nicht gleich so empfindlich, sage mir doch lieber, was dir heute passiert ist. Nicht ohne Grund ziehst du doch gerade heute ein so vernichtendes Resümee deines so jungen Lebens.“ Nancy lächelte mich dabei sanft und voller Liebe an und schaute mir tief in die Augen.

„Nun, ich bin wie von Tina gewünscht, zu diesem Spiegeltrödelladen in die Hill Street gefahren, du weißt schon, wegen der Sache mit diesem „Zauberspiegel“. Der Antiquitätenhändler war freundlich, zeigte mir den Spiegel und dann bin ich irgendwie total abgedreht, wußte weder wer und wo ich bin, noch wie ich heiße und bin dann vollkommen hysterisch aus dem Laden gerannt. Zu allem Überfluß habe ich dabei vollkommen vergessen, dieses blöde Ding wenigstens zu fotografieren.
Ich kenne schon genau die Predigt von Tina, die ich mir morgen früh anzuhören habe, wegen meiner Schlampigkeit und so weiter. Einen ganzen Tag unterwegs und nicht ein einziges Foto, ob ich denn von allen guten Geistern verlassen bin wird sie mich fragen. - Ja, werde ich antworten, genau das bin ich!“ Nancy dachte einen Augenblick nach, dann fragte sie : „Magst du mir nicht mehr darüber erzählen, was du beim Blick in diesen Spiegel erlebt hast?“
Ich zögerte zunächst, da mir die Geschichte mit Tom und dem Bergsee irgendwie besser in Erinnerung geblieben war, als die ganze sonderbare Sache mit dem Spiegel und schilderte ihr dann in Bruchstücken mein Erlebnis von heute mittag, wie ich den Spiegel zunächst ganz normal von außen betrachtete und das Farbenspiel seines Rahmens mich irgendwie gefangen nahm, wie ich mich dann plötzlich im Inneren des Spiegels wiederfand, wie sich der Spiegel weitete und mit ihm mein Bewußtsein und meine Wahrnehmungsfähigkeit, wie mein Geist auf einmal ganz klar wurde, so klar wie das Wasser eines Bergsees - ach ja, da war schon wieder dieser Bergsee - und wie ich mich unerwartet geborgen und glücklich fühlte, wie ich

glaubte, für einen Moment das wirkliche Leben zu spüren und nicht bloß dessen Fassade oder Spiegelebene. So oder in etwa schilderte ich Nancy mein Erlebnis und meine Empfindungen.
Nancy lächelte immer noch verständnisvoll. „Ist es nicht ein wundervolles Geschenk, was du da heute mittag erleben durftest?" - „Mm - Ja," murmelte ich nach einigem Zögern. „Ja, eigentlich schon."- „Und trotzdem hat es dich am Ende traurig gestimmt und dich zu einem so vernichtenden Lebensurteil veranlaßt, wie du es mir gerade geschildert hast." - „Ja," erwiderte ich. „Ich verstehe das auch nicht. Noch als ich aus dem Laden stürmte, war es mir ganz wohl ums Herz, das Gras schien ein wenig grüner, die Vögel zwitscherten sanfter und die Sonne schien strahlender und intensiver zu scheinen. Es war ein kleines bißchen wie, na, wie eben frisch verliebt zu sein. Ja, genauso fühlte ich mich.
Aber dieses Gefühl hielt nicht lange an. Schon im Auto und im Stau der Nachmittagsrushhour war ich wieder auf der grauen Seite der Erde, dort, wo es schwer ist, dunkel, öde und verlassen, keine Spur von freudig zwitschernden Vögeln oder strahlenden Bergseen." - „Bergseen?" fragte Nancy. „Ach, das war nur so ein Einfall. - Was ich damit meine ist, daß der Zauber des Spiegels mich schon irgendwie aufgeweckt hat, geweckt für das Schöne, Zarte, Zauberhafte von Sein und Wirklichkeit. Seine Wirkung hielt allerdings nicht lange an und wie du mich jetzt vor dir siehst, war der Fall aus: „Diesen Höhen des verzauberten Lichts" nur um so tiefer."
„Das hast du schön umschrieben. Aber vielleicht braucht es ja gerade das, um wirkliches Bewußtsein erlangen zu können," sagte Nancy. „Ich meine, vielleicht braucht es eine Ahnung, wie Leben auch gelebt werden könnte, schön, liebevoll, lustvoll und tief,

eben voller Licht und Liebe. Davon hat dir das Erlebnis mit dem Spiegel heute einen Eindruck verschafft. Und dadurch kannst du lernen, zu erkennen, was noch fehlt in deinem Leben, damit du dich so wohl fühlen kannst, wie eben heute mittag.“ - „Ja, das ist schon alles schön und gut, aber warum geht es mir jetzt sogar noch schlechter als zuvor?“ - „Vielleicht weil du eine Wahrheit erfahren hast, die in dieser Deutlichkeit zunächst einmal bitter weh tut. Die Wahrheit, wie weit deine Realität des Lebens bereits von deiner Wunschvorstellung nach wahrem Leben abgewichen ist.“ - „Das leuchtet mir ein,“ sagte ich. „Auch wenn das zunächst schmerzt, kann dir diese Erkenntnis aber den Weg öffnen, dein Leben mit der Zeit deiner Wunschvorstellung anzugleichen, nach und nach, Stück für Stück. Durch diese Erfahrung heute hast du eine reelle Chance dazu.“ - „Aber wie soll ich das anfangen? Ich meine, eigentlich brennt es mir doch an allen Enden. Womit soll ich beginnen, diese Spirale nach unten zu stoppen?“ - „Ich denke, den Anfang hast du bereits heute gemacht. Das mit den Spiegeln ist schon eine interessante Sache. In einer meiner zahlreichen Therapien haben wir auch mit Spiegeln gearbeitet. Wir setzten uns für rund eine halbe Stunde täglich vor einen großen Spiegel und betrachteten uns einfach. Dann schrieben wir alle Ideen und Wünsche, die uns dabei einfielen, in eine Art Tagebuch. Es ist eine wundervolle Technik, um an seine unbewußten Sehnsüchte zu gelangen und sich bewußt zu werden, was man wirklich im Leben will. - Versuche es doch auch einmal, regelmäßig, mit dieser Technik zu arbeiten. Wie der heutige Tag gezeigt hat, spricht dein Unterbewußtsein ja ganz besonders gut auf die Spiegelarbeit an und ich bin sicher, sie kann dich ganz schnell wieder zu dir selbst führen, wenn du nur dazu bereit bist.“

Irgendwie hatte ich das Interesse, über dieses Thema weiterzureden, plötzlich verloren und spürte das Verlangen, einfach nach Hause zu wollen, um mich im Bett vor allem und jedem verkriechen zu können. Ich zog es daher vor, das Gespräch auf noch einige Belanglosigkeiten zu lenken, um mich dann bei Nancy für ihre Zeit und Aufmerksamkeit zu bedanken, die sie mir geschenkt hatte. Dann verabschiedete ich mich mit einer herzlichen Umarmung von ihr, fuhr nach Hause und ohne vorher noch etwas zu essen oder ein Bad zu nehmen, verkroch ich mich einfach im Bett.

Kapitel 2

Am Morgen erwachte ich aus dem Schlaf mit bleischweren Gliedern und benommen wie nach einer durchzechten Nacht. Die ganze Zeit über hatte ich wie am Fließband geträumt, tief, diffus und verworren. Ununterbrochen reihte sich Geschichte an Geschichte, eine an die andere, jede von ihnen war düster und geheimnisvoll, ließ mich erschaudern und frieren, zog an mir, wie ein bleiernes Gewicht an meinen Füßen und ließ mich tiefer und tiefer in mein Traumbewußtsein sinken. Endete der eine Traum und hegte ich Hoffnung, nun ein wenig Frieden und Erholung von den schrecklichen Bildern des soeben Geträumten im Schlaf finden zu können, so befand ich mich schon gleich wieder in der nächsten Traumgeschichte. Gnadenlos ging die Jagd weiter, gnadenlos reihte sich Traumerlebnis an Traumerlebnis, wie ein großes Rad, das einmal in Bewegung gesetzt, nicht mehr so leicht wieder anzuhalten war. Stufe für Stufe zog es mich tiefer in meine Traumebenen hinein, die nichts Gutes verhießen, zumindest keine Ruhe und keine Rast versprechen konnten, vielmehr Dynamik und Suche anzukündigen schienen. Aber eine Suche wonach? Das war mir zu diesem Zeitpunkt und nach dieser grauenvollen Nacht noch in keinster Weise klar.

An einen dieser vielen Träume konnte ich mich besonders deutlich erinnern. Die anderen dagegen versanken wieder im Nebel des Unbewußten, aus dem sie nur für einen kurzen Augenblick so durchdringend hervorgestiegen waren.

In dem Traum, der mir noch besonders deutlich in Erinnerung geblieben war, rannte ich zunächst vor etwas Unsichtbarem davon. Aus dem Keuchen und Schnauben hinter mir, das ständig näher zu kommen schien, schloß ich, daß es eine riesige Hundemeute sein müßte, vor der ich wegrannte, mit einer unbeschreiblichen Angst, einer Angst voll von Ausweglosigkeit, Verzweiflung und Hilflosigkeit. Ich zitterte am ganzen Körper und rannte, so schnell ich irgend konnte. Ich spürte in jedem Moment, daß, wie schnell ich auch lief, sie immer näher kamen. Sie sehen, konnte ich jedoch nicht, noch ahnen, von welcher Seite sie nahten, noch wieviele es waren. Auch den Grund, weshalb sie gerade mich so vehement verfolgten, kannte ich nicht.

Egal wie schnell ich rannte, noch welche Richtung ich einschlug, fühlte ich doch, daß die Hunde mir immer näher kamen. Trotz aller Kräfte, die ich aufwand, hatte ich doch keine Chance zu entkommen. Sie waren irgendwie mein Schicksal. Es gab da keine Wahl, kein Entrinnen. Und plötzlich stand ich an einem tiefen Abgrund. Tief unten breitete sich das Meer mit spiegelglatter Wasseroberfläche aus. Es strahlte Frieden und Geborgenheit aus, dieses spiegelglatte Wasser und es schien irgendwie einen Ausweg zu eröffnen, einen Ausweg aus dieser Angst hier oben und aus der Unentrinnbarkeit allen Seins. Die Hunde kamen immer näher und meine Angst, von ihnen in Stücke gerissen und zerfleischt zu werden, wurde schnell größer als meine Furcht vor dem Sprung in die Tiefe. War das Wasser auch tief genug, um den Sprung zu überleben? Gab es vielleicht Haie oder sonstige unerkennbare Gefahren dort unten? Ich befand mich in äußerster Anspannung in diesem Moment der Entscheidung. Dann, urplötzlich setzte ich zum Sprung an, breitete meine Arme aus und sprang in den Abgrund.

Aber statt wie ein Stein auf der Wasseroberfläche aufzuschlagen, war da so etwas wie fliegen, ich schwebte lange Zeit zwischen oben und unten, wie zwischen zwei Welten, und ich genoß dieses Schweben. Es war Freiheit, Leichtigkeit und ein wundersames Gefühl der Schwerelosigkeit. Gleichsam schien es, als ob ich sogar aufwärts fliegen könnte und Purzelbäume schlagen, mal wie ein Vogel kreisen, mal wie ein Segelflugzeug gleiten könnte, es war einfach ein wunderbares Gefühl. Schließlich fiel ich doch tiefer und tiefer, schlug auf der Wasseroberfläche auf, durchdrang sie und tauchte vollständig in den Ozean ein.

Ich weiß nur noch, daß ich Millionen von kleinen Lichtflecken sah, so etwas wie „Sternchen sehen" sozusagen, auf jeden Fall war da kein unangenehmes Eintauchen, nur eine Art Wechsel der Wahrnehmungsfähigkeit und wohl auch der Wahrnehmungsweise. Jedenfalls endete meine Erinnerung hier.

Ich war noch nicht ganz mit meinem Nachsinnen an die vergangene Nacht zu Ende, da klingelte das Telefon. Meine Mutter war am Apparat. Ein Anruf von ihr bedeutete nie etwas Gutes. Entweder war irgendein Familiendrama angesagt oder sie sorgte sich einmal wieder um mich, was noch viel schlimmere Folgen nach sich zu ziehen pflegte, wie etwa ihre Ankündigung, mich besuchen zu wollen, um meinem Leben mal wieder die richtige Ordnung zu verleihen. In der Regel konnte ich diese Besuche noch rechtzeitig auf die eine oder andere Weise abbiegen. Wenn gar nichts half, fuhr ich für ein paar Tage nach Hause, um wenigstens ihre Anwesenheit hier verhindern zu können, aber zweimal gelang mir auch das nicht und diese beiden Wochenenden reihten sich in die umfangreiche Sammlung der schwärzesten Tage meines Lebens nahtlos ein.
„Hi, Mom," tönte ich so vergnügt wie ich in meiner derzeitigen Verfassung nur konnte in den Hörer, um mögliche Sorgen bereits im Keim zu ersticken oder erst

gar nicht aufkommen zu lassen, aber das war in diesem Augenblick so ziemlich das Unangebrachteste, was mir hätte einfallen können. Denn was Mom mir zu sagen hatte, bezog sich weder auf meine persönlichen Befindlichkeiten, noch war es geeignet, vermeintliche oder gar echte gute Laune oder gar Frühlingslaune zu versprühen.

Mein Cousin Jeff war tot. Das teilte sie mir kurz und bündig mit und wohl verärgert über meine dieses Mal völlig unangemessene gute Laune - die ja in Wirklichkeit gar keine war - legte sie auf.
Ich rief sofort zurück. Einmal, um zu fragen, wie das denn geschehen konnte. Zum anderen wollte ich mich vergewissern, daß das nicht auch wieder so ein Alptraum wie zuvor in der Nacht war und ich Traum und Wirklichkeit doch noch zu unterscheiden vermochte. Denn es war ganz und gar unvorstellbar, daß Jeff etwas zustoßen könnte. Er war gerade einmal drei Jahre älter als ich, ein richtiger Kerl, sportlich, durchtrainiert und vollkommen bodenständig. Er lebte in meiner Heimatstadt, handelte dort mit Computern und der dazugehörenden Anwendersoftware und hatte sich durch zusätzliche Börsenspekulationen ein stattliches Vermögen erworben. Er war lebenslustig und kerngesund. Es war ganz und gar unmöglich, daß er tot sein sollte.

„Mom, es tut mir leid, wenn ich dich so pietätlos am Telefon begrüßt habe, aber ich konnte doch nicht ahnen, daß du aus einem solch schrecklichen Anlaß anrufen würdest“. Mit dieser Einleitung versuchte ich die Wogen der Verärgerung zu glätten, um ihr wenigstens einige Details über die näheren Umstände seines Todes entlocken zu können. „Nie, aber auch nie schaffst du es, auf ein Ereignis angemessen zu

reagieren, ganz wie dein Vater. Oh, worauf habe ich mich da nur in dieser Familie eingelassen?" - „Ja, Mutter, es tut mir wirklich leid. Würdest du mir jetzt bitte sagen was passiert ist!"
Sie fing an zu schluchzen und zu weinen. „Abgestürzt ist er." - „Abgestürzt?" fragte ich verdutzt. „Ja, abgestürzt. Wir können es uns auch nicht erklären. Was zum Teufel hat er überhaupt an den Klippen gemacht?" fragte sie mich, als ob ich ihr eine Antwort darauf hätte geben können. „In den Klippen abgestürzt?" hakte ich erneut nach. „Ja, heute nacht. Valerie rief mich heute morgen an. Jeff war wohl in der Nacht aufgestanden und aus dem Haus gerannt. Sie rief ihm noch vom Fenster aus nach, aber er reagierte nicht, sondern rannte nur wie ein Wahnsinniger in Richtung Klippen und Meer. Valerie zog sich dann an und rannte ihm hinterher, aber als sie die Klippen erreichte, konnte sie nur noch seinen leblosen Körper im Meer treiben sehen. Er muß an die 100 Meter von den Klippen ins Meer hinuntergestürzt sein. Gar nicht auszudenken, wenn er absichtlich gesprungen wäre. Seine arme Frau und die zwei kleinen Kinder. Oh, großer Gott," schluchzte sie in den Telefonhörer. Ich versuchte sie zu trösten, aber ich war wenig überzeugend in dieser Rolle. Denn mir war, als schnürte sich mir die Kehle zu, bei der Schilderung der Umstände die zum Tod von Jeff geführt hatten.

Es war ja fast genau mein Traum von dieser Nacht, den mir Mom da erzählte, nur daß es tatsächlich geschehen war und einem Menschen das Leben gekostet hatte. Dazu noch einem Menschen, den ich über alles geliebt hatte. Jeff war zu mir wie ein großer Bruder, ein Bruder den ich nie hatte. Er beschützte mich in der Schule, wenn mir die älteren Mitschüler an den Kragen wollten und auch später im Teenageralter als alle den

Mädchen nachstiegen und jeder zu spüren begann, daß da etwas bei mir anders war, stand er mir bei und behütete mich vor Hänseleien und Prügeleien, nahm mich auf Parties mit und sorgte dafür, daß ich nicht zum Außenseiter unserer ach so biederen Kleinstadt wurde. Auch wenn er nicht so recht verstand, was mit mir vorging, so war ich doch sein Cousin und er stand zu mir, und er mochte mich auf seine direkte und ehrliche Art. Und ich liebte ihn dafür.
Und jetzt sollte er einfach nicht mehr da sein? Und dann noch diese Parallele zwischen seinem Tod und meinem Traum? War er gar gestorben, nur weil ich diesen Traum geträumt hatte? Mir wurde ganz elend zumute.

„Und daß du mir ja zur Beerdigung am Mittwoch kommst," schluchzte meine Mutter am Telefon. „Und daß du dich anständig aufführst! Denke doch an die Nachbarn." - „Ja, Mutter," sagte ich, „bis Mittwoch," und legte auf.

Völlig benommen und zu keinem klaren Gedanken mehr fähig kroch ich aus meinem Bett und klingelte an Sarahs Tür. Ich mochte jetzt auf keinen Fall alleine sein.
„Hallo Marc, du siehst ja fürchterlich aus. Was ist denn passiert?" fragte sie, während sie mich in ihre Wohnung zog. „Trink erst mal eine Tasse Kaffee mit mir, dann wird es dir schon besser gehen." - „Mein Cousin Jeff ist gestorben," gab ich zur Antwort. Ich mochte im Moment keine großen Erklärungen machen und als Begründung für meine derzeitige miserable Verfassung war dieses Ereignis gerade gut genug. „Das tut mir leid. Wie ist das denn passiert?" erwiderte Sarah. Ich erzählte ihr, was ich wußte, ohne meinen nächtlichen Traum zu erwähnen. Und ich bat sie, mich

auf die Beerdigung am Mittwoch zu begleiten. „Du kennst doch meine Mutter, was wieder los ist, wenn ich alleine komme. Ich würde ihr und mir eine Menge peinlicher Fragen der Trauergäste ersparen, wenn ich in weiblicher Begleitung käme. Und ich glaube, ich stehe das Ganze besser durch, wenn ich jemanden bei mir habe, der mich versteht. Du weißt doch, wie ich Beerdigungen hasse." - „Natürlich komme ich mit!" antwortete Sarah. „Aber du solltest dir schon einmal überlegen, was du mit deiner Familie anfängst, wenn du mal in einer festen Partnerschaft leben solltest. Dann kannst du deinen Freund nicht dauernd und für immer als deinen lieben Arbeitskollegen vorstellen." - „Das hat ja wohl Zeit, bis es soweit ist," antwortete ich etwas mürrisch. „Im übrigen wird mir bis dahin schon etwas einfallen, falls ich nicht doch noch in einem Kloster lande." - „Was ja nicht unbedingt langweilig für dich enden müßte," entgegnete Sarah und versuchte mich damit etwas aufzuheitern, was ihr allerdings gründlich mißlang.

Vier Tage später standen Sarah und ich am Grabe meines Cousins Jeff. Die Beerdigung fand im engsten Familienkreise statt. Rund zwei Dutzend waren um den Sarg des Sunnyboys unserer Familie versammelt. Trotz des kleinen Kreises hatte ich das Gefühl, daß weit mehr Menschen als bloß die hier Anwesenden an dieser Beerdigung teilnahmen, daß sozusagen Augen und Ohren der ganzen Stadt auf dieser Beerdigung ruhten. Mir war nicht klar, weshalb keiner seiner vielen Freunde gekommen war. Eigentlich hatte ich eine grosse Versammlung hier erwartet. Denn Jeff war beliebt und mit jedem hier gut Freund. Er war gesellig und in vielen der städtischen Vereine aktiv. Mir wurde ganz bange bei dem Gedanken, daß sich aus Anlaß dieses traurigen Ereignisses hier die Mitglieder der verschiedenen Vereine ein Stelldichein geben würden und wohlmöglich der Gesangverein mit dem Kirchenchor um die anspruchsvollere und vor allem die längere Darbietung wetteifern würden. Aber keiner von ihnen war anwesend. Es hing wohl mit den besonderen Ereignissen, die Jeffs Tod begleitet hatten, zusammen. Solange nicht geklärt war, ob ein Unfall, Selbstmord oder sogar etwas Schlimmeres dahintersteckte, hielten sich vielleicht alle ein wenig bedeckt. Oder meine Mutter hatte mit einer Art telefonischer Konferenzschaltung die städtische Gemeinde vorsorglich ausgeladen, um Tante Anne und ihrem Mann größere Peinlichkeiten und allzu verletzende Nachfragen zu ersparen.

Ich wußte nichts Genaueres und fühlte mich hier im kleinen Kreise auch wesentlich wohler als mit dem Gedanken, meinen ehemaligen Spiel- und Schulkameraden bei einem so unangenehmen Anlaß begegnen zu müssen. Und trotzdem war ich nicht bei der Sache, sondern mehr mit meinen Gedanken über die hier fehlenden Freunde und Bekannten beschäftigt, als mit der Beerdigung selbst. „Der Herr weidet mich auf einer grünen Aue ...," drangen wie von fern die Worte des Priesters zu mir herüber und fingen meine Gedanken für einen Moment ein: „Wieso weidet mich der Herr auf einer Aue?" Hier, wo ich doch auf dem Friedhof stehe und alles ziemlich öde ist? Und wenn der Pfarrer nicht mich gemeint hat, sondern vielleicht Jeff, wo wird er denn jetzt geweidet? Das ist doch makaber. Ich dachte ohnehin, daß sei so etwas wie ein Taufspruch, daß mit dem „Weiden" und den „Auen". Aber auf welcher Aue sollte sich mein lieber Jeff jetzt weiden? Der, der mir immer so etwas wie ein Vorbild war, ein Ideal, wie ein Mann zu sein hat und sein Leben gestalten sollte.

Ich wagte nicht weiter zu denken und es lief mir eiskalt den Rücken runter. In diesem Moment wendete sich mein Blick von dem blumengeschmückten Sarg zu den alten Säulen der Friedhofskapelle. Und während der lautlose Nieselregen von einem schwachen Sonnenstrahl durchbrochen wurde, glaubte ich, Jeff just in diesem Augenblick zwischen den Säulen der Kapelle vorbeihuschen zu sehen, mehr wie man einen Windhauch zu spüren vermag, aber eben doch wahrnehmbar. Seine Gestalt erschien mir irgendwie transparent und schwach durchsichtig aber eben doch real. Ich erschrak so sehr, daß ich beinahe kopfüber in die mit Kunstgras akkurat ausgeschmückte Gruft gefallen wäre und nur der Geistesgegenwart von Onkel Josef war es zu verdanken, daß es nicht zu einer Katastrophe kam und ich geradewegs auf den Sarg plumpste. Er schien mein Fallen irgendwie zu erahnen und hielt mich mit seinen kräftigen Armen an beiden Seiten fest, zog mich von der Gruft weg in die hinteren Reihen der Anwesenden und setzte mich auf eine Friedhofsbank neben den Grabsteinen. Sarah folgte mir sofort nach. „Oh mein Gott, was ist denn mit dir?“ fragte sie mich. „Nichts ist! Mir ist einfach übel. Kannst du das nicht verstehen? Er war der einzige von allen denen, die dort herumstehen, der für mich wirklich etwas empfunden hat, der mir beigestanden hat, wenn ich schwach war und Hilfe brauchte und nicht fragte: „Warum denn das und wieso denn so?“ - Er war einfach immer da, wenn ich ihn brauchte und er half mir, weil er mich liebte, weil er sich mir nahe fühlte, verbunden, nicht aus irgendwelchen sonstigen Gründen oder Absichten. Er hätte das alles nicht gemußt, meine ich. Er tat es einfach, weil er mich mochte. Das ist das Wundervolle an ihm - war das Wundervolle, meine ich.“ - „Ist ja gut,“ sagte Sarah. Sie

nahm mich in ihre Arme und drückte mich ganz fest. „Ich verstehe schon was du meinst. Ich hatte nie jemanden, dem ich mich so nah und verbunden fühlen konnte. Ich habe mir immer gewünscht, solch einem Menschen zu begegnen. Ich glaube, ich würde mich sofort in ihn verliebt haben, wenn ich ihm begegnet wäre.“ - „Ja das kann ich mir gut vorstellen,“ antwortete ich und mußte dabei ein wenig lachen.“ - „Na bitte, ich wußte doch, daß ich dich wieder hinkriegen werde,“ sagte Sarah, die mein Lachen erwiderte. „Geh jetzt wieder rüber, die anderen sehen sich schon nach dir um. Ich halte dich fest, damit nicht noch einmal etwas Ungeschicktes passiert.“
Wir gingen hinüber und kamen gerade zum Ende der Zeremonie. Ich warf ein Häufchen Sand in die Gruft und ging mit Sarah zum Parkplatz, wo sich die anderen Trauergäste versammelt hatten, um gemeinsam rüber ins Haus von Jeffs Mutter, zu Tante Anne zu fahren.

Als wir dort ankamen, sah ich Valerie, Jeffs Frau, zum ersten Mal an diesem Tag. Erst jetzt wurde mir bewußt, daß auch sie am Begräbnis ihres Mannes nicht teilgenommen hatte. „Wie geht es dir, Val? Es tut mir so unsagbar leid,“ sprach ich sie an. „Ich kann es noch immer nicht begreifen; weißt du, er war so jung, so kraftvoll, noch einen Tag vor seinem Tod hatten wir einen unsagbar schönen Abend miteinander - und dann stürzt er sich von den Klippen! Ich kann es einfach nicht begreifen.“ Während sie mir das sagte, spürte ich, wie ein Schleier uns beide trennte. Ein Schleier des Bewußtseins oder besser gesagt eines nicht wahrhaben wollens, ein Schleier, der die Realität verdeckt und verklärt, und der eine realistische Wahrnehmung der Tatsachen unmöglich machte.
Trotzdem sagte ich zu ihr: „Erzähl mir, wie es passiert ist.“ Valerie schaute mich zunächst ganz verwundert

an. Dann aber begann sie zu erzählen: „Da waren zunächst diese Träume. Immer wieder hörte ich Jeff nachts rufen und schreien und wenn ich ihn weckte und ansprach, sagte er nur, ach laß mich, ich habe nur schlecht geträumt. Aber es ängstigte mich mehr und mehr, weil sich diese Alpträume häuften und schließlich fast jede Nacht wiederkehrten. Sie raubten uns fast jegliche Nachtruhe. Am Ende konnte ich gar nicht mehr unterscheiden, ob es sich um Jeffs Alpträume handelte oder ob das alles um mich herum nur ein einziger Alptraum war. Auch wenn ich ihn des Tages auf seine Alpträume hin ansprach, reagierte er nur mit Ausweichen und Abwiegeln. Nur einmal sagte er mir, es sei so etwas, als wenn ihn jemand rufe, aber er könne nicht erkennen, wer es sei, und wenn er dann loslaufe, um den Rufer zu suchen, dann versinke er jedesmal in einem tiefen Morast, aus dem er sich nicht mehr befreien könne.
Ich fragte ihn, ob er im Geschäft Schwierigkeiten habe oder mit den Leuten hier in der Stadt. Es gibt Gerüchte, daß seine Firma pleite sei, aber wer hier in der Stadt auf Gerüchte hört, der ist von vornherein verloren. Und als Jeff mir versicherte, es gäbe keinerlei Grund zur Beunruhigung, da habe ich ihm geglaubt.
Dann kam jene Nacht, in der es passierte. Ich lag noch lange wach und konnte Jeff hören, wie er aufgeregt mit lauter Stimme telefonierte. Ich glaube es war Jack, sein Teilhaber in der Firma mit dem er sprach. Dann hörte ich ihn wütend schreien: „Nicht mit mir!" Er knallte das Telefon auf, kam zu mir ins Schlafzimmer und drückte mich eine ganze Weile. Dann schliefen wir Arm in Arm ein. Als ich in der Nacht aufwachte, lag Jeff nicht mehr neben mir im Bett. Seine Jeans fehlte auf dem Stuhl und so schaute ich instinktiv aus dem Fenster. Da sah ich ihn Richtung Meer laufen. Ich war irgendwie ganz aufgeregt in diesem Moment; ich dachte nur, da stimmt

irgendwas nicht. Ich zog mich an, um hinter Jeff herzulaufen, aber ich war so nervös, daß ich gar nichts so recht auf die Reihe brachte, und so vergingen vielleicht vier oder fünf Minuten bis ich endlich Jeff hinterher laufen konnte. Als ich das Haus verließ, konnte ich ihn schon nicht mehr sehen und als ich dann nach einer Weile die Klippen erreichte, da sah ich weit unter mir seinen Körper liegen, den Kopf nach unten. Das Meer umspülte seinen Körper zur Hälfte und ich wußte sofort, er ist tot."
„Glaubst du wirklich, daß er gesprungen ist?" fragte ich Valerie direkt. „Ich weiß es nicht! Ich weiß nicht, was ich glauben soll. Ich weiß nur, daß es nicht fair ist, mir gegenüber nicht, den Kindern gegenüber nicht und auch sich selbst gegenüber nicht; er war viel zu gut drauf, viel zu sehr im Leben und mit dem Leben verbunden, daß gerade er sterben muß. Ich glaube, es war noch nicht seine Zeit - wenn du verstehst, was ich meine," sagte sie zu mir. „Ich verstehe es," antwortete ich. „Ich glaube auch, daß es noch nicht seine Zeit war. Nur eine Frage noch, hatte er in dieser Nacht denn wieder diese Alpträume?" - „Gut, daß du mich das fragst, mir wäre das sonst gar nicht aufgefallen, aber jetzt wo ich darüber nachdenke, fällt mir auf, daß es die einzige Nacht seit langem war, daß ich nicht durch seine Schreie aufgeweckt wurde. Erst sein Aufstehen mitten in der Nacht hat mich wach gemacht. Ist das nicht seltsam?" - „Ja das ist es!" antwortete ich gedankenverloren.
Was sollte das Ganze bedeuten? War es ein Selbstmord nach Plan, weil er geschäftlich ruiniert war und war Jeff bewußt leise in dieser Nacht, damit niemand ihn stören und sein Vorhaben verhindern konnte? Oder hatten seine „Geschäftspartner" ihn in jener Nacht irgendwie aus dem Haus gelockt und war er in eine tödliche Falle geraten? Die Klippen hier

haben schon manchen zu Fall gebracht, ganz leise und ohne viel Aufhebens. Oder war er durch seine immer wiederkehrenden Alpträume an den Rand des Wahnsinns geraten, und das Aus-dem-Haus-rennen war eine panikartige Kurzschlußhandlung, die erst am Fuße der Klippen ihr Ende fand?

Eigentlich war ich genauso schlau wie zuvor. Allerdings blieben zwei wesentliche Details, die den Varianten der möglichen Geschichten eine durchaus schwerwiegende Gewichtung zu geben vermochten. Da waren zum einen die fehlenden Alptraumgeräusche gerade in jener Nacht. Nun gut, Valerie könnte sie möglicherweise überhört haben. Aber weshalb gerade in dieser besonderen Nacht, wo sie doch in allen Nächten davor regelmäßig geweckt wurde. Ohne Alptraum wäre die Variante des Amoklaufs jedoch wenig wahrscheinlich. Und da war noch ein weiteres wesentliches Detail. Es gab keinen Abschiedsbrief von Jeff. Jedenfalls hatte Valerie ihn in ihren Erzählungen nicht erwähnt. Danach fragen mochte ich nicht, das empfand ich in jenem Moment als pietätlos. Aber sollte es tatsächlich keinen Abschiedsbrief von Jeff geben, dann wäre die Variante des von Anfang an geplanten Selbstmordes weit weniger wahrscheinlich, denn zumindest von seiner Frau hätte sich Jeff doch verabschiedet. Oder vielleicht gerade von ihr nicht, um ihr die allzugroßen Schmerzen zu ersparen, die das Wissen um einen Selbstmord nach sich ziehen würden? Vielleicht hatte er sich nur von Tante Anne verabschiedet, oder um auch sie zu schonen, von jemand anderem in der Familie, oder eben von keinem, oder es gab einen Abschiedsbrief, aber der Empfänger hielt ihn geheim, um die anderen in der Familie zu schonen. Oder er hielt ihn noch geheim, damit erst einmal das Schlimmste, nämlich die

Beerdigungsformalitäten vorübergingen und dann, wenn die Familie unter sich war...
Meine Gedanken drehten sich unaufhörlich im Kreise und Valerie befreite mich aus diesem Labyrinth, indem sie mich ansprach: „Marc, ich hoffe, du hast das nicht falsch verstanden von mir, daß die Kinder und ich nicht bei der Beerdigung anwesend waren." Ach, die Kinder fehlten ja auch, dachte ich bestürzt. „Aber ich wollte den Kleinen das alles ersparen und ich wäre nach alledem der Begegnung mit der halben Stadt nicht gewachsen gewesen." Sie hatte also genauso wie ich erwartet, daß auch Freunde und Bekannte an Jeffs Beerdigung teilnehmen würden und war vor dem erwarteten Ansturm an Mitleidsbekundungen ferngeblieben. Das konnte ich gut nachempfinden. Trotzdem blieb ein seltsamer Nachgeschmack in meinem Empfinden, irgend etwas Schales und Undefinierbares. „Natürlich habe ich Verständnis, Val, du siehst ja, selbst ich habe mich nicht ohne Verstärkung hergetraut." Ich deutete dabei auf Sarah, meine Begleiterin. Aber ich merkte, daß der Vergleich nicht paßte und Valerie spürte das auch. Sie umarmte mich, ließ mich stehen und ich kam mir leer und verlassen vor, fast so, als wenn das meine eigene Beerdigung wäre und ich mit Bedauern feststellen muß, daß alle die Menschen, denen ich mich im Leben wirklich nahe fühlte, gerade etwas besseres zu tun hatten und deshalb nicht kommen konnten.

Und in diesem Gefühl beschlich mich der Verdacht, ja, er wurde für einen kurzen Moment zur Gewißheit, daß Jeff keinen Selbstmord begangen hatte, keinen geplanten und keinen überstürzten. Ich konnte nicht sagen, was sich in jener Nacht tatsächlich ereignet hatte, Selbstmord war es jedenfalls nicht.

Onkel Mike trat an meine Seite, er war der Bruder meiner Mutter. „Traurige Sache, was," sagte er. „Arme Val, du hast ja gerade mit ihr gesprochen. Sie kann das Ganze noch gar nicht begreifen. Nimm nicht so ernst was sie dir erzählt."
Was sollte das jetzt schon wieder? Ich spürte, daß sich mir der Magen hob und ich mich innerlich gegen irgendetwas sträubte. Aber Onkel Mike, ganz der liebe Bruder meiner Mutter, setzte noch eins drauf: „Nette Frau hast du da mitgebracht. Hast du jetzt was mit Frauen oder ist sie nur ein Alibi? Sie scheint den Blicken „echter Männer" ja keineswegs abgeneigt." - „Lieber Onkel," antwortete ich mit trockener Kehle und etwas schwankender Stimme, „ich dachte du könntest wenigstens an einem Tag wie diesem deine Sticheleien lassen. Sarah hat mich nicht als Alibi begleitet, sondern als Stütze, weil sie weiß, daß ich um meinen Cousin wirklich trauere." Das war ein Stück gelogen, denn Sarah war ja zumindest für den Fall einer Beerdigung in großem Rahmen, unter Teilnahme von Freunden und Bekannten, als Bollwerk gegen deren unnachgiebigen Fragen gedacht. Und bereits ihr Erscheinen war geeignet, bestimmten Gerüchten vorzubeugen und peinliche Nachfragen zu vermeiden. Aber das nächste Mal, das schwor ich mir, wird es keine Alibibegleitung mehr geben. Ich hatte die Nase entgültig voll.

Als ob Mom meine Gedanken lesen konnte und um möglichem drohenden Unheil vorzubeugen, war sie die Freundlichkeit selbst zu mir, erwähnte wohlwollend mehrere Male wie charmant und apart sie doch Sarah finde und daß ich sie jederzeit und so oft ich nur wolle wieder mitbringen dürfte. Wünschst du dir wohl, dachte ich mir.

All die anderen Gäste waren für mich wie in Nebel gehüllt, sei es daß sie keinerlei Notiz von mir nahmen oder dem reichlich fließenden Alkohol mehr Beachtung schenkten als mir. Ich kam nicht an sie ran und sie nicht an mich. Das galt selbstverständlich auch und gerade für meinen Vater, der mich zwar liebevoll und voller Freude begrüßte, aber bereits während der Beerdigungszeremonie so betrunken war, daß er den in schwarz gekleideten Sargträger mit dem Pfarrer verwechselte und ihm für die würdevolle Predigt dankte. Bei der anschließenden Feier war er nicht mehr ansprechbar, weder für mich noch für irgend jemand anderen. Er saß völlig betrunken im alten Lehnstuhl auf der Terrasse und summte vor sich hin. Ich sagte ihm nicht einmal Aufwiedersehen, als ich mich gegen sechs Uhr mit Sarah auf den Heimweg machte.

„Beerdigungen sind immer die schwärzesten Tage im Leben," sagte Sarah im Auto zu mir, als ob sie das Bedürfnis gehabt hätte, sich für meine Familie und diesen grauenvollen Tag auf irgendeine Art und Weise entschuldigen zu müssen. „Glaubst du, daß es ein Selbstmord war?" erwiderte ich völlig zusammenhanglos. „Woher soll ich das wissen? Du hast doch mit seiner Frau gesprochen. Hast du nichts herausfinden können? entgegnete sie und spielte mir den Ball zurück. „Ich habe nicht gefragt ob du es weißt, sondern ob du es glaubst," korrigierte ich.
Sie wurde ganz ruhig und verlegen, so als ob jemand das erste Mal nicht ihren perfekten rationalen Verstand beanspruchen wollte, sondern Wert auf ihr Gefühl legte, auf ihre Intuition, ihr Gespür, ihren Glauben eben.
„Wenn ich so richtig überlege, ich meine, ich weiß nicht, ich habe nur einen flüchtigen Eindruck von deiner Familie bekommen und Jeff, ja, ich habe mir ein

Bild von ihm auf der Kommode im Hause seiner Mutter angesehen. Ich meine ...“. Sie zögerte noch.
„Ich glaube es nicht; ich meine, ich glaube nicht, daß er Selbstmord begangen hat. Marc, schau, er hatte alles, was du und ich nicht besitzen und uns - wenn auch vielleicht nur ganz insgeheim - doch wünschen. Er hatte eine Frau und Kinder, das heißt, er wußte, wo er zu Hause war, wo er hingehörte. Er hatte eine Familie, die, na ja, nicht unbedingt das Umwerfendste ist, was man sich vorstellen kann, die aber alle in seiner Nähe leben. Was ich sagen will ist, er konnte sich doch die Rosinen rauspicken. Irgendeiner von den vielen Onkeln und Tanten nur ein paar Meilen von ihm entfernt, taugte doch wohl, um sein Herz auszuschütten, wenn es einmal zu voll war. Und deine beiden Cousins, Jeffs Brüder, mit denen ich ein wenig rumgeschäkert habe, na, die taugen doch allemal zum gemeinsamen Anpacken, wenn der Karren einmal zu weit im Dreck drin steckt. Natürlich gibt es ganz introvertierte Menschen, die trotz eines solchen Umfeldes mit allen seinen Möglichkeiten und Chancen keinen Ausweg mehr sehen und in ihrer Isolation ersticken.
Aber einen solchen Eindruck hat Jeff nicht auf mich gemacht. Jeder, mit dem ich auf der Beerdigung sprach, erzählte mir von seinen vielen Freunden, seiner Offenheit und seiner Hilfsbereitschaft. Für mich war er ein Mann, der mit beiden Beinen auf der Erde stand. Solche Männer bringen sich nur äußerst selten um. Aber hast du denn wirklich nichts von seiner Frau erfahren können?“ fragte sie mich erneut. „Du hast dich doch lange mit ihr unterhalten.“
„Ja, schon,“ antwortete ich. „Aber es macht für mich alles keinen Reim. Die Geschichten scheinen nicht zueinander zu passen und während es mir sonst immer so vorkommt, als wolle jeder mir besonders über-

zeugende und schlüssige Erklärungen selbst zu den belanglosesten Ereignissen präsentieren, nur um mich vom übermäßigen Nachdenken abzuhalten, scheint dieses Mal niemand so richtig Interesse daran zu haben, die Sache irgendwie doch noch plausibel wirken zu lassen. Und das bei einem so tragischen und bedeutsamen Ereignis."

„Für das Ausbleiben der Freunde am heutigen Tag zum Beispiel hat mir niemand eine plausible Erklärung gegeben. Und auch das Fernbleiben von Val hat mich irgendwie verwirrt, wobei ich nicht einmal sagen kann, was es ist. Vielleicht, ja, vielleicht weil es mir schien, daß genau diejenigen, von denen ich glaubte, sie stünden Jeff am nächsten, daß genau diese Menschen heute gefehlt haben. Und das empfand ich als sehr traurig." - „Vielleicht," erwiderte Sarah, „vielleicht beeinhaltet gerade das Fernbleiben dieser ihm besonders nahe stehenden Menschen einen Hinweis oder eine Art Schlüssel zu den ganzen Geschehnissen um Jeffs Tod." - „Ja, das kann schon sein, aber ehrlich gesagt, mag ich über die ganze Angelegenheit für`s erste nicht mehr nachdenken. Ich glaube, ich brauche erst einmal Ruhe von der ganzen Sache. Die letzten Tage waren für mich einfach zuviel." Und dabei fiel mir wieder mein Traum ein, den ich in der gleichen Nacht hatte, als Jeff starb und mein Erlebnis in dem Antiquitätenladen in der Vorstadt. Beides ließ mich nicht mehr los.

Am nächsten Tag schreckte mich Tina aus dem Schlaf. Sie rief an, um mich wegen des fehlenden Fotos aus dem Antiquitätenladen zur Rede zu stellen; und sie verband das mit einem ihrer gekonnten Rundumschläge. „Was bildest du dir eigentlich ein?" fragte sie rein rhetorisch. „Nur weil du ein paar wirklich gute Bilder geschossen hast, die uns verdammt viel Geld eingebracht haben, glaubst du wohl, dir wirklich alles erlauben zu können. Seit Tagen hast du dich im Büro nicht mehr blicken lassen. Kein Anruf, keine Entschuldigung, keine Erklärung, was passiert ist und kein Resultat deines letzten Arbeitstages. Da fährst du einen Tag lang auf unsere Kosten in der Stadt herum, treibst dich in Antikläden und sonst wo herum und lieferst nicht mal ein einziges läppisches Foto ab. So kann das nicht weitergehen."
Die Realität hatte mich wieder eingeholt. Wie konnte ich auch nur erwarten, daß sie sich durch Familiendramen, alten Antiquitätenhändlern mit weisen Sprüchen oder gar verzauberten Spiegeln würde stoppen oder zumindest ein wenig beeinflussen lassen, zum Friedvollen hin, zum Positiven und vielleicht sogar zum Schönen. Nein, das konnte ich wohl nicht erwarten.

„Mein Cousin Jeff ist gestorben," sagte ich zur Entschuldigung und in einem Ton, als ob es selbstverständlich sei, daß jeder Mann ihn kenne und nun um ihn trauern müsse. Im übrigen waren Sterben, Krankheiten und Liebeskummer im Spiel der Begründungen immer noch die überzeugendsten Argumente dafür, daß es einem in den Augen der anderen schlecht gehen durfte, wenn es einem sowieso schon schlecht ging. „Das tut mir leid!" antwortete Tina kühl. „Hattest du was mit ihm?" - „Natürlich nicht," erwiderte ich in der tiefsten Inbrunst der Entrüstung. „Er ist doch mein Cousin!" - „Dann kannst du mir nicht erzählen, daß dich das so umgehauen hat, daß du vier Tage lang vergißt, wer du bist und wem gegenüber du Verpflichtungen hast." Tina hatte also mein Spiel mit den Begründungen durchschaut. „Tina, mir ging es schon vorher ziemlich schlecht und da hat mich die Nachricht von Jeffs Tod einfach umgehauen. Ausserdem finde ich es eine ziemliche Unverschämtheit, mir zu unterstellen, ich könne nur um verflossene Liebhaber ernsthaft und aufrichtig trauern." Damit ging ich zum Gegenangriff über. „Jeff war für mich wie mein Bruder und ich trauere, um wen ich will und solange ich will." Dann legte ich einfach den Hörer auf. Aber natürlich war die Sache nicht erledigt. Ich mußte irgendwann doch wieder ins Büro und das fehlende Foto von diesem Spiegel fuchste mich selbst schon gehörig.

Gott sei Dank war es Nancy, die mir einmal wieder eine Brücke baute und circa eine halbe Stunde nach Tina bei mir anrief, mir zum Tode meines Cousins kondolierte und mich zum Mittag auf einen Tee ins Büro einlud; dann könnten wir doch auch ganz nebenbei einmal durchgehen, welche neuen Aufträge für mich in Frage kämen und das mit dem Spiegel habe sie an Jo weitergegeben. Der mache das Foto im Vorbeigehen, da er dort in der Nähe noch einen weiteren Auftrag zu erledigen habe. Das gefiel mir. Vor allem weil ich nicht noch einmal in diesen seltsamen Antiquitätenladen mußte. In meiner derzeitigen Verfassung hätte ich das sicherlich kein zweites Mal durchgestanden.

Pünktlich zu Mittag traf ich bei Nancy im Büro ein. Sie empfing micht liebevoll, ließ mich ein wenig von zu Hause und über Jeffs Beerdigung erzählen, ging mit mir die mir zugedachten neuen Aufträge durch und kam schließlich doch noch auf meine seelische Verfassung zu sprechen, die ich das ganze Gespräch über so überzeugend als nur irgend möglich zu verdecken suchte.

„Ich glaube," fing sie an, „ich glaube, es geht dir überhaupt nicht gut, Marc. Ich mache mir ernstliche Sorgen um dich, wenn ich dir das sagen darf."
„Schau, bei unserem letzten Gespräch schienst du mir ziemlich aufgewühlt und jetzt noch der Tod deines Cousins. - Hast du nicht einmal darüber nachgedacht, dir eine längere Auszeit zu gönnen. Ich meine, eventuell etwas unbezahlten Urlaub zu nehmen und für eine ganze Zeit am Stück mal wegzufahren, in die Berge oder ans Meer, um einmal so richtig die Seele baumeln zu lassen. Nicht einen dieser eins, zwei Wochen Urlaube, bei denen die Erholung gerade anfängt, wenn man wieder die Koffer zur Heimreise packen muß. Nein, ich meine eine richtige Auszeit."
„Nancy, ich danke dir für deinen Rat, und ich weiß, daß er ehrlich gemeint ist. Aber jetzt, in diesem Moment würde ich mir dabei vorkommen, als liefe ich vor etwas davon, vor etwas, das mir wichtig ist, das tief im Inneren mit mir zu tun hat und mich vielleicht vollständig verändern kann, im Positiven meine ich. Ich kann dir nicht sagen was es ist, es ist nur ein Gefühl, ein Gefühl der Hoffnung und des Vertrauens jenseits aller Ereignisse der vergangenen Tage. Aber ein Gefühl, das mich nicht losläßt. Vielleicht hat es mit einem Traum von mir zu tun, den ich genau in jener Nacht hatte, als Jeff starb," und ich erzählte Nancy diesen Traum und die darin enthaltenen Parallelen zu den tatsächlich in dieser Nacht geschehenen Einzelheiten, die schließlich zu Jeffs Tode führten.
Ich sah ihre überraschten Augen, ein Blick der in etwa beinhaltete: „Aha, also doch!" oder: „Das ist es!" Aber was es war, auf was ich da getroffen zu sein schien,

daß verriet mir weder Nancys Blick, noch Nancy selbst. Sie sagte vielmehr: „Weißt du noch, daß ich dir bei unserem letzten Gespräch Spiegelarbeit empfohlen habe. Tue mir einen Gefallen und probiere es aus, täglich eine halbe Stunde und erzähle mir, was passiert. Vielleicht kann ich dir dann auch ein wenig mehr von meinen Erlebnissen damit erzählen. Ich glaube, du bist auf dem richtigen Weg, und wenn du Hilfe brauchst, rufe mich an, egal wann, ich werde für dich da sein." - „Danke Nancy, ich liebe dich," sagte ich beim Abschied, zog meine Jacke an und ging.
Ich mußte einfach gehen, ich meine, in diesem Moment war alles gesagt, was es zu sagen gab und jedes weitere Wort hätte alles nur wieder zerredet, in Frage gestellt oder relativiert. So konnte ich es stehen lassen und Nancy sicher auch.
Ich fuhr ein wenig ziellos in der Stadt herum, beobachtete die Menschen, wie sie irgendetwas hinterherzueilen schienen, auf der Suche waren, so wie ich auch, nur daß ich das erste Mal das Gefühl hatte, dem, wonach ich suchte, nicht noch hinterherrennen zu müssen, mich nicht noch länger beeilen zu müssen. Irgendetwas gab mir eine gewisse Art von Ruhe, ein Gefühl, daß wenn ich meinen Weg finden sollte, daß er sich nicht erzwingen lasse, daß er sich ergeben müsse, einfach irgendwann da war, ohne daß man es erwartet, so wie sich ein nettes Gespräch ergibt an einem Frühlingstag im Straßencafé. Niemand hätte noch Minuten zuvor mit einer Begegnung gerechnet und da setzt man sich hin, bestellt eine Tasse Kaffee und plötzlich ist es da, jemand fragt, ob er sich dazusetzen darf und ganz von selbst ergibt sich eine wundervolle Unterhaltung, ein Verstehen, als ob man sich schon seit hundert Jahren kennen würde und der ganze Tag ist gerettet, nur wegen dieser wundervollen Begegnung im Café. Solche Tage gibt es tatsächlich und solche

Begegnungen. Und das Besondere daran ist immer, daß es sich nicht erzwingen läßt, daß es einfach kommt, ganz von selbst. Jedes Forcieren, jedes Drängen von innen heraus würde es sofort zerstören, würde die Leichtigkeit und Schönheit des Augenblickes zunichte machen, zerdrücken und zerschlagen. War man aber offen und frei, dann gehörte einem der Augenblick und man konnte fühlen, was Leben eigentlich ist; ein Fließenlassen, ein Durchwandern vieler Augenblicke, die an eine Perlenschnur gereiht, eine Geschichte ergeben und je freier wir in jedem Augenblick sein können, desto schöner und erfüllter können wir unsere Lebensgeschichte gestalten. Jedenfalls ließ sich nichts erzwingen. Erkenntnis nicht, Liebe nicht und auch Erfüllung nicht. Es ergab sich einfach oder es ergab sich eben nicht. Diese Einsicht, verbunden mit dem Fehlen von zeitlichem und innerem Druck gab mir ein Stück Freiheit. Freiheit hinauszuschauen was ist und was sein könnte, wenn ich nur in der Lage wäre, mich ausreichend zu öffnen.

Ich hielt vor meinem Haus, stieg aus dem Wagen und dachte mir: „Wieso soll ich es eigentlich nicht einmal mit Nancys Spiegelarbeit probieren." Zeit habe ich genug, einen großen Spiegel im Schlafzimmer auch und bevor ich wegen meiner etwas schiefgeratenen Seelenlage gleich zum Psychiater renne, kann ich es doch mal versuchen. Zu verlieren habe ich dabei ohnehin nichts. Ich ging über die Straße in den Drugstore, holte mir eine Tüte Chips und zwei Bier, ging dann nach Hause, räumte mein Schlafzimmer soweit auf, daß man sich einigermaßen bequem vor den Spiegel setzen konnte, der die gesamte Schranklänge vom Boden bis zur Decke überzog, baute meine Chips und mein Bier in sicherer

Reichweite auf, stellte das Telefon ab und machte es mir vor dem Spiegel gemütlich.

Nach zehn Minuten und einer Flasche Bier wurde es mir langweilig, mich in voller Länge anzustarren. Ich wendete mich von einer Seite auf die andere und wollte die Sache gerade abbrechen, da fiel mir etwas ein. Vielleicht ginge das Ganze mit etwas Romantik leichter. Ich legte eine etwas langsame und verträumte CD auf, zündete meinen alten Kerzenständer an, machte das grelle Licht aus und setzte mich wieder hin. Na bitte, so war das schon viel besser. Ich begann an meiner zweiten Flasche Bier zu trinken und schaute mich an.

Für dein Alter siehst du gar nicht so übel aus, dachte ich. Gut, da war der leichte Speckansatz in den Hüften und etwas zu viel Bauch, aber das konnte man schnell wegtrainieren, wenn es einem wirklich wichtig war. Ab Morgen wird wieder gejoggt! Das soll ja auch gute Laune machen, sagt man, wenn man nur lange genug läuft.
Ansonsten habe ich mich mit 32 Jahren doch noch gut gehalten. Die Haut ist in Ordnung, das Gewicht auch und das Gesicht strahlt etwas jungenhaftes aus. Es ist nicht unbedingt schön, aber diese Idee von spitzbübigem Nicht-Erwachsensein, das ist es, was dem Gesicht seine Austrahlung verleiht, dieses nie erwachsen geworden zu sein und dieses Versäumnis nie wirklich bereut zu haben, das ließ meine gesamte Erscheinung jünger wirken, machte das Ganze etwas zeitloser und nicht so groß, schwer und streng, wie es das Alter üblicherweise mit sich bringt. Nein, eigentlich konnte ich zufrieden mit meiner Erscheinung sein. Zumindest etwas, womit ich zufrieden sein konnte. Nach einer ganzen Weile des Nachdenkens über meine rein äußerlichen Merkmale wurde meine

Aufmerksamkeit dann irgendwie auf meine Augen gelenkt. Irgendwann waren nur noch diese Augen in meinem Bewußtsein. Sie wurden weit und schmal, sie schillerten in allen Farben, ja es war so etwas wie Liebe zu meinen Augen zu spüren, so etwas wie: „Du kannst dir in die Augen schauen!“ Und ich verlor mich immer tiefer in diese Augen, die von Mal zu Mal in immer helleren und bunteren Farben glänzten. Und dann, ganz plötzlich, geschah etwas Unvorstellbares, etwas, das ich bis dahin nicht für möglich gehalten hatte.

Kapitel 3

Als ich wieder zu mir kam, wirkte alles verändert. Ich war ganz klar und konnte auch die Dinge um mich herum klar erkennen, so wie sie waren, ohne Geschichten, ohne Begründungen und Verwicklungen, ich konnte klar sehen was war, und was nicht war, was fehlte und was es bedurfte. Als ob sich meine Wahrnehmung ein Stück geweitet hätte, durch das soeben Erlebte. Und das war gewaltig für mich. Ich war in eine andere Welt eingedrungen, eine andere Ebene des Seins oder eines anderen Bewußtseins. So wie eine neue Ebene entsteht, wenn man in einen Spiegel hinter einem Spiegel blickt, so hatte auch ich eine neue Ebene des Bewußtseins entdeckt. Ich war mir nicht sicher, ob ich nur in einen tiefen Traum geraten war oder ob es auf irgendeine Weise real war, was mir da widerfuhr, aber das war mir im Moment ganz egal, es war viel zu schön, was ich da erlebt hatte, als daß ich es mir durch zu großes Nachgrübeln gleich wieder kaputt machen wollte.

Ich griff gleich zum Telefon und rief Nancy an. Sie war zu Hause und keineswegs erbost, daß ich sie mitten in der Nacht aus dem Bett klingelte.

„Nancy, bitte entschuldige, daß ich dich so spät noch störe, aber ich muß mit jemanden reden, der mich versteht. Hast du einen Moment Zeit für mich?" - „Natürlich, fang an und erzähle mir, was Du auf dem Herzen hast."

„Ich wollte ja erst gar nicht, aber irgendwie habe ich mich dann doch vor meinen Spiegel gesetzt und deinem Rat entsprechend diese Spiegelarbeit ausprobiert." - „Und, was konntest du sehen?" - „Was konnte ich sehen, gute Frage, mir ist etwas ganz Phantastisches passiert."

„Erzähl es mir, ich bin neugierig.“ - „Na gut! Also zunächst habe ich lange Zeit nur mein Äußeres betrachtet und bin dann aber irgendwie auf meine Augen gekommen. Dann muß so eine Art Selbsthypnose stattgefunden haben, was genau passiert ist, kann ich gar nicht beschreiben, jedenfalls schillerten plötzlich meine Augen in allen möglichen Farben, dann weitete sich der Raum und es war, als ob sich im Spiegel eine neue Raumdimension öffnete, jedenfalls wurde ich in diesen Raum hineingezogen und flog dort schwerelos eine ganze Zeit lang umher, geleitet und getragen von einem hellen Licht, wie ich es zuvor noch nie gesehen habe und das mich vollständig umhüllte und irgendwie genau wußte, wo es mich hinzuführen hatte. Am Ende dieser Lichtreise wurde es plötzlich sehr ruhig, ganz still und friedvoll, das Gefühl des Schwebens hörte auf, das Licht, das mich umgab, zog sich zurück und ich konnte meine Umgebung erkennen, zunächst ganz im Nebel und unwirklich, dann aber deutlicher, mehr und mehr zog sich der Nebel zurück und es wurde klar um mich herum.

Ich befand mich in einem Raum mit hoher Decke und großen bis zum Boden reichenden Fenstern, er war hell und freundlich, so wie in einem alten Schloß oder einem alten Kloster, aber nicht runtergekommen und eingestaubt, sondern klar strukturiert, freundlich und einladend und aus dem Fenster hatte man eine atemberaubend schöne Aussicht auf bewaldete Hügel soweit das Auge reicht. In diesem Raum, der nur spärlich mit Möbeln ausgestattet war und dadurch seine Weite, Klarheit und Schönheit voll zum Ausdruck bringen konnte, befand sich eine junge Frau mit strahlend blonden langen Haaren, einem hellen weiten Gewand und einer atemberaubenden Ausstrahlung. Sie sprach mich mit meinem Namen an und sagte dann weiter: „Ich bin Celine, Dein Schutzengel. Schön, daß du mich endlich besuchst, ich habe schon lange auf eine direkte Begegnung mit dir gewartet. Ich freue mich, dich im Reich der Träume begrüßen zu können." Ich war überrascht, antwortete irgend etwas und stellte mit Erstaunen fest, daß sie mich verstehen konnte. Ich meine, daß wir wirklich miteinander reden konnten, daß sie nicht nur irgendeine Phantasie in meinem Kopf war, sondern tatsächlich - wenn auch irgendwie auf einer anderen Seinsebene - vorhanden war und ich mit ihr hier in diesem wundervollen Raum zusammen sein konnte. Sie sagte mir, daß sie mich schon immer begleitet habe, von Anbeginn, seit ich auf der Erde bin und daß sie mir Kraft und Energie geschickt habe, wenn ich mich schwach fühlte oder es mir schlecht ging. Und daß sie mich beschützt, wenn ich in Gefahr bin und daß ihr das bis auf wenige Ausnahmen ganz gut gelungen sei. Und als sie das sagte wurden mir vor meinem geistigen Auge schlagartig alle Szenen bewußt, in denen ich besonderem Schutz bedürftig war. Ich sah, wie ich mit etwa vierzehn Jahren nur dadurch einem schweren Autounfall entging, weil plötzlich mein Fahrradreifen platzte und ich mit samt dem Fahrrad in den Graben fiel, statt von einem außer Kontrolle geratenen Sattelschlepper überrannt zu werden. Weiter sah ich, wie einige Jahre später ein großer Stein vom Dachfirst unseres Hauses herunterfiel und mich wie durch ein Wunder nur deshalb nicht traf, weil ich mich nur eine Sekunde zuvor nach vorn gebeugt hatte. Ich glaubte, etwas im Gras gefunden zu haben. Aber ich hatte mich getäuscht. Und schließlich sah ich, wie ich vor zwei Jahren die Maschine von New York nach Paris nur um Minuten verpaßte, weil ich mal wieder im üblichen Verkehrsstau steckengeblieben war. Es war die Maschine, die nur wenig später über dem Atlantik explodierte.

Natürlich sah ich auch all jene Szenen, in denen ihr Schutz nicht ganz ausreichte, wo ich mir die eine oder andere Verletzung zuzog, mein Leben aber gleichwohl erhalten blieb. Zum Beispiel meinen Autounfall vor acht Jahren, bei dem ich so schwer verletzt wurde, daß die Ärzte mir mein rechtes Bein amputieren wollten, ich dann aber doch noch ganz glimpflich davon kam oder die Prügelei mit meinem Exfreund, bei der ich mir den rechten Arm brach und es mir so elend ging, daß ich am liebsten gestorben wäre.
Und dann lud sie mich ein, mich hier auf der geistigen Ebene, die sie die Traumwelt nannte, mit ihr zu bewegen, sie zu begleiten in das Labyrinth ihrer Welt, die für sie so real war, wie die meine für mich. Und sie versuchte mir Vertrauen zu geben, daß mir dort nichts Ernstliches geschehen könnte, daß sie mich auch hier beschützen würde, mein Begleiter wäre und ein Führer durch die unbekannten Ebenen des Seins.
„Und da ist noch ein anderer Führer, den ich dir vorstellen möchte," sagte Celine zu mir. „Du mußt wissen, daß wir immer zu zweit sind, damit wenn einer von uns einmal unachtsam sein sollte, der andere trotzdem noch auf unser Erdenkind aufpaßt. Und wir sind immer ein männlicher und ein weiblicher Aspekt, da du mich als deinen weiblichen Aspekt nun bereits kennst, möchte ich dir die andere Ergänzungshälfte, deinen männlichen Aspekt vorstellen. „Dabei öffnete sie eine schwere, große, dunkle Türe, die sich auf der Längsseite des Raumes zwischen zwei überdimensionalen raumhohen goldenen Kandelabern befand und ich erstarrte vor Schrecken. Denn aus der geöffneten Tür trat Jeff in den Raum, mein gerade verstorbener Cousin Jeff.

Er sah überhaupt nicht tot aus, aber auch nicht so erdenschwer, so stemmig und muskulös wie ich ihn kannte. Nein, er war groß, schlank, schien etwas jünger, vielleicht so zwischen 20 und 25 und er schimmerte genauso glänzend und hell wie Celine, die ihn herzlichst im Raum begrüßte. „Jeff, oh Jeff," rief ich gleichzeitig freudig und entsetzt und dann war es irgendwie zuviel für mich. Ich spürte, wie ich den Zustand nicht mehr halten konnte, wie mir schwindelig wurde und alle Bilder um mich herum sich zu drehen schienen. Ich fiel in eine Art Ohnmachtszustand und erwachte in meinem Schlafzimmer vor meinem Spiegel, wo ich die Reise ins Unbekannte begonnen hatte, zwischen zwei leeren Bierdosen, einer Tüte Chips und einer bis auf den Boden abgebrannten Kerze. - Nancy! Bist du noch dran?" - „Natürlich bin ich noch da, ich habe dir die ganze Zeit zugehört," antwortete sie. „Bin ich jetzt verrückt? Ich meine, ist es jetzt vollkommen mit mir vorbei?" fragte ich Nancy. „Nein Marc, du bist nicht verrückt. Was du erlebt hast, ist eine andere Bewußtseinsebene, eine andere Ebene unserer Realität. Sie existiert genauso wie unsere Welt, eine Art Parallelwelt, wenn du so willst, die allerdings nicht völlig getrennt ist von der Unseren, wie Jeffs Erscheinen auf beiden Seiten der Ebenen dir ja gezeigt hat. Und der Zugang zu diesen anderen Ebenen macht dich nicht verrückt. Im Gegenteil, er öffnet dir Möglichkeiten, die Dinge kennenzulernen, wie sie wirklich sind, im Hier wie im Dort die Dinge wirklich zu erkennen und vielleicht sogar zu verstehen, wie sie miteinander verwoben sind, sich gegenseitig durchdringen und beeinflussen.

Und Marc, diese anderen Ebenen, die du nun zum erstenmal kennengelernt hast, die gibt es wirklich, und schon viele vor dir haben sie gesehen und beschrieben. Denke doch nur an Platon`s Erzählungen vom Reich der Ideen, an dessen Höhlengleichnis oder an die Sagen vom Lande Shamballa im asiatischen

Raum. Nur die Menschen, die Angst vor der Traumebene haben, lehnen das Wissen um ihre Existenz ab und ziehen sich auf die rethorischen Fragen der Beweisbarkeit zurück. Wer wirklich offen ist, der braucht keinerlei Beweise, er schaut einfach hin, wie du vorhin in den Spiegel und er wird sehen was tatsächlich ist.“ - „Du meinst also, das waren gar keine Hirngespinste von mir, kein in Traumbilder gefaßter posttraumatischer Beerdigungsschock sozusagen?“ - „Nein, so wie du es mir geschildert hast, waren die Bilder doch durchaus real.“ - „Ja!“ - „Dann glaube ich, bist du tatsächlich in die Traumwelt eingedrungen, so wie es mir erst nach langer Übung mit der Spiegelarbeit gelungen ist. Du scheinst eben doch ein begabter Wanderer zwischen den Welten zu sein.“ - „Aber...“ - „Laß mich nur das noch sagen. Du hast genau das erlebt, was alle neuen Besucher in der Traumwelt erleben. Zunächst werden sie in einen freundlichen Empfangsraum geleitet und von ihren Schutzengeln begrüßt. Sie stellen das permanente Bindeglied zwischen dem Diesseits der Materie und dem Jenseitigen des Geistes dar, sie sind uns sozusagen am nächsten und deshalb sind es die ersten Wesen denen wir „drüben“ begegnen und die unsere Begleiter und Wegführer in der Traumwelt sind, weil sie sich eben dort genauso gut auskennen wie hier, während wir erst wieder lernen müssen, uns auf der Ebene der Träume, Ideen, geistigen Bilder und Energiemanifestationen zu bewegen.“ - „Aber unterbrach ich erneut, aber das mit Jeff, ich meine...“ - „Es ist nicht selten, daß einer unserer Schutzengel sich als unser Wegbeleiter mit uns auf der Erde manifestiert oder, daß ein alter enger Verwandter von uns, zum Beispiel unsere Lieblingsgroßmutter oder Lieblingstante oder eben ein Cousin, später nach deren Tode, die Aufgabe eines unserer Schutzengel übernehmen.

Wir sind dann natürlich überrascht, gerade sie als unsere Begleiter auf der Traumebene wiederzufinden. Wenn du ehrlich bist, war doch das der Schock von dem du vorher sprachst, daß es nämlich gerade Jeff war, den du dort wiedertrafst - und das nach nur so kurzer Trennung. Was du sonst noch erlebt hast, schien dir doch ganz gut gefallen zu haben?" - „Ja," antwortete ich etwas kleinlaut. „Ich fühlte mich auch sehr geborgen und sicher in der Nähe von Celine und in diesem wundervollen Raum. Es war, ja es war, wie wirklich zu Hause zu sein, ich meine, da zu sein, wo man wirklich hingehört, wenn du verstehst, was ich meine.

Nur als Jeff dann erschien, da habe ich irgendwie die Panik bekommen, obwohl ich mich eigentlich total gefreut habe, ihn so schön und jung und unversehrt und glücklich zu sehen, ja wirklich glücklich. Er strahlte eine Aura des Glücks aus, als er auf mich zukam und ich freute mich so, daß es ihm gutging, wo ich ihn doch für tot hielt und dachte, die Würmer würden bereits an ihm nagen.

Und trotzdem war da auch meine unbeschreibliche Angst. Angst, vielleicht nicht mehr hierher zurück zu können, wenn ich erst einmal mit dieser neuen Ebene, wie du es nennst, zu sehr in Berührung gekommen bin. Vielleicht ist das die Angst, die ich verspürte, als ich Jeff sah."

„Das verstehe ich gut, Marc, aber sei gewiß, daß du nicht mit der Ebene des Todes in Berührung gekommen bist. Die Ebene des Todes existiert nur in unserer Welt, der Welt der Materie, denn die Materie ist vergänglich, sie kann welken wie eine schöne Rose und zerfallen und dahinschwinden. Die Ebene der Ideen, die Ebene des Geistes, die kennt keinen Tod. Sie kennt nur Veränderung, Wandlung und Erneuerung, aber sie vergeht niemals. Erinnere dich an den Satz von Seneca, den ich dir einmal zitiert habe: „Wer im Gedächtnis seiner Lieben lebt, der ist nicht tot, nur fern, tot ist, wer vergessen wird." Dieser Satz beinhaltet genau die Sichtweise, die ich dir zu vermitteln versuche. Solange jemand im Bewußtsein eines anderen vorhanden ist, als Erinnerung, als Traumbild, eben als eine Idee, solange existiert er weiter. Zwar zunächst nur auf der Traumebene; aber die ist nicht weniger real als die Ebene, auf der wir uns bewegen, das wirst du noch erkennen. Und vielleicht wirst du auch sehen, daß die Ebenen nach beiden Seiten offen sind, wenn man nur selbst offen bleibt. Ich denke, du solltest dich jetzt ausruhen und nicht groß nachgrübeln. Erhole dich erst einmal und wenn du dich wieder gefangen hast, dann schau noch einmal nach, was deine beiden Schutzengel da drüben dir eigentlich sagen und zeigen wollten. Irgendeinen Spiegel findest du ja immer." Dabei lachte sie liebevoll. Ich dankte ihr sehr für dieses wundervolle Gespräch, legte den Hörer auf und drehte mich im Bett um. Sofort schlief ich tief und fest ein.

Am nächsten Morgen erwachte ich früh, die Sonne schien in mein Fenster und tauchte den Raum in ein tiefes goldgelb, so daß ich im ersten Moment überhaupt nicht wußte, wo ich war. So schön und warm war mir mein Schlafzimmer noch nie zuvor erschienen.
Auch ich selbst fühlte mich warm, ausgeruht und wie nach einem langen erholsamen Urlaub. Der tiefe ungestörte Schlaf dieser Nacht hatte mir offensichtlich gut getan.
Ich duschte, rasierte mich und hatte Lust, mich für heute besonders schick anzuziehen. Ich war einfach gut drauf und freute mich über die Sonne, die Musik im

Radio, meinen frischen Kaffee und das aufgebackene Croissant, das ich irgendwo zwischen den Brotresten gefunden hatte. Schon lange hatte ich mein improvisiertes Frühstück nicht mehr so genossen wie heute.

Dann fuhr ich zur Arbeit in die Stadt. Es standen lediglich Routineaufnahmen auf dem Plan. Das zehnjährige Jubiläum des größten Shoppingcenters der Stadt mit einer Ansprache des Bürgermeisters, anschließend die Ausstellungseröffnung eines Provinzmalers in einem der vielen städtischen Cafes und schließlich die Versteigerung des Nachlasses eines bekannten Bankiers. Interessant waren hier weniger die künstlerisch kaum bedeutsamen Hinterlassenschaften selbst, als vielmehr das illustre Publikum der potentiellen Ersteigerer. Wer welchen Gegenstand hier als Trophäe wegtragen konnte, das galt es hier mit dem Fotoaparat festzuhalten, zumal der Verblichene eine Vorliebe für erotische Motive hatte und es ganz witzig war, mitanzusehen, wie unter dem Mantel des Kunstverstandes die Darstellungen von nackten Frauen und Männern gleich im Dutzend den Besitzer wechselten und das ganz öffentlich und innerhalb der sogenannten besten Kreise.
So hielt ich es durchaus für fotografierenswert, wie die Vorsitzende des städtischen Vereins gegen die Verbreitung von Pornografie eine mittelgroße Holzstatue des heiligen Sebastians, den der unbekannte Künstler ein wenig zu männlich und muskulös und fast vollständig unbekleidet in seinem Martyrium dargestellt hatte, für sich ergatterte. Misses Jones freudestrahlend mit dem entblösten Sebastian auf dem Arm würde sicherlich ein gutes Titelblattfoto für morgen abgeben, dachte ich mir.
Bei diesem Gedanken fiel mir auf, daß mir Nancy nach den Malheuren der letzten Zeit ja durchaus zivile

Aufträge zugeschanzt hatte. Keinen Hokuspokus, keine Zauberspiegel oder sonstigen Fantastereien. Trotzdem blieb sie präsent, meine Erinnerung an die vergangenen Tage, an meine Spiegelerlebnisse und an Jeff. Aber ich schob sie beiseite, so gut ich es konnte. Heute wird erst die Arbeit erledigt und dann kommt das Vergnügen und die Träumerei.

Ich machte die letzten Fotos, lieferte den Film im Büro ab, wo ich kurz Tina begrüßte und über die fertigen Aufträge mit ihr sprach. Sie sah sofort, daß ich mich heute anständig angezogen hatte und gut zurechtgemacht war und das gefiel ihr sehr. Auf Äußerlichkeiten legte Tina schon immer besonderen Wert. Dann fuhr ich zum Supermarkt, um mir das Nötigste für den Abend zu besorgen. Als ich nach Hause kam, wartete David bereits vor der Tür. Verdammt, es war Freitag und das war unser Joggingtag. Ich hatte es vollkommen vergessen.

„Wenn du mich noch öfter versetzt, lieber Marc, ist das das Ende unserer Joggingfreundschaft. Ich sitze hier bereits seit einer halben Stunde." - „Das tut mir leid, aber weißt du was, David, mir ist ohnehin heute nicht nach joggen, du drehst ein paar Runden allein und ich mache uns in der Zwischenzeit ein leckeres Abendessen, dann duschst du und wir können uns bei einer guten Flasche Wein und vollem Magen mal ganz anders unterhalten, als nur röchelnd beim nebeneinander Herlaufen oder in verqualmten Bierpinten, wo man sein eigenes Wort nicht verstehen kann." - „Das klingt gar nicht schlecht. Ok," sagte er. „Ich bin in einer Dreiviertelstunde zurück." Dann verschwand er im Treppenhaus.

Ich ging in die Küche, bereitete das Essen vor und hatte bereits eine halbe Flasche Wein ausgetrunken, als David völlig vor Schweiß triefend an meiner Tür klingelte, seine Turnschuhe und seine Trainingssachen

in die Ecke warf und in meinem Badezimmer verschwand. Eigentlich ist es doch ganz schön, nach Hause zu kommen, und nicht alleine zu sein, noch jemanden bei sich zu haben, der sich kümmert, oder um den man sich kümmern kann, dachte ich, während ich das Essen auf dem Tisch anrichtete. Für mich selbst hätte ich doch niemals einen solchen Aufwand betrieben und ein perfektes Essen bereitet. Bunter Salat, Gnocci mit Gorgonzola und frische Ananas und Melonen, fast schon wie beim Italiener gegenüber, dachte ich; und mit Liebe zubereitet.
David kam aus dem Bad. Er hatte meinen Bademantel angezogen und wir stießen mit einem Glas Weißwein an: „Auf unsere Freundschaft jenseits von Börsenkursen und Joggingrouten." - „In Ordnung," sagte David. „Zum Wohl". Und ich wunderte mich, daß David so widerspruchslos mitspielte, aber es war eben ein guter Tag und an guten Tagen gelingt vieles, was sonst ganz unmöglich scheint; und vielleicht war dies ja sogar unser guter Tag, dachte ich und wir begannen zu essen.
„Mm, das schmeckt ja wirklich vorzüglich! Ich wußte gar nicht, daß du so häuslich bist, dich könnte man ja fast heiraten." Oho, dachte ich, was war das denn. Scheinbar hatte ich David vollkommen falsch eingeschätzt. Vielleicht ging die Liebe bei ihm eben durch den Magen, wie man so schön zu sagen pflegt. „Weißt du," erzählte David weiter, ich habe mir auch schon oft überlegt, was wir außer joggen und Bier trinken noch zusammen machen könnten, ich meine, eine richtige Freundschaft aufzubauen und nicht nur mal oberflächliche Bekannte zu sein, wenn du verstehst, was ich meine." - „Ja," sagte ich zögerlich und wohl wenig überzeugend, denn tatsächlich wußte ich überhaupt nicht, worauf er hinaus wollte. David war kein Typ, der tiefe Feundschaften mit intensivem Gefühlsaustausch

pflegte. Jedenfalls hatte ich ihn bisher immer so eingeschätzt. Aber es war mir im Grunde gar nicht wichtig, was David wirklich wollte, vielleicht hatte er ja heute seinen gefühlvollen Tag, vielleicht wollte er auch nur einmal Sex mit einem Mann ausprobieren, wie auch immer, ich war heute offen für alles und ich dachte mir, ich lasse es einfach mal laufen wie es läuft, beeinflussen könnte ich am Ende ja sowieso nichts. David erzählte weiter. „Weißt du, die letzten Tage ging es mir gefühlsmäßig richtig schlecht, meine letzte Freundin hat mit mir Schluß gemacht, meine Geschäfte laufen miserabel und da habe ich mir so gedacht, wieso mache ich das hier eigentlich alles, ich könnte genau so gut Surflehrer in der Karibik sein, und in der Sonne liegen, frei von der ganzen Hektik und dem Ärger hier. Ich meine, was wirklich zählt, ist doch so was wie hier, zusammensein mit jemandem, den man mag, einen guten Wein zu trinken, gut zu essen und das Leben zu genießen. Mehr braucht`s doch eigentlich nicht." - „Genau das!" sagte ich und dachte mir, was denn heute so alles passiert, daß selbst David mein Lebensmotto plötzlich so überzeugend vorträgt und für sich selbst zu verinnerlichen scheint, Misses Jones nackte Statuen kauft und selbst Tina ausnahmsweise mal freundlich und zuvorkommend war, eben alles um mich herum sich als eitel Sonnenschein darstellte und Lust am eigentlichen Leben zu verspüren schien. - Oder hatte sich da etwas in meiner Wahrnehmung geändert? War vielleicht alles im Grunde wie zuvor, nur daß ich plötzlich einen anderen Wahrnehmungsstandpunkt einzunehmen in der Lage war, ich plötzlich auch die andere Seite der Dinge besser erkennen konnte als zuvor, die Spiegelseite der Medaille sozusagen, wenn man von der Grundannahme ausging, daß alles um uns herum zwei Seiten hat, wenigstens zwei Seiten und vielleicht sogar mehr. Vielleicht! Vielleicht war David

heute aber auch nur genau so gut gelaunt wie ich und es war eine Intensivierung unserer Beziehung angesagt oder die Erweiterung der Betätigungsfelder unserer Freundschaft und wie rein zufällig berührten sich bei diesem Gedanken unsere Füße, ohne das einer von beiden seinen Fuß aus Angst wieder zurückgezogen hätte.
Der Abend endete nach zwei weiteren Flaschen Wein und einigen Monologen von David über die wahren Werte des Lebens und die Tiefe echter Männerfreundschaften schließlich so, wie ich es bereits erahnt hatte; wir landeten gemeinsam in meinem Bett. Allem machohaften Benehmen zum Trotz suchte also auch er, wie wir wohl alle, tatsächlich menschliche Nähe und Zärtlichkeit.

Am nächsten Morgen erwachte ich allein. David war bereits gegangen. Nach einem so wundervollen gemeinsamen Abend fühlte sich die Wohnung leer und öde an, mein Kopf brummte ein wenig von dem vielen italienischen Wein und die Sonne, die mir gestern noch so verheißungsvoll durch das Schlafzimmerfenster geblinzelt hatte, um mir einen so leichten und beschwingten Vorfrühlingstag anzukündigen, blendete mich heute bis Tief ins Mark hinein und machte mir meine Kopfschmerzen erst richtig bewußt.

Sarah klingelte an der Tür. Da ich nicht oft oder besser gesagt so gut wie nie Männerbesuch über Nacht habe, war sie natürlich neugierig, was sich da gestern abend bei mir so abgespielt hatte. Ich murmelte etwas mürrisch durch die halb geöffnete Tür, ging dann zur Dusche, ließ ungefähr eine halbe Stunde lang erst brühend heißes und dann eiskaltes Wasser über meinen zerknirschten Kopf und Nacken und nach und nach über den ganzen Körper laufen, zog mich dann an und ging zu Sarah hinüber, um bei einem starken Kaffee ihre Neugier hinreichend zu befriedigen.

„Nach einer Nacht mit einem solchen Traummann hatte ich dich mir aber etwas glücklicher vorgestellt," leitete Sarah das Gespräch ein. „Traummann ja," erwiderte ich," aber es gibt auch Träume, die recht vergnüglich beginnen und dann doch als Alptraum enden, wie du ja bereits aus eigener Erfahrung weißt." - „Soll das heißen, daß es gar nicht geklappt hat?" fragte sie besorgt. „Natürlich hat es geklappt," erwiderte ich mit betont cooler Stimme, wobei es eigentlich überhaupt nicht natürlich war, wenn man bedenkt, daß ich seit fast drei Jahren mit keinem Menschen mehr geschlafen hatte und bis zum gestrigen Abend mir schon fast nicht mehr vorstellen konnte, wie so etwas überhaupt geht. Aber wenn es wirklich fließt zwischen zwei Menschen, ich meine, wenn es da wirklich ein Gefühl gibt, ein Gefühl der Anziehung, der Erotik oder gar der Liebe, dann ergibt sich der Rest wohl doch noch von ganz allein. Ich schlürfte an meiner heißen Tasse und schaute aus Sarahs Küchenfenster auf den Weiher vor unserem Hause, in dem sich die Vögel badeten und nervös hin- und hersprangen, so als ob sie wüßten, daß die Katze von Misses Semour bereits auf sie lauerte, sobald sie ihr Bad beendet hatten.

„Natürlich hat es geklappt," wiederholte ich. „Aber es fragt sich, was eigentlich geklappt hat. Wenn du meinst, daß wir ein wundervolles Abendessen hatten, uns wirklich für einen Augenblick nah gefühlt haben und sich daraus eine wundervolle Liebesnacht entwickelt hat, dann hat es geklappt." - „Na wundervoll," sagte Sarah. „Ich glaube, ich würde für den Rest des Monats über dem Boden schweben, wenn ein solch gutaussehender, durchtrainierter, kraftvoller und in jeder seiner Bewegung Erotik pur ausstrahlender Kerl auch nur einen Abend mit mir verbracht hätte. Vielleicht hätte ich mich sogar richtig in ihn verlieben können." - „Genau das ist die Komponente für mich, die diese Sache eher in die Alptraumrichtung treiben läßt." - „Wie meinst du das?" fragte Sarah erstaunt. „Na, ich kenne David seit nun etwa drei Jahren, und wenn er bisher überhaupt etwas zu lieben in der Lage war, dann war es sein Geld und sich selbst. Eine feste Beziehung hatte er bislang genauso wenig wie du und die heutige Nacht werte ich sowieso nur als Ausrutscher, weil David in aller Regel Frauen bevorzugt. Wenn ich mich jetzt auch noch in ihn verlieben sollte, dann ist das so ziemlich das Dümmste was mir passieren könnte. Und da du weißt, daß ich nicht viel von One-Night-Stands halte und wenn überhaupt, nur eine feste Beziehung für mich in Frage käme, werte ich den gestrigen Abend mehr unter der Rubrik: „Besonders dummer Ausrutscher." - „Sieht das David denn genauso?" fragte sie mich. „Genau das ist ja der Punkt. Er gab mir keine Gelegenheit, ihn zu fragen. Als ich heute morgen aufwachte, war ich allein. Er war bereits weg, keine Nachricht, keinen Zettel, gar nichts. Es fühlte sich schal und leer an. Gerade nach den wundervollen Empfindungen der vergangenen Nacht, war es wie ein Erwachen aus einem besonders tiefen Rausch. Und genauso verkatert fühle ich mich jetzt auch." - „Nun nimm doch nicht alles gleich wieder so tragisch. Ich verstehe gut was du empfindest. Manchmal geht es mir doch ganz genauso wie dir, besonders bei sehr gefühlvollen Männern, wo ich den Eindruck habe, daß sie ernsthaft etwas für mich empfinden und sich nicht nur an mir abreagieren wollen. Aber betrachte dir die ganze Sache doch auch einmal von der anderen Seite. Schau, soweit ich weiß, hast du seit Jahren nichts mehr mit einem Mann gehabt. Das blockiert doch alles, ich meine, deine ganze Power, dein Gefühl, überhaupt am Leben zu sein und ein Stück geliebt zu werden und wenn auch nur auf rein körperlicher Ebene. Die Nacht heute hat dir eine Tür geöffnet. Sie hat dich wieder ein Stück in deine Lebendigkeit gebracht und dafür solltest du dankbar sein, auch deinem Freund David gegenüber, selbst wenn er es anschließend unter dem Motto: „Betriebsunfall" verbuchen sollte. Dieses Öffnen bleibt dir und es liegt an dir, was du daraus machst. Und was dir auch noch bleibt, ist doch dieses wunderschöne Erlebnis von gestern. Du hast es mir doch selbst als wundervolles Zusammensein geschildert. Selbst wenn sich nichts Dauerhaftes daraus entwickeln sollte, bleibt dir doch diese traumhafte Nacht. Die kann dir kein Mensch auf der Welt mehr nehmen." - „Ach Sarah, du hast ja so recht. Ich sehe alles nur negativ. Ich weiß auch nicht, was mit mir los ist und was ich noch tun soll." - „Kopf hoch Marc! Schau, bald ist es Frühling, da sieht alles schon wieder etwas bunter aus. Und vielleicht kannst du dir ja etwas von mir abschauen. Ich weiß selbst, daß ich keineswegs superglücklich bin, aber ich genieße jeden Tag so gut ich kann, habe Spaß, wo er sich bietet und ich trauere nicht hinter allem her, was sich überholt hat. Versuche doch mal, den einzelnen Tag zu genießen, so wie er sich dir bietet, dann entwickelt sich die Zukunft von ganz allein. Und geh nachher Joggen! Bei dieser Luft heute muß man einfach gute Laune da draußen bekommen."

Ich befolgte Sarahs Rat, joggte eine Runde, schaute anschließend den Vögeln am Weiher von der Parkbank aus zu und machte es mir anschließend in der Wohnung gemütlich. Da dieses Wochenende ohnehin nichts Besonderes anstand, wollte ich einfach nur tun wozu ich Lust und Laune hatte und den Tag genießen,

so gut ich nur konnte, um aus meinem Tief herauszukommen und gleichzeitig Sarahs Empfehlungen berücksichtigen, die es immer gut mit mir gemeint hatte, solange ich sie kannte.
Aber das mit dem Genießen war so eine Sache, wenn man gar nicht recht weiß, woran man denn wirklich Spaß hätte, um es tatsächlich genießen zu können. Da mir im Moment außer David wirklich nichts Ernsthaftes einfiel, griff ich zum Telefon und rief bei ihm an. Es meldete sich sein Telefonbeantworter: „Hier ist Davids Mailbox. Ich bin über`s Wochenende verreist. Wenn Sie eine Nachricht haben, dann sprechen Sie bitte nach dem Pfeifton; falls du anrufst Marc, ich danke dir für den Abend und wir sehen uns nächste Woche zum Joggen wieder. Bis dahin Ciao." Ich legte auf. Er dankt mir für den Abend. Gut, allgemein formuliert hat es ihm also nicht mißfallen, was gestern geschah. Und er will weiterhin mit mir joggen. Ok, das heißt, er traut sich weiterhin, mit mir zusammenzusein. Aber in welcher Form? Auf welcher Ebene? Als Joggingpartner oder als Freund, oder beides? Der Hinweis auf unseren nächsten Joggingtermin signalisierte mir aber gleichzeitig, daß er trotz des gestrigen Abends nicht gewillt war, mich früher als Freitag zu sehen, denn unser fester Joggingtermin fand immer Freitag Nachmittag statt. Und dann das Ganze als Anhang an seine Mailbox-Ansage. Verdammt, das war doch Scheiße! Keine Sensibilität, kein Gefühl, alles so weiter wie bisher, und manchmal vielleicht eine kurze Abenteuernacht. Vielleicht, wenn er wollte. Nein, das war absolut nichts für mich! Wie konnte ich nur anrufen, wie peinlich, wie erniedrigend? Oh nein! Ich legte auf und schämte mich, daß meine Nummer nun als Call auf seiner Mailbox gespeichert sein würde, auch ohne Message von mir, blödsinnige Technik, dachte ich.

Mein Versuch mir Spaß zu kreieren, war also gleich beim ersten Mal gescheitert. Was sollte ich tun, das Wochenende über mit diesem wunden Gefühl im Bauch, einem Gefühl von benutzt und dann liegengelassen worden zu sein, von Einsamkeit, von Leere, von ...

Wieder kam mir Nancys Rat zur Spiegelarbeit in den Sinn. Auch wenn ich mich dabei das letzte Mal ziemlich erschrocken hatte, war es doch immer noch besser als die ganze Zeit hier deprimiert herumzusitzen. Ich ließ den Rolladen im Schlafzimmer halb herunter, zündete meinen Kerzenständer an, nahm ein Glas Wasser und setzte mich wieder vor meinen großen Spiegel am Schlafzimmerschrank. Dieses mal ging alles viel schneller. Ich fixierte sofort meine Augen, sah die tiefe Traurigkeit in ihnen, fing nach einer Weile leise an zu weinen, mein Blick wurde durch die Tränen verschwommen und unklar, dann weitete sich das Blickfeld wieder und meine Augen verschmolzen mit meinem Spiegelbild. Sie glänzten in schillernden und bunten Farben wie mein ganzes Spiegelbild in den Farben des Regenbogens strahlte. Der Raum im Spiegel öffnete sich, es zog mich in diesen Raum hinein, immer tiefer verschmolz ich mit den bunten Farben, die um mich herum glänzten, wie tausende von kleinen Edelsteinen und geleitet von diesem außerordentlichen Licht schwebte ich jenseits von Raum und Zeit, bis ich in diesen Saal mit den großen Fenstern, der hohen Decke und der traumhaften Aussicht gelangte, der in eine Stimmung getaucht war, die zwischen klosterhafter Ruhe und Abgeschiedenheit und schloßähnlicher Großartigkeit schwankte. Es war einfach grandios hier zu sein. Das Licht war einen Hauch heller, so wie in den Sommern der Toskana das Licht strahlender ist als sonst irgendwo. Und auch die Landschaft dort draußen erinnerte mich an einen

Aufenthalt in den Hügeln von Florenz, während meiner Ausbildungszeit, als italienische Starfotografen versuchten, uns das Fotografieren im Spiel von Licht und Schatten und mit besonderen Raumkontrasten auf künstlerische Weise beizubringen. Und das Innere des Raumes war trotz seines spärlichen Mobiliars großartig, so etwas wie ein Bühnenbild zum Ballett Schwanensee, das nicht selbst in den Vordergrund drängt, aber dennoch eine überwältigende Kulisse für das Eigentliche des Geschehens darbietet, der Aktionen der Tänzer auf der Bühne. Und ein klein wenig fühlte ich mich hier wie ein Tänzer. Die Weite und Höhe des Saales lud zum Tanzen ein und die Atmosphäre hatte etwas wie Musik in der Luft, so als ob für das normale Ohr nicht wahrnehmbare wunderschöne Klänge der Sphären hier in den Körper, ja in jede Zelle des Körpers einzudringen vermochten und einen schweben machten und trunken von Musik und Tanz. Mir fiel die Bezeichnung Traumtänzer ein und in diesem Augenblick erblickte ich meine im Raum anwesenden Schutzengel oder geistigen Begleiter, wie ich sie lieber nennen mochte.
Jeff und Celine standen nebeneinander, begrüßten mich mit einer herzlichen Umarmung und dankten mir, daß ich sie schon sobald nach meinem ersten Aufenthalt hier wieder besuchte. Ich spürte sofort die Wärme und Geborgenheit, die die beiden mir entgegenbrachten und ich war über mich selbst verwundert, daß ich im Gegensatz zum ersten Mal, keinerlei Berührungsangst gegenüber meinem verstorbenen Cousin Jeff empfand. Im Gegenteil, dieses Mal genoß ich es richtig, ihn in meinen Armen zu halten, ihn zu spüren, mich an ihn zu drücken und zu erkennen, daß ich ihn keineswegs verloren hatte, wie ich es auf seiner Beerdigung so fest geglaubt hatte, sondern daß er hier war, er bei mir und ich bei ihm und daß unsere Ver-

bundenheit nichts zu trennen vermochte, offensichtlich nicht einmal der Tod.

Jeff sprach mich an, als ob er meine Gedanken lesen konnte: „Schön, daß du hier bist. Ich hatte schon befürchtet, mein Erscheinen habe dich so sehr erschreckt, daß du dich sobald nicht wieder zu uns gesellen würdest. Aber hab` keine Angst. Wenn du in unserer Ebene des Seins erst einmal heimisch geworden bist, dann wirst du erkennen, daß es eine Menge Dinge gibt, die du dir mit deinem Erdenbewußtsein nicht einmal im Traum vorstellen kannst, die aber dennoch existieren. Sieh mich an, ich existiere noch. Du kannst mich spüren, meine Wärme, meine Zuneigung dir gegenüber fühlen und du kannst mich anfassen, drücken und sehen, daß es mich noch gibt. Nur eben auf der Erde, da kannst du mich jetzt nicht mehr wahrnehmen, weil sich mein irdischer Körper aufgelöst hat. Zu früh, wie du meinst, aber alles hat seine Zeit, bei euch auf der Erde genauso wie hier in der Traumwelt. Und wenn mich die Ebene des Geistes hierher zurückruft, wo alle Erscheinungen des Irdischen letztlich entspringen, dann habe ich zu gehorchen, selbst wenn mein menschlicher Wille auf der Erde vielleicht andere Pläne gehabt hätte." - „Aber Jeff, du warst doch noch so jung, wolltest du nicht weiterleben?" fragte ich und gab damit zu verstehen, daß ich seine Mitteilung nicht, oder besser gesagt nicht in seiner ganzen Dimension verstanden hatte. „Marc, meine primäre Aufgabe ist es, dein Schutzengel zu sein und wenn ich diese Aufgabe hier drüben besser erfüllen kann als unten bei dir auf der Erde, dann habe ich dem Ruf des höheren Bewußtseins zu folgen." - „Willst du damit sagen, daß du wegen mir gestorben bist?" - „Nein, so solltest du das nicht verstehen," antwortete er in ruhigem und liebevollem Ton. „Schau, meine Aufgabe da unten war einfach erfüllt. Es war an der Zeit, wieder in den Frieden der Traumwelt zurückzukehren, um von hier aus das zu tun, was getan werden muß." - „Aber deine Frau und deine Kinder, was ist mit ihnen? Sie hätten dich gebraucht, sie vermissen dich sehr." - „Was die Kinder anbelangt, hast du vielleicht recht, aber auch sie haben ihre Schutzengel, die ihnen ihren weiteren Weg weisen werden und sie sind jung. Sie werden darüber hinwegkommen. Ich bin ihnen auch schon ein paar Mal im Traum erschienen, um ihnen zu sagen, daß sie mich nie wirklich verlieren können, daß ich in ihren Gedanken immer weiterleben werde, sooft sie sich an mich erinnern und daß ich immer bei ihnen bin, wenn sie von mir träumen oder mich auf der Traumebene anrufen. Meine Tochter Jaimie hat das schon sehr getröstet. John ist bisher noch nicht sehr offen für seine Traumebene. Aber ich bin sicher, ich kann auch ihn noch erreichen und falls nicht, dann werden das seine Schutzengel für mich tun.

Und was meine Frau Valerie anbelangt, nun, da kann ich dir vielleicht einen ersten Eindruck davon vermitteln, daß die Dinge hier auf der Traumebene komplexer wahrnehmbar sind, wie ein tausendfacettiger Kristall sozusagen, den du nicht nur von einer Seite betrachtest, sondern von allen Facettenseiten her gleichzeitig wahrnehmen kannst. Dir auf der irdischen Ebene war lediglich wahrnehmbar, daß Val sehr geschwächt und durcheinander war." - „Ja, das ist richtig." - „Und du hast bereits während deines Gespräches mit ihr auf der Beerdigung alle Möglichkeiten meiner Todesursache gedanklich durchgespielt." Wieder bestätigte er mir, daß er meine Gedanken lesen konnte oder auf irgendeine Weise alles von mir zu wissen schien. „Du hast aber nicht mit dem Gedanken gespielt, daß Val meinen irdischen Tod gewollt haben könnte und jetzt, da er eingetreten ist, sie doppelt betroffen war, einmal weil ich gestorben bin und zum zweiten, weil sie ein schlechtes Gewissen wegen ihres Wunsches hatte und weil sie zudem nicht wußte, ob jetzt, da ihre Wunschvorstellung so schnell in Erfüllung gegangen war, sie tatsächlich zufrieden sein konnte oder mich nicht doch irgendwann vermissen würde. Eine Menge Empfindungen also, die auf einmal zusammentrafen und zum Teil im Wettstreit miteinander lagen, wie du siehst." - „Ja," sagte ich völlig überrascht. „Aber wieso wünschte Val deinen Tod? Sie hat dich doch geliebt!" - „Ja, das hat sie!" antwortete Jeff. „Aber sie tat es auf ihre Weise. Sie liebte meine Kraft und meine sexuelle Potenz, sehr irdische Dinge also und sie liebte mein Ansehen in der Stadt. Sie liebte es, gemeinsam mit mir eine angesehene Rolle in der Gemeinde zu spielen. Als sich diese Rolle schließlich wandelte, weil die ganze Stadt in einen Umweltskandal verwickelt war, den ich aufdecken wollte, um die Gesundheit meiner Kinder und auch der Kinder der anderen Familien nicht länger auf's Spiel zu setzen, da wandte sie sich von mir ab. Sie konnte nicht verstehen, daß ich mich plötzlich gegen die Stadtgemeinschaft stellte." Jetzt wurde mir mit einem Mal klar, weshalb keiner der städtischen Honoratioren und keiner seiner sogenannten Freunde auf der Beerdigung war, und wie ein Film, der vor meinem geistigen Auge ablief, sah ich noch einmal, wie Jeff ums Leben kam.

„Gut," sagte Jeff. „Jetzt hast du dich auf unsere Wahrnehmungsweise eingestellt. Du hast ganzheitlich erkannt. Die Firma Metatox entsorgt seit Jahren ihre giftigen, chemischen Abfälle in einem an das Fabrikgelände angrenzenden Weidenmoor. Die Stadt duldet diese illegale Entsorgung und erhält dafür hohe Spenden von der Firma und die Stadträte werden mit satten Schmiergeldern zum Schweigen gebracht. Die unterirdischen Grundwasserströme verteilen die illegal entsorgten Gifte jedoch im ganzen Stadtgebiet und mittlerweile sind bereits die Trinkwasserbrunnen betroffen. Als ich bei einem Grundstücksgutachten für die alte Tankstelle am Waldrand, die ich gemeinsam mit Jack für unsere Firma kaufen und als Lagerhaus für unsere Computerhardware nutzen wollte, zufällig auf die toxische Vergiftung des Bodens stieß und den Bürgermeister zur Rede stellte, bot er mir eine hohe Schweigesumme an. Als ich dies ablehnte, übten sie Druck auf Jack, meinen Geschäftspartner aus und die Hausbank der Metatox drehte uns den Geldhahn zu, so daß wir mit unserer Firma in finanzielle Schwierigkeiten gerieten. Selbst vor Valerie machten sie keinen Halt. Sie boten Val und Jack je eine halbe Million, wenn sie mich zum Schweigen bewegen könnten. Da ich freiwillig nicht bereit war, den Skandal unter den Teppich zu kehren, lockte mich Jack unter einem Vorwand an die Klippen und stieß mich hinunter. Wenn du sie auf der irdischen Ebene zur Rechenschaft ziehen willst, mußt du der Polizei nur den Giftmüllskandal offenbaren und sie veranlassen, die Bankkonten von Val und Jack überwachen zu lassen. Aufgrund der Geldzahlungen kannst du sie überführen." Ich war platt. „Heißt das, Valerie war an dem Mord mitbeteiligt?" - „Ja, denn Val und Jack hatten ein Liebesverhältnis, seit die Stadt mich wegen des Giftskandals schnitt und von allen gesellschaftlichen Aktivitäten ausschloß. Das hat Val nicht verkraftet. Sie konnte nicht damit umgehen, kein angesehener Bürger der Stadt mehr zu sein und sie gab mir die Schuld dafür, daß sie diese Position verloren hat. Jack hat Val übrigens nicht über den genauen Zeitpunkt unterrichtet, wann er mich aus dem Weg schaffen wollte. Auch auf welche Weise er es bewerkstelligen würde,

hat er ihr verschwiegen. Daraus erklärt sich die völlige Überraschung Valeries noch auf der Beerdigung.
Als es dann tatsächlich passiert war, entdeckte sie doch noch, daß ihre Gefühle für mich nicht ganz erloschen waren. Deshalb auch ihre Verwirrung und völlige Unsicherheit." - „ Aber weshalb ist sie dir in der Nacht, als es geschah, nachgelaufen, wenn sie sich tatsächlich gar nicht um dich sorgte?" fragte ich nach. „Nun ja, besorgt waren Val und Jack schon. Aber diese Sorge galt weniger meiner Person. Sie wollten vielmehr sicher gehen, daß ich mein Wissen an keinen Dritten weitergeben kann, es vor allem nicht publik mache. Denn dann wäre ihr Geschäft mit der Firma Metatox geplatzt. Niemand zahlt mehr für etwas Schweigegeld, wenn es bereits verraten wurde. Vielleicht rannte sie mir nach, weil sie verhindern wollte, daß ich meine Informationen heimlich an jemanden weitergebe. Vielleicht war sie in jener Nacht auch tatsächlich besorgt, da ich seelisch schon sehr aufgewühlt war. Das überträgt sich zwischen Menschen, die so eng zusammenleben, wie Val und ich das taten. Und da Jack sie über den Tag seiner geplanten Aktion im Ungewissen gehalten hatte, um sie nicht unnötig zu beunruhigen, hat sie meinen nächtlichen Ausflug zu den Klippen mit der ganzen Sache zunächst gar nicht in Verbindung gebracht." - „Und was hatte es mit deinen Alpträumen auf sich, die du monatelang vor deinem Tode hattest?" - „Nun, die gab es tatsächlich. Zwar nicht in dieser dramatischen Form, wie Val sie dir geschildert hat, aber sie waren da. Weißt du, wenn dich das Unbewußte ruft, um vom Erdendasein wieder in die geistige Welt zurückzukehren, dann kann das auf vielfältige Weise geschehen und es wird dir in aller Regel rechtzeitig angekündigt. Bei mir erfolgte diese Ankündigung mittels jener Träume, und zu Alpträumen wandelten sie sich immer nur dann, wenn mein

menschliches Ego, sich diesem Ruf aus der anderen Welt zu widersetzten suchte. Lies ich dagegen einfach geschehen, was geschehen mußte, hatte es nichts Dramatisches mehr an sich, weder auf der Traumebene, noch in der Realität.
Denke aber bitte nicht, du müßtest diese ganze Geschichte jetzt wegen mir an die Polizei weiterreichen", ergänzte Jeff seine Erklärungen. „Für mich ist das Ganze in Ordnung, so wie es ist. Die beiden leiden ohnehin schon unsagbar unter ihrer Angst überführt zu werden und unter ihrem schlechten Gewissen, einen Menschen, den sie doch irgendwie geliebt haben, nur wegen Geld und Ansehen getötet zu haben. Und meine Zeit war ohnehin gekommen. Aber ich rate dir auch nicht ab. Wenn es dich erleichtert, die Sache aufzuklären, dann kannst du es selbstverständlich jederzeit tun. Es liegt allein bei dir."

Ich war vollkommen fertig. Da begebe ich mich ohne Vorbehalte auf die Bewußtseinsebene der Traumwelt und bekomme sogleich die Aufdeckung eines Mordkomplotts präsentiert. Jeff und Celine spürten meine Empfindungen sofort. „Vielleicht," sagten sie, „reicht das alles für heute. Du scheinst müde und abgespannt zu sein. Eigentlich wollten wir dir mehr von der Traumebene zeigen und dich tiefer in unsere Geheimnisse einführen, aber wir glauben, es genügt für dieses Mal. Komme uns doch morgen wieder besuchen. Dann zeigen wir dir ein wenig mehr über dich selbst, wenn du magst." - „Ja, gern," antwortete ich. „Ich danke euch." Herzlichst verabschiedeten mich beide und mit einem Blitz, der sich in tausenden von blauviolett schimmernden Lichtstrahlen entlud, kehrte ich ins Hier und Jetzt zurück. Noch etwas benommen, saß ich wieder vor meinem Schlafzimmerspiegel.

Was war nun das schon wieder? Kaum war ich einer Sache leidlich entronnen, da steuerte ich schon wieder auf das nächste Malheur zu. Jeff ermordet, ein Mordkomplott, in den meine halbe Heimatstadt verwickelt war, sein Freund und Geschäftspartner der Täter, seine Frau Valerie in das Ganze involviert, den Täter anstiftend und unterstützend, und dann noch die Firma Metatox als Umweltvergifter und großer Drahtzieher. Oh mein Gott, und wenn ich Anzeige erstatten würde und mich die Polizei fragte, woher ich das alles weiß, dann muß ich eingestehen, daß mir das alles mein Cousin Jeff im Traum erzählt hat: „Wissen Sie, er erscheint mir immer im Traum, weil er mein Schutzengel ist," sage ich dann einfach. Na fantastisch! Zehnmal eher würde ich daraufhin in der Klapsmühle landen, als sonst irgendjemand im Gefängnis.
Nein, wie war das alles peinlich. Ich fing an mich zu schämen. Wie weit war es nur mit mir gekommen, daß ich nichts Besseres zu tun hatte, als stundenlang in meinen Schlafzimmerspiegel zu starren und mir dabei solch verrückte Sachen auszudenken. Ich begann bitterlich zu weinen, verkroch mich im Bett und schwor mir, nie wieder etwas von Spiegelarbeit und Mordgeschichten hören zu wollen. Doch es sollte alles ganz anders kommen.

Kapitel 4

Bereits am nächsten Tag erhielt ich einen Anruf von Tante Anne. Ich fragte, wie es ihr denn ergangen sei, seit der Beerdigung und in der kurzen Zeit danach. Sie schien überraschend gefaßt und teilte mir mit, daß Jeff ihr ein paar Tage vor seinem Tod einen versiegelten Umschlag übergeben habe, den sie niemandem sonst außer mir überreichen sollte, falls ihm irgend etwas zustoßen sollte.
„Auf der Beerdigung habe ich das Ganze vollkommen vergessen, wie du dir sicherlich denken kannst, aber als du weg warst, da fiel mir das mit dem Umschlag wieder ein und vor allem, daß ich keinem von seiner Existenz berichten sollte. Es war Jeff sehr wichtig und da es sein letzter Wunsch war, den er mir gegenüber geäußert hat, will ich ihn unbedingt erfüllen. Wie kann ich dir den Brief am schnellsten zukommen lassen?" fragte sie mich.
Ich war verstört. Nach der ganzen Sache mit der Spiegelarbeit von gestern abend wollte ich am liebsten nichts mehr von Jeff hören - im Moment jedenfalls nicht. Aber irgendwie schien mich das Ganze auch auf magische Weise anzuziehen. Wäre sonst der prompte Anruf von Tante Anne gerade heute morgen erfolgt? Und vielleicht ergab sich ja aus dem Inhalt des Umschlags ein Hinweis oder eine Möglichkeit, wie ich die Realität hier und meine Fantasien auf der Spiegelebene in einen sinnvollen Zusammenhang bringen konnte. Vielleicht wäre der Inhalt des Umschlags eine Brücke zwischen Realität und Traumwelt und Tante Annes Anruf die Möglichkeit, diesen Brückenschlag vorzunehmen. Plötzlich war ich ganz neugierig und gespannt, was sich in diesem mysteriösen Umschlag verbergen könnte.

„Marc, bist du noch am Telefon?" fragte Tante Anne nach. „Ja, natürlich, entschuldige bitte, aber ich bin noch ganz mitgenommen von Jeffs Tod und von den ganzen Umständen, die ihn begleitet haben. Um so überraschter bin ich natürlich, daß Jeff mir noch eine Nachricht hinterlassen hat. Ich war einfach vollständig verwundert; deshalb konnte ich dir nicht gleich antworten." - „Das verstehe ich gut, Marc. Ihr beide wart immer so etwas wie Brüder. Jeff war dir immer sehr tief verbunden. Es verging nie eine Woche, ohne daß er nicht von dir sprach oder dich irgendwie erwähnt hätte, selbst wenn wir über Monate nichts von dir gehört hatten. In seinen Gedanken war Jeff immer bei dir. Und ich weiß, daß es sehr liebevolle Gedanken waren, die ihn mit dir verbanden. Ich wünschte, ihr hättet euch noch einmal treffen können, bevor, ich meine..." Ihre Stimme zitterte und auch ich vermochte kaum einen Ton herauszubringen, da ich augenblicklich an mein Treffen mit Jeff auf der Traumebene denken mußte. Wir hatten uns diese erneute Begegnung also wohl alle gewünscht, Jeff, Tante Anne und ich natürlich auch. „Ich kann morgen bei dir vorbeikommen und den Umschlag abholen, wenn du es möchtest," stotterte ich in den Hörer. „Nein Marc, mir wäre lieber, ich könnte zu dir kommen. Ich habe ein ungutes Gefühl, was diesen Brief anbelangt und ich glaube, es ist sicherer für dich, wenn du bei uns in diesem Zusammenhang nicht sobald in Erscheinung trittst." - „Wie meinst du das?" fragte ich zurück. „Ich verstehe nicht ganz, was du damit sagen willst." - „Vielleicht gibt es da gar nichts zu verstehen. Es ist einfach nur so ein diffuses Gefühl in meinem Bauch. Als Jeff mir den Umschlag gab, konnte ich spüren, daß er innerlich sehr aufgewühlt und auch ein wenig ängstlich war. Ich dachte sofort, daß das mit dem Inhalt des Briefes zusammenhängt. Und jetzt, da Jeff tot ist, habe ich das Gefühl, daß der Inhalt gefährlich sein könnte." - „Du glaubst also auch nicht, daß Jeff sich selbst getötet hat," fragte ich vorsichtig nach. „Glaubst du das etwa?" fragte sie mich zurück. „Nein, vom ersten Moment an habe ich das nicht geglaubt." - „Gut! Weißt du, eine Mutter hat immer eine ganz besondere Beziehung zu ihren Kindern. Sie fühlt einfach, wenn etwas nicht stimmt. Und Jeff ging es in der letzten Zeit überhaupt nicht gut. Von seinen Bekannten und Freunden in der Stadt wurde er plötzlich geschnitten. Das war besonders auffallend, weil er zuvor ein so beliebter und angesehener Mann in allen wichtigen Vereinen und Organisationen war. Und scheinbar wirkte sich der Verlust seiner Beliebtheit irgendwie auch auf seine Ehe aus und auf seine Geschäfte sowieso. Ich spürte, daß ihn etwas betrübt machte, was über diese ganzen Probleme noch hinausging. Aber er war nicht verzweifelt. Wenn es ihm ganz schlecht ging, dann sprach er sich bei mir aus. Er hat mir zwar nie gesagt, aus welchem Grunde die Leute ihn so plötzlich mieden, aber er hat mir immer wieder versichert, daß alles gut ausgehen werde. Deshalb glaube ich nicht an einen Selbstmord. Das bedeutet nicht, daß ich zwangsläufig davon ausgehe, daß ihm jemand etwas angetan hat. Das will ich keinem unterstellen. Und es gibt sicherlich viele Möglichkeiten für eine Erklärung, was sich in jener Nacht wirklich ereignet hat. Aber trotz allem, ich habe kein gutes Gefühl bei der Sache und deshalb würde ich lieber zu dir in die Stadt kommen. Für Dienstag habe ich ohnehin einen Termin bei Dr. Miles, für eine Routineuntersuchung. Da könnten wir uns anschließend treffen und du sparst dir im übrigen den weiten Weg zu uns raus." - „Aber natürlich, wenn du sowieso hier in der Stadt bist, dann laß uns doch im Café Meyer`s treffen. Dort ist es recht gemütlich und wir könnten uns noch einmal ganz ungestört unterhalten." - „Ja, das ist eine gute Idee. Ich habe meinen

Arzttermin um 14.00 Uhr. Dann könnte ich gegen 16.00 Uhr im Meyer`s sein." - „Abgemacht, Tante Anne, bis Dienstag." Ich legte auf. Scheinbar waren meine Erlebnisse auf der Traumebene doch keine reinen Hirngespinste. Möglicherweise gab es da einen ganz direkten Bezug zur Realität. Zu einer Realität, wie sie allerdings nur wenigen meiner Verwandten und nur wenigen von Jeffs Freunden so eindeutig zugängig gewesen ist. Meine Neugierde war erneut geweckt.

Ich trank eine Tasse Kaffee, legte mich in die Badewanne und genoß die Freizeit eines unbeschwerten Sonntagmorgens. Gegen Nachmittag kamen Steven, Pete und Paul vorbei. Wir trafen uns einmal im Monat zum Karten spielen. Meistens verlief dieses Treffen recht gesellig. Es vermittelte uns ein Stück freundschaftlichen Kontakt, den wir mit in unseren gemeinsamen Job einbringen konnten. Und der sich bezahlt machte, gerade wenn einmal wieder alles drunter und drüber ging. Dann standen wir vier zusammen und wie beim Karten spielen waren wir aufeinander eingespielt. Und zusammen war man eben ein wenig stärker als die anderen im Büro, die in hektischen Situationen gerne in ihr Einzelkämpferdasein verfielen. So, gemeinsam zu viert hatten wir schon manches Mal unsere schlagfertige Tina ausgetrickst oder unseren Chef auf unsere Seite bekommen, wenn es darum ging, bestimmte allzu „schlüpfrige" Aufträge abzulehnen oder in die bereits angenommenen Aufträge etwas Stil und Format zu bringen.

Nun gut, ein geselliger Nachmittag mit Freunden war sicherlich geeignet, mich von meinen Grübeleien abzulenken und wieder etwas mehr Kontakt mit der Realität zu bekommen. Ich lag noch in der Badewanne

als der erste bereits an der Tür klingelte. Kurze Zeit später waren wir komplett.
Paul hatte sich an der linken Hand verletzt. Beim Baseball hatte er sich den linken Daumen gebrochen, so daß er keine Karten halten konnte. Wir verzichteten kurzerhand auf unsere Pokerrunde und verbrachten den Nachmittag mit einigen Flaschen Bier und den uns eigenen Witzeleien über unsere Kollegin Tina. Es war unsere Art, der Wut und dem Ärger über ihr bestimmendes Verhalten Luft zu machen und zu kompensieren. Wir waren gerade so richtig in Fahrt, als Steven uns unterbrach und die Unterhaltung auf ein ganz anderes Thema lenkte.
„Ich war gestern zu der Eröffnung des neuen Rainbow-Centers eingeladen. Eine Freundin von mir arbeitet dort mit und ich war sehr beeindruckt, das muß ich schon sagen." - „Was wird denn in diesem Zentrum gemacht?" fragte Pete nach. „Es ist eine Gruppe von alternativen Wissenschaftlern und deren Freunde, die eine alte Maschinenfabrik aufgekauft haben und sie unter modernen ökologischen Bedingungen zu einem Zentrum für alternative Wissenschaft und moderner Wohnkultur ausgebaut haben. Es gibt dort Wohnungen, Büros, ökologische Lebensmittelläden und ein vorzügliches Bio-Restaurant. Die Initiatoren leben dort in Gemeinschaft und arbeiten auch innerhalb dieser Gemeinschaft zusammen. Es gibt auch einen Meditationsraum, der vollkommen mit Spiegeln ausgekleidet ist. Ich glaube, das hat mich von allem am meisten beeindruckt." - „Weißt du, was die da in diesem Raum genau machen?" fragte ich. „Ich meine, Meditieren mit Spiegeln ist doch wohl etwas außergewöhnlich, oder nicht?" - „Ich kenne mich damit überhaupt nicht aus, aber soweit ich mitbekommen habe, bieten sie einmal in der Woche einen öffentlichen Meditationskreis an. Da kannst du ja mal hingehen, wenn es dich näher

interessiert. Ich empfand schon ein sehr angenehmes Gefühl, als ich in diesem Raum war." - „Ja, ja der eitle Steven," rief Pete in die Runde. „Das glaube ich wohl, daß dein Spiegelbild in tausend verschiedenen Perspektiven dir sehr gut gefallen hat." - „Nein, nein, so habe ich das nun wirklich nicht gemeint. Es war etwas anderes in diesem Raum. Ein Gefühl von Geborgenheit, so etwas wie die Möglichkeit in andere Bereiche des Seins aus unterschiedlichen Perspektiven zu schauen, wenn ihr versteht, was ich damit sagen will. Ich weiß ja auch nicht, wie sie diese Atmosphäre dort hinbekommen haben. Jedenfalls war ich ganz fasziniert und wenn Suzanna mich nicht für total verrückt halten würde, würde ich gerne einmal zu solch einer Meditation gehen." - „Ich glaube nicht, daß deine Frau dich für verrückt halten würde," entgegnete ich. „Verwundert wäre sie schon, aber vielleicht würde sie sich sogar darüber freuen, wenn du einmal aufmerksamer gegenüber deinen Gefühlen wärst oder sogar mit diesen arbeiten würdest." - „Hört, hört, der Herr Psychologe," höhnte Paul mir etwas gereizt zu. „Meinst du nicht, du solltest erst einmal deine Probleme in den Griff bekommen, bevor du anderen Ratschläge erteilst?"

Ich war platt. Mit so einer Reaktion hatte ich nicht gerechnet. Anscheinend hatten also alle bemerkt, wie mies es mir in der letzten Zeit ergangen war, nur waren außer Nancy und Sarah niemand bereit, mich offen darauf anzusprechen oder mir ihre Hilfe anzubieten. „Laß ihn doch, Paul," versuchte Steven zu besänftigen. „Vielleicht hat Marc gar nicht so Unrecht. Ein wenig habe ich Suzanna auch nur vorgeschoben, weil ich mich selbst nicht so recht traue, an mir so unbekannte Dinge wie Meditation richtig heranzugehen."

Aha, da war es wieder, das alte Spiel, Begründungen zu konstruieren für Geschichten, die die Fassaden glätten sollten und gleichzeitig die wahren Beweg-

gründe zu verbergen suchten. Schön, daß Steven das so offen zugab und mir dazu noch Beistand leistete. „Wenn es nur darum geht, daß du nicht alleine dort hingehen möchtest," antwortete ich ihm, „könnten wir ja dort einmal gemeinsam meditieren. Interessieren würde mich das schon." - „Abgemacht, ich glaube sie treffen sich immer mittwochs. Ich kann das ja mal in Erfahrung bringen und sage dir dann Bescheid." - „Gut," antwortete ich. „Ich halte mir den nächsten Mittwoch frei und anschließend probieren wir das Restaurant dort aus, von dem du so geschwärmt hast." - „OK."
Wir unterhielten uns noch eine ganze Weile über Belanglosigkeiten, aber während des ganzen Gesprächs gingen mir Pauls Bemerkungen und die Aggressivität, in der er mir meine derzeitige Krise vorwarf, nicht aus dem Kopf. Ich fragte mich, was der Auslöser für seine Reaktion gewesen sein mochte. War es das Thema Meditation an sich, das in zünftigen Männerrunden nicht unbedingt überaus beliebt zu sein schien oder war es meine augenscheinliche derzeitige Schwäche in meinem Auftreten, die ihm nicht mannhaft genug erschien oder die ihn sogar an seine eigene - stets sorgsam vor anderen verborgenen - inneren Schwächen gemahnte, eine Spiegelung, der er so nicht ins Auge sehen mochte.
Da war es wieder, das Thema Spiegel! Es ließ mich einfach nicht mehr los. Ich hing diesem Gedanken noch eine Weile nach und bekam dabei kaum noch mit, worüber wir uns eigentlich unterhielten. Schließlich verabschiedeten sich die drei von mir und ich war wieder allein. Eigentlich war es ein schöner Sonntagnachmittag gewesen. Vielleicht gerade deshalb fiel es mir heute besonders schwer, den Abend ohne fremde Unterhaltung zu verbringen. Ich dachte an das schöne Zusammensein mit David und an die Lebenslust, die wir miteinander geteilt hatten. Beinahe wäre ich ver-

sucht gewesen, das Telefon zu nehmen und ihn anzurufen. Aber dann fiel mir wieder seine kalte und abweisende Telefonansage ein. Noch einmal würde ich mir diese Blöße nicht geben. Nein!

Ich ging stattdessen zum Schrank und goß mir ein großes Glas Grappa ein, das ich mit einem Zug leerte. Dann setzte ich mich vor meinen Spiegel im Schlafzimmer, nichts erwartend, an nichts denkend, einfach um die Zeit dieses schönen Abends auszufüllen. Ich setzte mich einfach hin und schaute mir in die Augen. Dieses Mal erwischte es mich mit voller Macht.

Mit einem riesigen regenbogenfarbenen Energiestrudel wurde ich in die Tiefe des Spiegels gezogen, flog eine ganze Zeit völlig entspannt und von einem tiefen Glücksgefühl erfüllt durch die Weiten des Raumes, um schließlich in dem mir bereits bekannten klosterartigen Saal auf der Traumebene zu erwachen. Jeff und Celine waren bereits da und erwarteten mich.
„Heute wollen wir dich ein wenig tiefer mit der geistigen Ebene der Traumwelt bekanntmachen. Bist du bereit?“ - „Ja, und ich freue mich schon darauf“. Beide umarmten mich und es schien unendlich viel Energie um mich herum zu fließen, dann langsam in mich einzudringen und mich richtiggehend aufzuladen, mich sozusagen stark und unverwundbar zu machen. Dann nahm mich Jeff bei der Hand.
„Ich führe dich nun in deine Welt der Erinnerungen. Ich will dir wichtige Geschehnisse zeigen, die dich geprägt haben, so wie du heute bist und die dich in deinem Unterbewußtsein nach wie vor tief beeinflussen, so lange, bis du bereit bist, deine Bindungen an diese geheimen Erinnerungen aufzulösen. Dieses Auflösen vermag dann auch eine Wandlung deines Seins auf der Realitätsebene in deiner irdischen Welt nach sich

zu ziehen. Kannst du mir soweit folgen?" - „Noch nicht so ganz," antwortete ich. „Na warte einfach ab und lasse dich überraschen," empfahl Jeff und nahm mich bei der Hand. Er öffnete die große schwere Eichentüre an der Frontseite des Saales und wir traten ins Freie.
Dort wurden wir zunächst von einem roten warmen Nebel umhüllt. Er behinderte unser Fortkommen sehr, gleichzeitig spendete er uns aber auch so etwas wie Schutz und Sicherheit in dieser unwägbaren Weite des Raumes, die sich um uns herum zu öffnen begann. Jeff ließ sich durch den farbigen Nebel nicht beirren. Er ging voran und zog mich an seiner Hand hinter sich her. Er war ein guter Führer, denn er gab mir das Gefühl, daß er wußte, wo es lang ging und daß mir in seiner Anwesenheit nichts geschehen könnte.
Nach einer Weile wurde der Nebel dünner. Vor uns lag nun eine hohe Brücke, die über ein tiefes weitläufiges Tal führte. Die Landschaft unter uns war nur undeutlich erkennbar. Sie hatte aber etwas südländisches, liebliches und stark anziehendes an sich. Jeff überquerte mit mir die Brücke und auf der anderen Seite lag ein kleines tempelartiges Gebäude, das Zugang zu einer steilen Wendeltreppe gewährte. „Nun mußt du alleine weitergehen," sagte Jeff zu mir. „Ich werde hier auf dich warten und vergiß nie, wenn du ganz bei dir selbst bleibst und ganz zu deinen Gefühlen stehst, egal was du erleben wirst, dann kann dir nichts geschehen." - „Ja," sagte ich, etwas zögernd, ich spürte wie die Angst darüber in mir aufstieg, das letzte Stück des Weges nun allein gehen zu müssen. Aber ich vertraute auf Jeff, daß er mir nur das zumuten würde, was ich auch zu ertragen in der Lage war. Entschlossen betrat ich die Wendeltreppe, die mich mit jedem Schritt tiefer in mein Traumbewußtsein führte, schon spürte ich meinen Körper nicht mehr und ein paar Stufen weiter hatte ich

keine Vorstellung mehr davon, wer ich eigentlich war und wohin mich das alles hier führte.
Plötzlich endete die Wendeltreppe in einem großen goldenen Torbogen und als ich durch dieses goldene Tor trat, da war es auf einmal hell und klar um mich herum. Ich erkannte eine Mittelmeerlandschaft, die von der Sommersonne stark ausgetrocknet erschien und frühmittelalterliche Gebäude um mich herum. Und als ich an mir herabsah, da trug ich eine Kreuzritterrüstung mit einem roten Kreuz auf weißem Grund auf der Brust, schweren Stiefeln und einen klobigen Eisenhelm in meiner Hand. Ich war groß gewachsen und hellhäutig. Die Männer, die mich umgaben, hatten dagegen mediterranes Aussehen und trugen orientalische Trachten und Turbane auf dem Haupt. Irgendwie schien ich in moslemische Gefangenschaft geraten zu sein. Ein Kreuzritter in den Händen des Feindes vielleicht ?

Ein elegant gekleideter und mit erlesenen Edelsteinen geschmückter Muslim sprach mich plötzlich an: „Sir Raimond, wir sind Ihnen zu allergrößtem Dank verpflichtet. Daß Sie Ihr Heer und die Ihnen Getreuen in unseren Hinterhalt gelockt haben, verkürzt diesen ganzen Feldzug um Monate und sichert uns einen uneingeschränkten Sieg. Neben den versprochenen Lehen und Gütern werde ich Euch zusätzlich noch ein grandioses Schauspiel bieten.“ Wie denn, war ich etwa ein Verräter? Ein Überläufer zum Feind oder wie sollte ich das Ganze verstehen? Und wenn ja, warum habe ich das nur getan? Ich schrie innerlich nach einer Antwort und ich spürte wie sich mein Herz zusammenzog vor Schrecken und vor Scham über mein treuloses Verhalten. Eine Antwort auf meine Frage erhielt ich dagegen nicht. Stattdessen begann das angekündigte Schauspiel. Einer nach dem anderen wurden meine engsten Getreuen, die in die muslimische Falle geraten waren, vor den Kalifen gebracht und vor unseren Augen enthauptet. Mein Lehensbruder Egbert, Sir Thomas, Baron de Champsmoile und viele andere mehr. Die gesamte Führung des Kreuzritterheeres war in die Hände des Feindes geraten, wurde nun öffentlich hingerichtet und ich mußte das alles mit ansehen, mußte die Folgen meines Verrates erkennen und ertragen lernen. Mit jedem Kopf der fiel, fiel ein Stück von mir, ja es war, als ob ich hundertfach geköpft würde. Mir war elend und traurig zumute. Verräter, wie konntest du das nur tun? Wie konntest du es nur zulassen? Warum, dröhnte es in meinem Kopf? Die gefangenen Edelleute ertrugen ihr Schicksal ehrenhaft, schweigend und mit erhobenem Haupte. Nur in meinem Herzen schrie es und jeder Blick von ihnen der auf mich fiel, durchbohrte mich, wie tausende von Pfeilen. Wie konnte ich nur? Oh, ich schäme mich zu Tode, ...

Plötzlich änderte sich die Szene. Ich befand mich in einem lichten Wald, der durchflutet war von den blutroten Strahlen der untergehenden Sonne. Ich saß zu Pferde, ein Ritter in voller Rüstung, umgeben von seinem Heer. Vor uns, am Ende des Waldes, lag die Burg meines Cousins, die es einzunehmen galt. Ich hob die Hand genau im selben Moment, als die Sonne am Horizont verschwand und das Heer setzte sich auf meinen Befehl hin in Bewegung. Langsam, wie eine große Walze, bewegte sich eine unüberschaubar große Schar von Kriegern auf die vor uns liegende Festung zu. Das Heer des Feindes erwartete uns an der Zugbrücke zur Burg. Dort trafen beide Seiten aufeinander. Das anschließende Gemetzel zog sich über Stunden hin. Alles war übersät von Blut und toten Leibern und um mich herum war ein unendliches Stöhnen und Schreien zu hören. Trotz alledem zeigte ich keinerlei Gefühlsregung. Eiskalt mähte ich jeden

Mann nieder, der sich mir in den Weg stellte. Einzig mein Ziel zählte. Einzig die Eroberung des Feindeslandes war wichtig und von Bedeutung, die Vernichtung des Erzfeindes und die Vermehrung des eigenen Besitzes. Kein Gefühl, kein Empfinden, nur Weg und Ziel, das war alles, nichts anderes zählte. Dann, ganz plötzlich, trat eine Totenstille ein; irgendwie hatte sich die Energie des Kampfes ausgelebt. Es war vollbracht. Die Gegner waren vernichtet. Am Morgen des nächsten Tages zogen wir siegreich in die eroberte Festung des Feindes ein. Die überlebenden Führer des gegnerischen Heeres wurden öffentlich gedemütigt und in den Kerker geworfen. Dann begann ein großes Siegesfest und die Beute wurde unter den siegreich verbündeten Heerführern aufgeteilt. Der Höhepunkt dieses Festes war die Hinrichtung Graf Arthurs, meines Cousins und vormaliger Herrschers des eroberten Landes. Er bat mich um Gnade und bot mir die Vermählung seiner Schwester Genuveva an, falls ich zu einem günstigen Friedensschluß bereit sei. Aber ich war gnadenlos. Kein Mitleid erfüllte mein Herz, keine Kompromißbereitschaft oder auch nur Begehren nach Graf Arthurs Schwester, die sich noch rechtzeitig in ein Kloster in Sicherheit gebracht hatte, um als Unterpfand zur Verfügung zu stehen, für den Fall, daß ihr Bruder diese Schlacht verlieren und ihr Heimatland tatsächlich erobert werden sollte. Kein Gefühl, keine Gnade. Mit einem Schwerthieb wurde Graf Arthur getötet. Und im selben Moment hatte sich mein Herrschaftsgebiet verdoppelt. Nur das zählte. Ich fühlte mich großartig!

Wieder änderte sich die Szene. Dieses Mal war ich Bettler in einer mittelalterlichen Stadt, vielleicht Bezièrs oder Narbonne, auf jeden Fall mutete alles um mich herum sehr französisch an. Völlig verkrüppelt und zerschunden durchstreifte ich die Gassen der Stadt und bat die Vorbeigehenden um Almosen. Aber aus welchen Gründen auch immer gaben mir die Menschen nicht einen Sous. Jeder andere Bettler erhielt zumindest ein altes Stück Brot oder manchmal sogar einen Apfel geschenkt. Aber mir gaben die Leute absolut nichts. Kein Jammern, kein Flehen vermochte daran etwas zu ändern. Immer wieder fragte ich mich, warum gerade mir das widerfuhr? Weshalb kennen die Menschen keine Gnade? Warum helfen sie allen außer mir? Was ist nur an mir, daß sie sich mir gegenüber völlig verschließen und weder Barmherzigkeit noch Hilfsbereitschaft zeigen, während sie das anderen gegenüber sehr wohl zu geben bereit sind. Warum nur? Warum?

In einer weiteren Szene befand ich mich auf einem herrschaftlichen Landgut. Ich war eine Frau, ein sehr angenehmes Gefühl, wie ich zu verspüren meinte und ich war Putzmagd auf diesem Gut. Ich tat täglich meine Arbeit und abends kam ab und zu der Sohn des Gutsherrn zu mir. Dann liebten wir uns im Heu. Es war wundervoll, wenn wir zusammen waren. Ich öffnete ihm mein Herz und mein ganzer Tag war nur darauf ausgerichtet, auf ihn zu warten und wenn er dann endlich kam, ihn glücklich zu machen, ihn zu erfüllen mit Liebe und Zärtlichkeit, mit Wärme und Empfindsamkeit, mit allem, was wirklich im Leben zählt. Ich gab mich ihm hin, ja ich gab ihm meine ganze Seele, alles, was ich nur zu geben in der Lage war.
Eines Tages jedoch kam er nicht mehr. Ohne ein Wort des Abschieds, ohne einen Hinweis oder eine Vorwarnung war er in die Stadt gezogen. Man erzählte sich, er habe eine wohlhabende Partie gemacht und die Tochter des königlichen Goldschmieds geheiratet. Jedenfalls habe ich ihn nie wieder gesehen. Das brach mir das Herz und halb wahnsinnig vor Trauer und Sehn-

sucht ertränkte ich mich im Teich neben den Stallungen.

Plötzlich wurde es weiß um mich herum. Die Bilder hörten auf und Jeff stand neben mir und reichte mir seine Hand. Ich begann zu weinen wie ein kleines Kind und er zog mich dicht an sich, umarmte mich und hielt mich ganz fest. Als ich mich beruhigt hatte, fragte ich: „War das denn alles ich selbst? Ich meine, habe ich wirklich so schreckliche Dinge getan und erlebt?" - „Ja, das hast du in der Tat," antwortete Jeff. „Aber wie du gesehen hast, hast du auch immer wieder an dir selbst erfahren, was du zuvor anderen zugefügt hast. Du hast Treulosigkeit gesät und Untreue geerntet. Du hast geherrscht und hast gedient. Und du hast Gnadenlosigkeit und Unbarmherzigkeit gelebt als du Graf Arthur nicht begnadigtest, obwohl es dein Cousin war und du die Macht dazu gehabt hättest, um im darauffolgenden Leben am eigenen Leib selbst erfahren zu müssen, was Gnadenlosigkeit und Unbarmherzigkeit bedeutet, als dir kein Mensch etwas zu Essen schenkte, obwohl du wirklich bedürftig gewesen bist."

„Du weißt jetzt, wie Leben auf der Erde funktioniert. Was wir in diesem und in früheren Leben gesät haben, das werden wir ernten. Was wir tun, das wird uns getan und was wir geben, daß wird zu uns zurückfließen, vorausgesetzt, wir geben es aus vollem Herzen. Kannst du dich noch an die Bibelstunden in der Schule erinnern?" - „Ja, ein klein wenig. Du weißt doch, daß ich da nie richtig aufgepaßt habe." - „Aber sicherlich kennst du noch die Geschichte von Jesus, als er gefragt wird, was zu tun ist, wenn dir jemand auf die linke Wange schlägt?" - „Ja, gewiß, dann sollst du nicht zurückschlagen, sondern auch noch die andere Wange hinhalten." - „Genau," erwiderte Jeff. „Das folgt aus

dem gleichen Gesetz von Ursache und Wirkung, das du soeben kennengelernt hast. Was du tust, das wird dir widerfahren. Schlägst du zurück, dann wirst du wieder geschlagen und schlägst du erneut zurück, so endet diese Spirale des Schlagens möglicherweise nie. Unterbrichst du jedoch irgendwann diesen Kreislauf, im konkreten Beispiel die Spirale der Gewalt, dann ändert sich dein ganzes Leben neu; es wird friedlich, harmonisch und gewaltfrei. Das ist gemeint, wenn es heißt, du sollst auch die andere Wange hinhalten.
Mit jeder Handlung, die du unternimmst, setzt du die Ursache für eine Veränderung der Energie im Kosmos. Diese Veränderungen ziehen ihre Wirkungen nach sich. Handelst du in Frieden, in Liebe und Zuversicht, dann werden diese Energien im Kosmos gestärkt und dir werden als Wirkungen deines Handelns auch diese Energien in der Realität wieder begegnen, sie werden dir sozusagen widergespiegelt. Handelst du dagegen wie in den soeben von dir betrachteten Szenen, dann ziehen diese Handlungen auch negative Wirkungen nach sich. Kannst du mir soweit folgen?" - „Ja!" - „Die Folge ist einfach. Handelst du negativ, dann begegnet dir auch Negativität im Äußeren und eine Spirale nach unten ins Dunkle, Öde und Traurige beginnt sich zu drehen. Handelst du dagegen positiv, dann entsteht eine Spirale nach oben, ins Lichte, Helle, Schöne, Harmonische und Friedvolle. Und das gilt nicht allein für deine Handlungen im Äußeren, sondern natürlich auch für alle deine Gedanken, Gefühle und Empfindungen. Je mehr du mit jedem Teil deines Seins und ganz besonders mit deiner Seele, dich auf der Sonnenseite bewegst, um so mehr kannst du Licht und Liebe empfangen und in deine Existenz bringen." - „Gerade deshalb stellen auch alle Religionen die Liebe als zentralen Weg zum Glück heraus." - „Genau! Denn Liebe ist der Schlüssel zum Glück und zur lichten Seite

des Seins. Alles was du aus Liebe tust, wird dich auf die Sonnenseite des Lebens bringen." - „Ja, das habe ich jetzt begriffen." - „Gut," erwiderte Jeff. „Möchtest du dir denn nun anschauen, wie Leben sich entfalten kann, wenn du den Verführungen der dunklen Seite, dem Streben nach Macht und Einfluß und nach materiellen Gütern entsagst und dich ausschließlich der Ebene des Friedens und der Liebe öffnest?" - „Ja, gern, wenn das möglich ist." - „Zuvor mußt du dich jedoch einer Reinigung unterziehen und die Gedanken und Bilder der soeben wieder erinnerten Lebensgeschichten von dir abstreifen, um vollständig offen für die lichte Seite des Seins zu werden. Bist du dazu bereit?" - „Ja." - „Dann stelle dich auf diesen Stein." Er deutete auf eine kreisrunde etwa einen Fuß breite Erhöhung vor mir auf dem Boden. Es war ein runder Granitstein mit farbigen Bildzeichen, etwa so wie man sie von ägyptischen Hieroglyphen her kennt, nur eben in Kreisform angeordnet. Ich stellte mich genau in die Mitte und wartete darauf, was geschehen würde. Plötzlich senkte sich der Stein und ich fiel in ein ovales Becken, das sich darunter befand und mit glasklarem, tiefblauen Wasser gefüllt war. Das Wasser fühlte sich ein wenig so an, wie das damals in jenem Bergsee, den ich mit Tom zusammen im Wald entdeckt hatte. Alle negativen Gedanken, alle Sorgen, Ängste und Vorbehalte, aber auch Wünsche nach Macht und Einfluß, nach Anerkennung und Akzeptanz, wurden in Windeseile fortgespült. Ich tauchte tief in das Becken ein, gleichzeitig fühlte ich mich frei und erleichtert. Eine echte Reinigung vollzog sich in meinem Körper, in meiner Seele und in meinem Geist.

Nach einer ganzen Weile stieg ich aus dem Wasserbecken. Jeff und Celine warteten bereits auf mich. Sie nahmen mich in ihre Mitte und aus zwei Amphoren, die beide in ihren Händen hielten, ergoß sich eine besondere Flüssigkeit über mein Haupt und meinen ganzen Körper. Sie war fast unsichtbar, aber gleichwohl intensiv spürbar. Kraft und Liebe murmelten sie dabei leise, mehr als lautlose Gedanken, denn als wirkliche Worte ausgesprochen, die sich trotzdem auf irgendeine Weise auf mich übertrugen. Und wirklich, mit jedem Tropfen, der aus den Amphoren auf mich herabfloß, fühlte ich mich kraftvoller und offener, meine Liebesfähigkeit auszudrücken und aus mir herausfließen zu lassen. Ich empfand ein unsagbares Glücksgefühl, mit soviel Kraft und Liebe angefüllt zu sein und wünschte mir, dieses Empfinden mit anderen teilen zu können.

Zum Abschluß des Rituals reichten mir Celine und Jeff einen goldenen Kelch. Er war bis zum Rand mit einem goldgelben Getränk gefüllt und sie sprachen zu mir: „Trinke diesen Kelch bis zur Neige und deine Kraftzentren werden sich öffnen für das Licht und die Liebe, die immer schon war und die immer sein wird. Gleichzeitig wirst du mit diesem Trank unempfänglicher für die dunklen Seiten des Seins werden.

Ich nahm den Kelch, jeder verbeugte sich vor dem anderen. Dann trank ich den Kelch in einem Zug leer. Das Getränk floß zuerst meine Kehle hinunter in den Magen und verteilte sich von dort schlagartig in meinem ganzen Körper. Jede Zelle wurde mit dieser goldenden Flüssigkeit vollständig angefüllt. Dann, plötzlich, begann es vom Kopfe her in mir zu kreisen. Zuerst ganz oben, dort wo der Scheitel sitzt, dann auf der Stirn, im Hals, im Herzen, dem Bauch, dem Unterleib, bis in den Steiß. Wie auf einer unsichtbaren Längsachse durch das Zentrum meines Körpers fühlte ich die goldene Flüssigkeit Kreise ziehen, immer schneller und schneller. Zunächst links herum, dann plötzlich - wie bei einer Umpolung - rechts herum. Und mit der Änderung der Drehrichtung verspürte ich plötzlich eine unendliche Leichtigkeit, Glückseligkeit und Freiheit von der Schwere und Last des irdischen Daseins. Es war Licht in meinem Körper, in meinem Zentrum und um mich herum. Einfach wundervoll.

„Du bist jetzt eingestellt, auf die lichten Seiten des Seins," erklärten mir meine Begleiter. „Aber sei auf der Hut. Du mußt ständig darauf achten, daß deine körpereigenen Kraftzentren diese Umpolung zum Licht und zur Liebe aufrechterhalten. Strebt dein bewußter Wille nicht in die gleiche Richtung, sondern läßt er sich vom Dunklen und Bösen vereinnahmen, dann werden auch deine Kraftzentren sich entsprechend deinem freien Willen ausrichten und sich wieder der negativen Seite der Macht öffnen. Auf deinen Willen also kommt es an, ob du dich künftig auf der Sonnenseite bewegen wirst oder ein schattenhaftes Dasein führen willst im Dienste der Dunkelheit und der Macht."

Ich versprach meinen Willen zu zähmen und ihn den schönen, wahren und guten Seiten des Seins zu offenbaren. Dann verneigten sich Jeff und Celine vor mir und versprachen mir beizustehen auf meinem Weg und dann sagte Jeff: „Jetzt ist es soweit, dir ein paar Lebensgeschichten zu zeigen, in denen du bereits Licht und Liebe in dein Leben und das Leben deiner Mitmenschen gebracht hast.
Er umhüllte mich mit einem weißen seidenen Schleier. Dann entfernten sich Celine und Jeff und ich war in dem grellweißen Raum ganz allein.
Nach einer Weile schien sich der Raum um mich herum zu bewegen. Die Bewegungen wurden immer schneller, bis mir ganz schwindelig wurde und ich das Bewußtsein verlor. Als ich aufwachte, nach einem langen tiefen Schlaf, lag ich auf einer satten grünen Wiese und blickte gedankenverloren in den mit kleinen

weißen Schäfchenwolken geschmückten blauen Himmel. Ich lag einfach so da im blühenden Gras, an einem Grashalm kauend und war rundum glücklich und zufrieden. Es war sommerlich warm, ich war satt und faul und mein Körper war kraftvoll und kerngesund. Ich trug nur eine weite graue Leinenhose und ein einfaches weißes Hemd. Aber gerade die Leichtigkeit dieser Kleidung verlieh meinem Körper eine Freiheit, die wundervoll war. Eine junge Magd kam zu mir ins Gras, wir erzählten und machten kleine Spiele, dann zog ich sie an mich und wir liebten uns, einfach so, unter freiem Himmel. Wir hatten Spaß und Lebenslust. Eine ganze Weile lagen wir gemeinsam im Gras, dann wurde sie gerufen und sie mußte zurück ins Haus. Ich stand auf und folgte ihr. Am Haus angelangt, setzte ich mich auf die Bank vor die Tür, wo sich die Familie bereits zum Mittagstisch versammelt hatte. Es gab eine deftige Kartoffelsuppe, Forelle mit Karotten und Lauch, Käse und Kuchen.

Obwohl wir einfache Bauern in einem entlegenen Landstrich waren, fehlte es uns an nichts. Die Wiesen waren saftig, das Korn reifte gut und die Bäche und Seen waren voll von gutem Fisch. Mehr brauchte es nicht zum Glücklichsein. Die meiste Zeit war es warm oder mild und so lebten wir die überwiegende Zeit in der freien Natur. Nur zum Schlafen und wenn es regnete, gingen wir ins Haus. Und diese Verbundenheit mit der Natur war etwas ganz Besonderes. Es war eine Art geerdet zu sein, wie ich sie bisher nicht kannte. Ein geerdet sein im Rhythmus der Natur, nicht gegen sie oder gar völlig fern von ihr in einer Stadt oder einer künstlichen, von Menschen geschaffenen Umwelt. Und dieser Einklang mit der Natur bestimmte auch unsere zwischenmenschlichen Beziehungen. Unsere Bedürfnisse wurden nicht unterdrückt sondern befriedigt. Und unser größtes Bedürfnis war einander zu lieben. Es herrschte Harmonie und Zuneigung zwischen allen Familienmitgliedern und auch dem Personal. Und ich spürte, je mehr Liebe ich fließen ließ und gab, umso mehr Liebe floß zu mir zurück. Wie in einer großen Lichtspirale tanzten wir den Tanz der Freude am Leben. Ich war jung, kräftig und gesund, was brauchte es noch mehr. Da war nichts, was ich vermißt oder zusätzlich begehrt hätte. Ich war glücklich und meine Familie war das auch. Und wieviel ich auch suchen und prüfen mochte, dieses Gefühl der Zufriedenheit und der Liebe zu meinen Nächsten und zu mir selbst, dieses Gefühl hielt an. Es war durch nichts zu erschüttern.

Dann wechselte die Szene. Ich sah mich als jungen Mönch in einem Kloster in den Bergen. Ich saß in der Seitenkapelle, rechts vom Hauptschiff der Kirche, die der Jungfrau Maria geweiht war und von der aus man einen atemberaubenden Ausblick über die Berge ins Tal hatte. Ich mußte wohl eine ganze Weile in Gebet und Kontemplation versunken gewesen sein, denn als ich den Blick vom vergoldeten Marienstandbild ins Tal lenkte, da war auch die ganze Landschaft von goldenem Licht erfüllt, alles war in Gold getaucht, die Berge, die Wiesen und die Wälder, die Dächer des fernen Dorfes im Tal, alles war von göttlichem Licht erfüllt und mir schien, als ob ich selbst voll von goldenem Schein wäre und alles um mich herum eine große Einheit, eine Einheit goldener Lebensenergie, einer Energie aus Licht und Liebe, und jedesmal, wenn ich mich dieser Energie vollständig zu öffnen bereit war, da verschmolz alles in einem, es gab kein Getrenntsein mehr, kein Innen und Außen, keinen Betrachter und kein zu betrachtendes Objekt, nein, alles war eins in Gott und im Lichte Gottes und jeder von uns stellte nur eine besondere Facette, eine spezielle Lichtwelle dieses einen göttlichen Lichtes dar. Das war es, was wirklich in uns war, göttliches Licht und göttliche Liebe und wir brauchten nichts anderes zu tun, als uns diesen Energien zu öffnen, uns selbst zu öffnen, um Glück und Geborgenheit, Zufriedenheit und Liebe zu leben und erlangen zu können.

Wieder änderte sich die Szene. Ich sah mich als kleinen Jungen auf einer Schaukel, umgeben von blühenden Obstbäumen und Beeten mit Krokussen, Osterglocken und weißen Tulpen. Ein Duft von Honig und Zimt lag in der Luft. Er wehte vom Haus herüber und kündigte Omas frisch gebackenen Apfelkuchen an. Ich schaukelte so hoch ich konnte, mit ganzer Kraft und für einen Augenblick glaubte ich zu fliegen, schwerelos in diesem Meer von weißen und rosaroten Blüten um mich herum zu baden und ich sagte zu mir: So soll es immer sein, wie heute und ich werde alles dazu tun, daß sich alle Menschen so glücklich fühlen können, wie ich heute bin.
Später sah ich mich als Erwachsenen. Ich war Arzt geworden, ein guter Arzt, zu dem die Menschen von weit her kamen um Linderung für ihre körperlichen Schmerzen und Heilung von ihren schweren Krankheiten zu finden. Und ich half allen aufopfernd, war für jeden da, unabhängig ob er mich entlohnen konnte oder nicht. Und auch um meine Familie sorgte ich mich aufopfernd. Wann immer meine Frau meine Nähe oder Liebe brauchte, war ich für sie da und wann immer meine Kinder mich um Rat fragten oder einen Wunsch äußerten, es wurde ihnen gewährt. Uns fehlte es an nichts und die Menschen zeigten uns ihre Dankbarkeit dafür, daß wir für sie da waren und uns um ihre Leiden kümmerten und persönlichen Anteil an ihrem Schicksal nahmen. Meine Frau unterstützte mich bei dieser Aufgabe, wo sie nur konnte und es war Erfüllung in

dieser Arbeit, in diesem Geben und miteinander verbunden sein.
Zum Schluß sah ich mich noch einmal als alten Mann, wie ich mit meiner Frau in dem Garten saß, wo ich als Kind geschaukelt und meinen Lebensentschluß gefaßt hatte, auf einer Bank sitzen und ich spürte Liebe, Dankbarkeit und tiefen Frieden. Dann wurde es weiß um mich herum. Wie bei einem Filmriß war ich im Nichts. Meine Umgebung verschmolz in den unterschiedlichsten Farben, alles drehte sich um mich herum, mir wurde schwindelig und schließlich verlor ich vollends mein Bewußtsein.

Als ich erwachte, saß ich wieder vor dem Spiegel in meinem Schlafzimmer, es war Sonntag und ich war allein. Ich wagte nicht einmal, darüber nachzudenken, was da soeben mit mir geschehen war. Ich stand einfach auf, dachte an nichts, war vollkommen leer und doch gleichzeitig angefüllt mit einem Gefühl des Vertrauens, eines Urvertrauens an das Leben, wie ich es bisher noch nicht kannte. Ich ging in die Küche, trank ein großes Glas Wasser und schaute aus dem Fenster. Da war ich nun mehr als 30 Jahre lang auf dieser Erde, in diesem Körper und in diesem Land, das als eines der modernsten und fortschrittlichsten Länder der Welt gepriesen wird und doch hatte ich zum ersten mal das Gefühl, etwas wirklich Wahres erlebt zu haben. Nicht etwas Wahres im herkömmlichen Sinne, wo es zunächst immer zwei Ansichten über die Dinge gibt und dann eine Diskussion über die verschiedenen Meinungen und irgendwann dann - wenn sich schon fast niemand mehr für dieses Thema interessiert - eine Entscheidung, was nun das Richtige in dieser Sache sei, das Wahrhafte und Unumstößliche. Nein dieses Mal schien es mir, als ob ich die reine Wahrheit

gekostet hätte. Die Wahrheit von Sein und Wirklichkeit. Die Wahrheit jenseits der menschlichen Meinungsverschiedenheiten, Ansichten und Auffassungen, die Wahrheit, die allem dem zugrunde liegt und die unsere Existenz in der Dualität unseres irdischen Lebens erst möglich macht.
Ich war tief in etwas Neues eingetaucht. In eine Ebene des Seins, die sich völlig von dem unterschied, was ich bisher kennengelernt hatte oder zu kennen glaubte. In eine Ebene, die genauso real war wie unsere Existenz hier, die wir nur irgendwie verlernt hatten, bewußt in unsere Lebensabläufe miteinzubeziehen und die uns aus diesem Grunde nun unterbewußt beeinflußte, in Träumen und Visionen, in Déjà-vu-Erlebnissen und vagen Erinnerungen, in gefühlsmäßigen Vorlieben und Abneigungen, die aber über diese Einfallstore unser Leben sehr wohl massiv zu beeinflussen in der Lage waren.
Welchen Beruf wir uns wählten, welchen Wohnort und wo wir vorzugsweise unsere Urlaube verbrachten, ob in den Bergen oder am Meer, welchen Lebenspartner wir uns wählten, ja ob wir überhaupt wagten, eine Partnerschaft einzugehen, alles wurde direkt oder indirekt von dieser Ebene mitbestimmt, ja vielleicht sogar aus ihr heraus entschieden, ohne daß unser Bewußtsein so richtig Notiz von diesem Umstand nahm. Diese Traumebene, wie ich sie zu nennen pflegte, sie war vielleicht weit mehr als unsere bewußte Existenz, sie bestand vielleicht aus vielen tausenden von Ebenen und vielleicht war das, was wir als reale Existenz auf der Erde verspürten, im Grunde nichts anderes, als ein winziger Teilausschnitt aus den verschiedenen Traumebenen, wie ein Tropfen Wasser in der Weite des Ozeans, der vom Sturm der Wellen für einen kleinen Augenblick hochgespült wird, über die Oberfläche des Meeres hinausspritzt und sich als

losgelöst vom großen Meer empfindet, als individueller Wassertropfen und der doch Teil des Ozeans bleibt, weil er im nächsten Moment wieder zurück in die Fluten fällt, um im ewigen auf und ab des weiten Meeres weiterzutreiben, mitgerissen zu werden, von den Wellen, um sich im Schoß des Meeres zu wiegen, ein ums andere Mal, wenn die See still und ruhig ist.

Ein Tor hatte sich heute für mich geöffnet. Ein Tor zu einer geistigen Welt, deren Existenz ich nicht länger anzweifelte.
Ich fühlte kein Unbehagen mehr mit meinem verstorbenen Cousin Jeff als Seelenbegleiter zu kommunizieren. Ich hatte keine Angst mehr in diesem Moment, von anderen Menschen deshalb für neurotisch oder verrückt gehalten zu werden. Ich hatte Vertrauen gewonnen, zu mir, zu dem, was mir im Inneren und im Äußeren begegnete und zum Leben als Ganzes. Es würde mich schon führen, wenn ich nur bereit war, mich führen zu lassen, und es würde ein guter Weg werden, wenn ich mich nur immer wieder versicherte, dem Licht und der Liebe nachzufolgen und den dunklen Seelenfängern der dualen Schattenseite zu widerstehen. Ich fühlte mich gut, ja, das fühlte ich mich und ich würde meine Seelenbegleiter Jeff und Celine wieder besuchen. Auch das war gewiß.

Kapitel 5

Zwei Tage später traf ich mich mit Tante Anne im alten Café auf der Plaza. Sie sah immer noch ein wenig angespannt aus. Bei den Ereignissen der vergangenen Wochen war das auch kein Wunder, aber sie begrüßte mich freundlich und offenherzig. „Mein lieber Marc, du siehst ja richtig erholt aus, ich bin so froh, daß es dir gut geht. Auf der Beerdigung wirktest du auf mich sehr bedrückt, ja richtig depressiv. Da war mehr in deinen Augen, als nur die Trauer um Jeff. Ich weiß, daß du ihm sehr nahe warst, so wie er dir, aber dein Aussehen letzte Woche hat mich doch sehr erschüttert.
Da ich sah, daß es dir schlecht geht, wollte ich dich auch erst überhaupt nicht mit diesem Briefumschlag von Jeff belasten. Aber da war auch mein Versprechen meinem Sohn gegenüber und jetzt, wo ich sehe, daß es dir wieder besser geht, weiß ich, daß es richtig war, Jeffs Wunsch zu folgen und dir die Sache zu übergeben. Ich bin froh, hier zu sein." - „Hast du eine Ahnung, was sich in dem Umschlag befinden könnte?" fragte ich. „Nein, aber mein Gefühl sagt mir, daß es mit seinen Geschäften zu tun haben könnte und..., ja vielleicht eine Antwort auf seinen so plötzlichen Tod zu geben vermag. Weißt du, wenn Jeff Selbstmord begangen haben sollte, dann wäre es schon ungewöhnlich, wenn er überhaupt niemandem in der Familie einen Abschiedsbrief geschrieben haben sollte. Da ich nicht an eine Selbsttötung glaube, kann ich mir auch nicht vorstellen, daß in diesem Umschlag ein Abschiedsbrief zu finden sein wird. Aber Gewißheit habe ich natürlich erst, wenn du den Brief geöffnet und gelesen hast. Erst dann werde ich wirklich beruhigt sein können. Und vielleicht geben die Unterlagen darin ja auch Auskunft darüber, was Jeff am Ende seines Lebens noch beunruhigt hat, denn besorgt war er

schon, als er mir das Kuvert für dich aushändigte." - „Tante Anne, sei ganz unbesorgt. Ich weiß sicher, daß Jeff sich nicht selbst getötet hat und daß somit auch kein Abschiedsbrief hier drin sein kann. Aber ich hoffe mit diesen Unterlagen den Tod von Jeff doch ein wenig mehr aufklären zu können." - „Du weißt etwas über seinen Tod?" - „Ja, Tante Anne, auch auf die Gefahr hin, daß du mich für verrückt halten wirst, bei dem, was ich dir jetzt sage, aber Jeff ist mir im Traum erschienen und hat mir gesagt, daß es ihm gutgehe und daß er sich nicht umgebracht hat."
Sie schaute micht ungläubig an. „Ich weiß, daß es solche Phänomene gibt," antwortete sie mir mit einigem Zögern. „Aber wieso gerade bei dir? Ich meine, weshalb ist er nicht seiner Frau oder seinen Kindern erschienen oder Dad, oder mir..." - „Auf einer anderen Ebene des Seins, ich meine auf den Ebenen der Psyche und der unterbewußten Bindungen und Verbindungen, sind die Dinge nun einmal wie sie sind. Vielleicht tröstet es dich, wenn ich dir sage, daß Jeff und ich schon immer eine besondere Beziehung zueinander hatten, eine Seelenverwandschaft, wenn du verstehst, was ich damit sagen will." - „Aber natürlich verstehe ich dich, Marc. Ich habe das ja auch immer verspürt, euer besonderes Verhältnis zueinander. Eigentlich wart ihr zwei mehr miteinander verbrüdert, als Jeff mit seinen leiblichen Geschwistern. Entschuldige bitte. Ich glaube dir und ich vertraue dir." - „Danke, Tante Anne! Und bitte sprich zu niemandem von unserem Treffen heute und erwähne keinem gegenüber die Existenz dieses Umschlags. Erst muß ich den Inhalt in aller Ruhe sichten und die notwendigen Dinge einleiten. Ich gebe dir als erste Bescheid, wenn es soweit ist und du die Sache öffentlich machen kannst. Versprichst du mir das?" - „Ja doch, Marc, natürlich

verspreche ich das."- „Zu absolut niemandem ein Wort?" - „Zu niemandem!"
Wir tranken noch einen Kaffee und sie erzählte mir von den Nachbarn, meiner Mutter und Valerie und wie es ihr nach der Beerdigung ergangen war. Dann trennten wir uns mit einem herzlichen Kuss und sie reiste wieder zurück in unsere kleine Heimatstadt, die mir in diesem Moment wie am Ende der Welt zu liegen schien. Ich fuhr sofort nach Hause, um in Ruhe den Inhalt von Jeffs letztem Brief zu studieren.

Als ich von Norden kommend in die King`s Road in Richtung Vorstadt einbog, hatte ich das Gefühl, daß mir ein silbergrauer Cadillac folgte. Ich schaute einige Male in den Rückspiegel, aber ganz gleich welche der vier vorhandenen Fahrspuren ich auch wählte, der Wagen blieb immer hinter mir.
Dumme Verfolgungstaktik dachte ich, selbst in den billigsten Fernsehkrimis sind die Verfolgungsszenen mit dem Auto cleverer angelegt. Meistens nehmen dort mehrere Wagen gemeinsam die Verfolgung auf und lösen einander ab, damit die Beschattung nicht gleich entdeckt wird, oder die Entdeckung zumindest solange verzögert werden kann, bis man ohnehin schon weiß, wo es lang geht.
Und wer sollte mich schon verfolgen? Und noch dazu, wo ich sowieso nur zu mir nach Hause fuhr, wo doch jedermann leicht herausfinden konnte, wo ich wohnte und wo ich im Büro zu erreichen war. Nein, zu Verfolgungsspielen hatte ich nun überhaupt keine Lust und nach all dem Seltsamen, das mir in den letzten Tagen widerfahren war, mochte ich mich nicht auch noch in einen Verfolgungswahn steigern. Spätestens dann würden mich die anderen für absolut durchgedreht halten und mich womöglich noch in ein Sanatorium stecken. Mom wäre für solch einen Vorschlag

sofort zu haben, so wie ich sie kenne und als nächste leibliche Angehörige hätte ja wohl sie auch das Sagen, wenn man mich für „geistig gestört" oder gar „unzurechnungsfähig" erklären würde, dachte ich. Gar nicht auszudenken. Mom würde schließlich ein Sanatorium wählen, wo man mich dressiert, wie einen indischen Hausaffen: „Gehorchen auf Befehl, sonst wird man an die Kette gelegt." Und nach der Entlassung würde sie dann meine weitere Pflege übernehmen und die begonnene Dressur mit überschwenglicher Begeisterung vollenden.
Nein, kein Verfolgungswahn, dachte ich, kein Sanatorium und keine Dressurmöglichkeiten. Einfach in Ruhe nach Hause fahren, den Kamin anzünden und romantisch den Abend verbringen, ohne diese silbergraue Limousine weiter zu beachten. Daß ich zu Hause überhaupt keinen Kamin besaß, störte mich bei diesem Gedanken überhaupt nicht. Im Gegenteil, es lenkte mich vielmehr von den Gedanken an den Wagen hinter mir ab und zeigte mir nur einmal mehr, daß meine Phantasie ab und an mit mir durchzugehen drohte, wenn ich nicht ganz hautnah bei den Tatsachen blieb. Kein Kamin, keine Verfolgung, basta.

Ich parkte meinen Wagen vor dem Hause. Doch anstatt in meine Wohnung zu gehen, klingelte ich bei Sarah. Irgendwie hatte mich die Verfolgungsidee trotz aller Selbsttröstungen doch ein wenig verunsichert und ich dachte mir, daß ich in Jeffs Angelegenheit lieber von Anfang an jemanden in die Geschichte einweihen sollte, falls dann doch etwas schieflaufen würde oder so in etwa. Genau konnte ich auch nicht sagen, was ich überhaupt bei Sarah wollte, jedenfalls wollte ich auf keinen Fall in meiner Wohnung allein sein.
Sarah öffnete die Tür. „Na mein Schätzchen, wie geht es dir heute? Haben wir uns wieder ein wenig gefan-

gen?“ Aha, auf der ironischen Tour war Sarah heute. Da lagen meine Karten für peinliche Offenbarungen oder diffuse Verfolgungsgeschichten offenbar schlecht. „Mir geht es miserabel,“ antwortete ich, um eventuellen weiteren Attacken allseits vorzubeugen. „Aber aus deiner Begrüßung schließe ich, daß es dir auch nicht viel besser geht.“ - „Ja, wahrscheinlich! Einer meiner Liebhaber hat mich mal wieder versetzt. Und du weißt, wie sehr ich es hasse, versetzt zu werden.“ - „Das tut mir leid,“ antwortete ich, ohne dieses Thema zu vertiefen, denn zum einen waren Sarahs Männergeschichten geeignet, ganze Kaminabende zu füllen und zum anderen wußte ich nur zu gut, daß sie es noch viel mehr haßte, wenn ich ihre Art von Umgang mit den Männern zu problematisieren versuchte. Also begann ich mit meiner Geschichte.

„Sarah, ich brauche deine Hilfe.“ - „Aber klar doch, erzähle mir, worum es geht.“ - „Klar ist die ganze Sache bisher leider noch überhaupt nicht, es handelt sich wohl eher um eine Mischung zwischen einem parapsychologischen Phänomen und einer Kriminalgeschichte.“ - „Oh, Marc, dir geht es im Moment doch ohnehin miserabel. Kannst du diese Dinge nicht erst einmal ruhen lassen?“ bremste sie mich, ohne die eigentlichen Hintergründe überhaupt angehört zu haben. Normalerweise hätte das ausgereicht, um meinen Mut zum Bekenntnis bereits im Keim zu ersticken, aber der Gedanke an diesen blödsinnigen Wagen von heute nachmittag und dem Schrecken, den er mir eingejagt hatte, war noch zu stark, als daß ich jetzt hätte aufgeben können.
„Sarah, bitte, ich brauche wirklich jemanden, der mich ernst nimmt und der mein Wissen mit mir teilt, auch wenn es zunächst vielleicht recht skurril anmuten mag. Aber vielleicht ergeben sich recht bald einige Tat-

sachen, die dieses Wissen untermauern und dann ist es wichtig, daß noch jemand außer mir in die Angelegenheit eingeweiht ist."
„Ok, schieß los, ich werde mir das Ganze ruhig und kommentarlos anhören. Sprich dich nur aus." Sie gab mir einen Kuß auf die Wange, als Vertrauensgeste und dies löste meine Angst vor dem Erzählen und ich begann: „ Es fing an, in der Nacht als Jeff starb. Da träumte ich, daß ich von einer Hundemeute gehetzt von den Klippen ins Meer gestürzt sei, genau wie es tatsächlich mit Jeff geschehen ist. Deshalb war ich auch so bestürzt in der ganzen Angelegenheit, weil mich diese Übereinstimmung von Traum und Wirklichkeit irgendwie ganz besonders mit Jeff verbunden hat.
Einige Tage später träumte ich wieder von Jeff. Dieses Mal erzählte er mir, daß er keinen Selbstmord begangen habe, sondern ermordet worden sei." Die besonderen Details dieses Ereignisses ließ ich vorsichtshalber weg, da meine Geschichte nur an Glaubwürdigkeit verloren hätte, wenn ich wahrheitsgemäß berichtet hätte, daß Jeff mir mittels Spiegelarbeit statt im Schlaf auf der Traumebene erschienen sei. Traum ist Traum, dachte ich bei mir, da wollen wir die Angelegenheit doch nicht unnötig verkomplizieren. Und ich erzählte von dem Umweltskandal in meiner Heimatstadt, von der Firma Metatox und dem Gemeinderat und Bürgermeister, die alle in diese Sache involviert seien.
Und ich berichtete von Jack, der Jeff getötet haben soll und von Jeffs Frau Valerie, die in die Angelegenheit verstrickt sei und daß beide eine Million kassiert haben sollen, dafür, daß Jeff verschwunden war und den Skandal nicht mehr aufdecken konnte. Sarah hörte mir unbewegt, mit großen Augen und offenem Mund zu.

„Ja, Sarah, das hat mir Jeff im Traum gesagt und glaube mir, ich hätte niemals von diesen Dingen zu jemandem ein Wort gesagt, wenn nicht Tante Anne mir heute einen verschlossenen Umschlag von Jeff vorbeigebracht hätte, um den sie ein großes Geheimnis machte und den Jeff ihr anvertraut hatte, unter der Bedingung, ihn für den Fall, daß ihm etwas zustoße, nur an mich persönlich auszuhändigen," und ich deutete auf den Umschlag in meiner Hand.
„Verstehst du? Vielleicht sind da Unterlagen drin, die meine Traumgeschichte bestätigen. Dann könnte ich Jeffs Mörder überführen und gleichzeitig hätte ich eine wirkliche Bestätigung für mich, daß die Dinge, die ich auf meiner Traumebene erlebe, keine bloßen Hirngespinste sind, sondern daß sie tatsächlich Bezug zur Realität haben. Daß es sozusagen eine Brücke gibt, zwischen Realität und Traumebene, die, wenn man sie einmal beschreitet, die verschiedenen Ebenen miteinander verknüpft. Und daß du Lösungen von Verstrickungen in der Realität tatsächlich auf der Traumebene finden kannst, wenn du nur bereit bist, deinen inneren Bildern zu vertrauen, dir selbst zu vertrauen, deiner Intuition und deiner geistigen Inspiration."

„Das klingt wundervoll Marc. Und ich glaube dir, daß sich alles so zugetragen hat, wie du es mir berichtet hast. Ich weiß zwar, daß du immer ein großer Träumer warst, aber ich weiß auch, daß du deine Träume ernst genommen hast und daß du mich nie belügen würdest, was deine Gefühle, Ansichten und inneren Bilder anbelangt.
Aber was wird aus deinem Glauben an deine inneren Bilder, an deine Träume und an dich selbst, wenn du diesen Umschlag jetzt öffnest und deine Geschichte nicht bestätigt werden kann. Wenn da nichts drin ist, was den Inhalt deines Traumerlebnisses mit deinem

verstorbenen Cousin Jeff untermauern kann? Was wird dann mit dir geschehen?"
Ich blickte sie mit festen Augen an. Kein Funken Zweifel war in meinen Gedanken. Kein „wenn ... dann," kein „ob," kein „womöglich" oder „oje". Glauben war in mir und tiefes Vertrauen in meine bisherigen Erlebnisse auf der Traumebene. „Jeff hat mich nicht ein einziges Mal im Leben enttäuscht. Um so weniger wird er es im Tode tun," antwortete ich entschlossen und riß den versiegelten Umschlag auf.

Darin befanden sich ein Stapel verschiedener Dokumente, ein kleines Tonband und ein kurzes Anschreiben an mich.
„Lieber Marc, wenn du diese Unterlagen in Händen hältst, bin ich wahrscheinlich nicht mehr am Leben...," lasen Sarah und ich erstaunt. Dann gab der Brief in kurzen Worten die Tatsachen wieder, die ich Sarah soeben berichtet hatte und ging schließlich auf die Bedeutung der beiliegenden Dokumente und des Tonbandes ein: „...Anliegend findest du die Bodenanalysen des Ingenieurbüros Macintosh über die Verseuchung des an die Firma Metatox angrenzenden Weidenmoors mit Piperonylbutoxid, ein giftiges wasserlösliches Abfallprodukt aus der Pestizidproduktion. Weiterhin findest du die Wasseranalysen vom gleichen Ingenieurbüro, die den Nachweis der giftigen Chemikalie im gesamten Trinkwassersystem der Stadt belegen. Die weiteren Unterlagen beinhalten einen Produktionsnachweis der Firma Metatox, in der die nachgewiesene Chemikalie als Abfallprodukt aus der Produktion aufgeführt ist, sowie verschiedene Spendenbelege der Firma über mehr als zehn Millionen Dollar an den Stadtrat, an die einzelnen Stadtratsmitglieder und Bürgermeister Hanson selbst. Auf dem Tonband ist ein Gespräch zwischen Bürger-

meister Hanson und mir mitgeschnitten, in welchem er mir eine Million Dollar für mein Schweigen in dieser Sache bietet."

Sarah und ich waren platt. Natürlich hatte jeder von uns auf seine Weise die eine oder andere Bestätigung meiner Traumerlebnisse aus den verschiedenen Unterlagen erwartet oder zumindest erhofft. Aber ein so detaillierter Nachweis, ein so umfangreicher Beleg für die Mitteilungen, die mir Jeff auf der Traumebene gegeben hatte, das haute uns beide um.
Wir sichteten die Unterlagen Stück für Stück, hörten das Tonband mit der Unterredung zwischen Jeff und Bürgermeister Hanson ab und trauten unseren Ohren kaum. Es gab keinen Zweifel. Alles war nachweisbar, was Jeff hier in diesem kurzen Brief schilderte und was er mir zuvor bereits ausführlich auf der Traumebene mitgeteilt hatte. Unglaublich, aber alles war wahr.

„Mit diesen Unterlagen müßten Jeffs Mörder leicht zu überführen sein," stellte Sarah erstaunt fest. „Ja, das glaube ich auch. Aber was sollen wir jetzt tun? Ich meine, ich kann doch nicht damit zur Polizei gehen und sagen: Mein toter Cousin ist mir im Traum erschienen und meinte er sei ermordet worden und ich solle ihnen gerade mal diese Unterlagen zum Beweis vorlegen. Die stecken mich doch in eine Klinik." Und wieder erschien das Bild eines Sanatoriums mit meiner Mutter als Wächterin vor meinem geistigen Auge und mich schauderte am ganzen Körper.
„Da magst du wohl recht haben. Aber vielleicht könnten wir es ja etwas intelligenter anstellen." - „Wie meinst du das?" fragte ich ganz erwartungsvoll, in der Hoffnung auf einen praktikablen Vorschlag.
„Na, du mußt der Polizei doch nicht erzählen, daß Jeff dir erst nach seinem Tode als Traumfigur erschienen

ist, um dir die Hintergründe des städtischen Komplotts gegen ihn mitzuteilen. Sage doch einfach, Jeff habe dich einen Tag vor seinem Tod angerufen. Das kann sowieso niemand mehr nachprüfen und ganz so unwahr ist diese Version ja auch nicht, oder? Schließlich hat er dich ja auch „an - gerufen," wenn auch posthum auf einer anderen Ebene. Aber dieses Detail braucht die Polizei nicht zu interessieren. Es ändert ja überhaupt nichts an den Tatsachen und dem Wahrheitsgehalt der Informationen, die hier gerade vor uns liegen.
Du sagst also einfach, er habe dir alles telefonisch erklärt und dir den Brief mit den Beweisen angekündigt. Und wenn sie dich fragen, warum du erst heute zu ihnen kommst, dann sagst du wahrheitsgemäß, daß deine Tante ihn dir erst heute überbracht hat. Das klingt doch alles recht glaubhaft, oder?" - „In der Tat, das ist eine grandiose Idee. Aber da bleibt noch eine Kleinigkeit, die ich dir bislang verschwiegen habe." - „Und die wäre?" - „Na, weißt du, Jeff hat mir die Geschichte über seinen Tod nicht erzählt, damit ich hier den Racheengel spielen soll. Für ihn da drüben ist die Sache in Ordnung. Es wäre ohnehin seine Zeit gewesen, zu gehen, hat er mir gesagt und es läge allein an mir, ob ich die Mordtat zur Aufdeckung bringe oder nicht." - „Sagte er das?" fragte Sarah lakonisch. „Und was könnte dich daran hindern, diese unglaubliche Gemeinheit, die hier gelaufen ist und die sogar Menschenleben gekostet hat, an die Öffentlichkeit zu bringen?" - „Na, denke doch an die Beteiligung von Valerie zum Beispiel. Weißt du, welchen Schock das in unserer Familie gibt? Ich werde als Nestbeschmutzer dastehen und meine Mutter wird wieder daran denken, was die Nachbarn darüber sagen werden und daß man Tote ruhen lassen solle und all solches Zeug und am Ende werden sie es schon irgendwie schaffen, mir den

Schwarzen Peter in dieser Sache zuzuschieben." - „Das ist die eine Seite der Medaille, lieber Marc, aber die andere Seite ist die Gesundheit deiner Familie und deiner ganzen Heimatstadt, die tagtäglich dieses verseuchte Wasser zu trinken bekommt. Das muß gestoppt werden, egal was deine Mutter dazu zu sagen hat. Und vergiß auch nicht, daß solange diese Papiere hier existieren und die Täter nicht dingfest gemacht sind, du und deine Tante Anne in Gefahr sein können, wenn sie die Existenz dieser Unterlagen kennen oder zumindest vermuten. Und wie du ja weißt, hat die Sache bereits ein Menschenleben gekostet." - „Stimmt, daran habe ich überhaupt nicht gedacht," und mir fiel wieder jener silbergraue Cadillac von heute nachmittag ein. „Du hast recht, die Unterlagen müssen so rasch wie möglich zur Polizei, aber um sicherzugehen will ich zuvor schnell im Büro vorbei, um sie noch einmal zu kopieren. Sicher ist sicher, man weiß ja nie. Kommst du mit?" - „Ja, sicher, ich ziehe mich nur schnell um." - „Ich gehe solange zu mir rüber und rufe Tante Anne an, um zu hören, ob sie gut nach Hause gekommen ist und sie wegen der Brisanz der Unterlagen vorzuwarnen." - „Tue das, ich komme in ein paar Minuten zu dir, wenn ich hier fertig bin."

Ich ging also hinüber zu meinem Appartment. Als ich die Türe öffnen wollte, stellte ich allerdings zu meiner Überraschung fest, daß sie bereits unverschlossen war. Als ich noch immer zweifelnd, ob ich selbst vergessen hatte, die Türe korrekt zu verschließen oder gar jemand Fremder sich an der Türe zu schaffen gemacht hatte, meine Wohnung betrat, vermochte ich meinen Augen nicht zu trauen. Denn es schien, als hätte sich hier ein mittelschweres Erdbeben ereignet. Danach sahen die Räume jedenfalls aus.

Irgendjemand hatte meine Wohnung komplett durchwühlt und sozusagen keinen Stein mehr auf dem anderen gelassen. Nichts hatten sie ausgelassen, keine Schublade, kein Regal, selbst meine Mülleimer, die nun wirklich nicht sehr appetitlich wirkten, hatten sie bis auf den Boden ausgeleert und durchsucht. Kein Bild hing mehr an der Wand, kein Buch stand mehr im Regal und selbst den Kasten für die Klowasserspülung hatten sie geöffnet und akribisch inspiziert. Was man dort wohl verstecken sollte?
Aber im Grunde zweifelte ich keinen Augenblick daran, wonach hier so eifrig, wenngleich auch erfolglos gesucht worden war, nach Jeffs Unterlagen natürlich. Irgendjemand mußte Tante Anne beobachtet haben oder vielleicht nicht nur sie allein, sondern Jeffs gesamte nähere Verwandten und Freunde, in der Hoffnung, eine Spur zu finden, etwas aufzuspüren, was auch nach Jeffs Tod noch als Beweismittel hätte dienen können und bei Tante Anne waren sie schließlich fündig geworden und sie hatte sie nun zu mir geführt und zu Jeffs Umschlag mit den umfangreichen Dokumenten. Wenn die nur wüßten, was sich daraus alles nachweisen ließe, dachte ich. Nun ja, jedenfalls hatte sie ihre Ahnung nicht betrogen. Ich zögerte nicht lange, verschloß meine Türe so gut das nach dem gewaltsamen Aufbruch noch möglich war und ging geradewegs wieder zu Sarah zurück.

„Du bist zu früh. So schnell bin ich nun auch wieder nicht, jedenfalls nicht beim Umziehen.“ - „Sie haben meine Wohnung auf den Kopf gestellt. Irgendwie haben sie herausgefunden, daß ich in den Besitz von Jeffs Beweismitteln gelangt bin und jetzt suchen sie die Unterlagen!“ - „Wer sind “sie“? Ich meine, wer sollte das machen und wie sollten sie darauf kommen, daß gerade du die Dokumente hast?“ - „Was weiß ich,

Sarah? Hellseher bin ich nun wirklich nicht. Aber als ich das Café nach meinem Treffen mit Tante Anne heute mittag verließ, um nach Hause zu fahren, da hatte ich das Gefühl, daß mich ein silbergrauer Cadillac verfolgt." Während ich die Situation so gut ich konnte zu erklären versuchte, ohne gleich wieder in meine Verfolgungswahnproblematik zu rutschen, schaute ich aus dem Fenster und wurde aschfahl.

Sarah sah mein erschrockenes Gesicht. Sie kam zu mir, umarmte mich von hinten, als ob wir ein altes Liebespaar wären und schaute dabei vollkommen unauffällig in meine Blickrichtung. „Meinst du den dicken Schlitten auf der gegenüberliegenden Straßenseite?" fragte sie leise. „Ja, genau den meine ich! Vielleicht sind sie einfach Tante Anne gefolgt und sie hat sie unbeabsichtigt zu mir geführt?" - „Das kann durchaus sein, aber wenn sie nur auf diese Unterlagen hier scharf sind," sie deutete dabei auf die Dokumente in meiner Hand, „dann hätten sie sie doch gleich deiner Tante abnehmen können. Weshalb hätten sie denn den Aufwand treiben sollen, ihr erst den weiten Weg hier nach Downtown zu folgen, um jetzt hinter dir her zu sein?" - „Ach Sarah! Ich habe doch auch keine Ahnung und zum Detektiv eigne ich mich nun wirklich nicht. Sie sind eben da, basta. Das reicht mir voll und ganz. Da brauche ich nicht auch noch alle Gründe und Motivationslagen dieser Herren zu kennen. Denn wenn ich anfange, mir darüber Gedanken zu machen, dann wird mir nur noch übler, als es mir ohnehin schon ist.

Vielleicht hat Jeff, um den sauberen Herren von Metatox etwas mehr einzuheizen, mit irgendwelchen Mitwissern und Hintermännern geblufft und sie halten mich jetzt für einen dieser Mitwisser. Oder sie wollten einfach sichergehen und jeden Zweifel über eventuelle Hintermänner ausschließen und deshalb haben sie Tante Anne den Umschlag nicht gleich abgenommen,

sondern gewartet, mit wem sie sich in Verbindung setzen und an wen sie die Unterlagen weiterreichen würde. Tante Anne ist eine liebenswerte und einfache Frau. Selbst wenn sie den Inhalt des Umschlags zunächst für sich gesichtet hätte, so wäre sie bei der Durchführung der Aufdeckung des Umweltskandals und der Todesumstände von Jeff doch auf weitere Hilfe angewiesen gewesen. Vielleicht haben diese Leute dort unten das bedacht."
„Das klingt plausibel," sagte Sarah etwas nachdenklich.
„Sarah, bitte, laß uns doch jetzt nicht über plausible Erklärungen für irgendwelche Geschichten nachdenken. Sage mir lieber, was wird jetzt tun sollen. Wie können wir diese Unterlagen retten und uns selbst vielleicht auch?"
„Gute Frage! Ich schlage vor, wir verlassen das Haus getrennt. Du lenkst sie ab, so daß sie dir nachfolgen und ich gehe mit den Unterlagen in der Zwischenzeit zur Polizei. Wenn du zum Beispiel in dein Büro in der Stadt fährst und die da unten hinter dir herlockst, dann kann ich die Polizei zu deinem Schutz nachschicken und wir treffen uns dann wieder dort."

Ich dachte einen Moment lang nach. „Die Idee ist sehr gut. Aber wer sagt denn, daß sie dich nicht auch kennen und auf unseren Trick gar nicht reinfallen. Ich meine, du warst mit mir auf der Beerdigung von Jeff. Falls sie auch dort ihre Leute hatten und uns observiert haben, dann ist ihnen das Gesicht einer so attraktiven Frau wie dir doch sicherlich noch in Erinnerung geblieben."
Sarah gab mir einen herzlichen Kuß auf die Stirn. „Dafür liebe ich dich, daß du selbst in einer so prekären Situation wie dieser noch so liebevolle Komplimente machen kannst. - Aber Spaß bei Seite. Dein Einwand ist vollkommen berechtigt. Wir brauchen Hilfe von

jemandem, den die da unten auf keinen Fall kennen können."

Plötzlich hatte ich eine Idee. „Genau," antwortete ich, nahm den Hörer und rief im Büro an. Steven war am Telefon. „Gott sei Dank, daß ich euch erreiche. Ich brauche dringend eure Hilfe." In wenigen Sätzen schilderte ich ihm Sarahs und meine schwierige Lage und einige Minuten später setzten sich Steven, Pete und Paul, jeweils in ihren eigenen Wagen zu uns in Bewegung. Eine halbe Stunde später trafen sie in Sarahs Wohnung ein.

„Habe ich das richtig verstanden?" fragte Steven. „Einer von uns soll mit den Unterlagen zur Polizei und die anderen vier sollen nichts anderes machen, als die dort unten im Cadillac abzulenken und daran zu hindern, noch vor der Polizei an diese Unterlagen zu gelangen?" - „Genau, das ist der Plan." Wir besprachen uns noch einige Minuten. Dann verließen wir im Abstand von etwa drei Minuten einzeln das Haus. Jeder von uns hielt einen gleich großen braunen Briefumschlag unter dem Arm.
Als erster ging ich los, stieg in meinen Wagen und fuhr langsam und konzentriert die Straße abwärts in Richtung Zentrum. Der silbergraue Cadillac startete den Motor, fuhr langsam an, zögerte dann aber mit dem Losfahren, um mir schließlich doch nicht zu folgen. Irgend etwas war da wohl schiefgelaufen.
Dann verließ Sarah das Haus und stieg in ihren Pkw. Im Rückspiegel konnte ich noch erkennen, daß die beiden Männer, die in dem Cadillac so lange ausgeharrt hatten, plötzlich rasch ausstiegen und versuchten, Sarah am losfahren zu hindern. Doch irgendwie gelang es ihr dennoch ihre Parklücke zu verlassen und mit aufheulendem Motor fuhr sie mir hinterher. Die etwas

bullig anmutenden, schwarzgekleideten und mit dunklen Sonnenbrillen ausgerüsteten Verfolger sprangen in ihren Wagen und folgten uns nach.

Also doch. Sie hatten auf Sarah als Mitwisserin gesetzt. Unsere Vermutung war also gar nicht so verkehrt, daß sie sie von der Beerdigung her kannten.
Was sollte ich nun tun. Ich konnte sie doch nicht allein mit diesen beiden Kerlen lassen. Aber wir hatten eine Vereinbarung. Jeder von uns hatte seine Rolle zu spielen, damit der Plan auch wirklich aufgehen konnte und schließlich waren da auch noch Steven, Pete und Paul.
Ich drückte auf`s Gas. Hinter mir sah ich, wie Sarah in die entgegengesetzte Richtung abbog und die Verfolger mit ihr. Sie spielte ihre Rolle also perfekt. Gut, jetzt hatte ich freie Fahrt und so schnell ich konnte, fuhr ich zum 5. Polizeirevier, wo unsere Fotoagentur und wir Mitarbeiter mit Captain Morehead bekannt waren. Ihm konnten wir vertrauen und er vertraute in der Regel Angaben und Hinweisen, die er von uns erhielt.
Als ich dort eintraf, war Paul bereits da. „Paul, gut daß du da bist. Es fällt mir leichter, mit Captain Morehead zu sprechen, wenn ich ein wenig Rückendeckung habe. Komm mit!“ Und wir traten gemeinsam ins Büro des Captains ein.

„Die Geschichte klingt etwas abenteuerlich, was ihr mir da erzählt,“ äußerte Captain Morehead nach der ausführlichen Schilderung des uns bekannten Sachverhalts. „Aber wenn die von euch angekündigten Unterlagen das bestätigen können, was ihr mir da gerade berichtet habt, dann denke ich, werden wir nicht nur einen der größten Umweltskandale der letzten Jahre aufzudecken in der Lage sein, sondern auch den Mord an deinem Cousin, Marc. - Wer von euch hat denn jetzt die Unterlagen?" - „Pete hat sie," antwortete Paul. „Um die Verfolger abzulenken, sind wir zu fünft alle mit einem Umschlag unter dem Arm von Marcs Haus aus losgefahren. Als Zielpunkt haben wir alle dieses Polizeirevier, aber auf jeweils unterschiedlichen Routen." - „Soweit ich sehen konnte, haben sie die Verfolgung von Sarah aufgenommen. Die anderen müßten deshalb so wie wir ungehindert hier ankommen. Ich hoffe nur, daß mit Sarah alles in Ordnung geht," ergänzte ich Pauls Schilderung mit besorgter Simme.

„Ich werde sofort eine Fahndung für die noch fehlenden Fahrzeuge eurer Freunde und den von euch genannten Cadillac rausgeben. Dann können die Streifenwagen Steven, Pete und Sarah auf ihrem Weg hierher eskortieren und den Cadillac hoffentlich noch rechtzeitig abfangen." Wir gaben Captain Morehead die notwendigen Autokennzeichen und bedankten uns für seine großzügige Unterstützung. Dann blieb uns nichts anderes übrig, als geduldig zu warten.

Kapitel 6

„Jetzt sitzen wir hier schon volle zwei Stunden und noch immer ist nichts passiert. Ich werde noch verrückt, wenn die anderen nicht bald eintreffen," maulte ich Paul in der Cafeteria des Polizeireviers an. „Bleib ganz ruhig, Marc. Du weißt, daß jetzt Rushhour ist und sowieso alles nur im Schneckentempo da draußen abläuft. Und die verschiedenen Routen, die wir bei dir zu Hause ausgesucht haben, waren nicht unbedingt immer die nähesten. Das dauert alles seine Zeit. Hab` nur Geduld. Es wird schon alles gutgehen."
Etwa im gleichen Augenblick kamen Steven und Sarah gemeinsam mit Captain Morehead in die Cafeteria gestürmt. Wir umarmten uns überschwenglich und der noch eben verspürte Druck der Sorge und der Ungewißheit wich einem Gefühl tiefer Freude, Dankbarkeit und Verbundenheit mit den glücklich Angekommenen.
„Oh Gott, gut das du hier bist. Laß dich anschauen. Bist du in Ordnung? Ist dir auch nichts geschehen?" fragte ich Sarah.
„Wie du siehst, lebe ich noch. Aber mein Auto ist schrottreif und ohne Stevens Hilfe wäre die Sache um ein Haar wohl ins Auge gegangen." - „Erzählt! Was ist denn passiert?"
„Nun ja," begann Sarah mit ihrem Bericht. „Wie ihr ja wohl noch alle mitbekommen habt, haben die sich für mich entschieden, beim Würfelspiel, wer von uns denn wohl die Dokumente unter dem Arm tragen würde. Und mit meiner Fahrweise tat ich ein übriges, sie glauben zu lassen, daß ich es eilig hätte und etwas Wertvolles möglichst schnell an einen sicheren Ort zu bringen gedachte. Jedenfalls haben sie sich an meine Fersen geheftet. Wir lieferten uns eine ziemlich filmreife Verfolgungsjagd, bis ich blödsinnigerweise auf dem High-

way landete und sich vor mir ein Stau anbahnte. Ich zog noch auf dem Seitenstreifen an den stehenden Fahrzeugen vorbei, aber der Cadillac blieb stets direkt hinter mir.
Als ich dann plötzlich wegen eines ausscherenden Fahrzeuges, das aus dem Stau wohl ebenfalls verbotswidrig auf die Standspur ausweichen wollte, bremsen mußte, fuhr der silbergraue Cadillac einfach auf meinen Wagen auf. Es gab einen riesigen Schlag und bis ich so richtig wieder zur Besinnung kommen konnte, da waren die beiden Kerle auch schon in meinem Wagen.
Der eine schnappte sich sofort diesen Briefumschlag, öffnete ihn und als er den Stapel Zeitungspapier herauszog, fluchte er laut. Der andere grinste mich die ganze Zeit über ziemlich dämlich an und sagte dann irgendwann: „Schöne Frau, wenn Sie uns nicht gleich sagen, wo die Unterlagen sind, dann werden Sie ihre Schönheit die längste Zeit genossen haben. Mir stockte vor Angst der Atem und ich spürte, wie diese Angst mich richtiggehend lähmte, ich konnte in diesem Augenblick weder einen klaren Gedanken fassen, noch mich in irgendeiner Weise bewegen. Ich war richtiggehend erstarrt vor Schreck.
Und im selben Moment, als ich gerade dachte, jetzt ist es wohl gelaufen, da stand Steven hinter dem einen von beiden, schob ihn grob beiseite und zog mich schützend aus dem Auto in seine Arme. Dann kam auch die Highway Police, die den Autounfall aufnahm und die beiden vorläufig festnahm, nachdem Steven und ich übereinstimmend bezeugt hatten, daß sie mir absichtlich hinten draufgefahren sind.“ - „Das heißt, die beiden sind verhaftet?“ fragte ich. „Ja, und wenn Captain Morehead Jeffs Unterlagen bekommt, dann werden sie so bald auch nicht wieder auf freiem Fuß sein. Bei der Überprüfung ihrer Identität haben wir

rausfinden können, daß es sich um Mitarbeiter der Firma Metatox handelt. Es paßt also alles ins Puzzle." - „Ja, aber wo um alles in der Welt ist denn nur Pete mit den Dokumenten abgeblieben?" Alle runzelten die Stirn. „Keine Sorge," gab Captain Morehead zur Antwort. „Er muß in wenigen Minuten hier eintreffen." Wir schauten uns verwundert an. „Pete hat es nicht bis hierher geschafft," ergänzte Captain Morehead. Als er als letzter von euch das Haus verließ, bemerkte er, daß da noch ein zweites Fahrzeug wartete, das seine Verfolgung aufnahm. Um nicht allein zu sein, wechselte er sein Fahrzeug auf der Kings Road gegen ein Taxi, welches über Funk Polizeiunterstützung anforderte." - „Polizeiunterstützung? Seit wann unterstützt die Polizei so einfach und locker ohne größere Erklärungen ein herumfahrendes Taxi?" fragte Paul etwas verwundert. „Nun, wenn man behauptet, eine Fünfkilobombe im Gepäck zu haben, dann reagieren wir doch noch relativ zeitnah," konterte Captain Morehead. „Was, die haben behauptet, sie hätten eine Bombe im Wagen?" - „Ja, und deshalb wurde das Taxi auch unverzüglich in das Bombenschutzzentrum des 15. Polizeireviers eskortiert. Die Verfolger müssen da wohl ziemlich buff gewesen sein." - „Das kann ich mir vorstellen," antwortete Sarah. „Die sind natürlich sofort abgehauen, als die Eskorte von drei Streifenwagen auftauchte. Pete hat dann das alles aufgeklärt und die Kollegen vom 15. Revier bringen ihn nun hierher."

Wenige Minuten später trafen sie mit Pete im Schlepptau ein. Überglücklich darüber, daß wir es alle heil hierher geschafft hatten, stürmten wir auf Pete ein. Dann übergaben wir Captain Morehead die Dokumente.

„Ich werde die Angelegenheit in Ruhe prüfen und melde mich dann bei euch, um mitzuteilen, was wir in

dieser Sache weiter veranlassen können. Und euer Haus lasse ich in den nächsten Tagen observieren, sagte er zu Sarah und mir, nur für den Fall, daß die Firma Metatox wegen der Papiere hier noch immer keine Ruhe geben sollte."
„Passen Sie gut darauf auf. Wir haben keine Kopien anfertigen können, wie ursprünglich geplant. Sie haben jetzt alles, was es in diesem Fall an Beweisen gibt." - „Keine Sorge," antwortete Captain Morehead. „Ich werde sie hüten, wie meinen Augapfel." Dann verließen wir zusammen das Revier. Heute gab es etwas zu feiern. Und wir feierten auch bis in die späte Nacht.

Eigentlich hätte die ganze Sache damit erledigt sein können. Wir hatten einen Umweltskandal und einen Mordfall aufgedeckt und die vorliegenden Beweise der dafür zuständigen Polizei übergeben. Der Rest war nun Aufgabe der Ermittler und Fahnder. Und ich hatte gelernt, daß ich meinen Erfahrungen, die ich auf der Traumebene, der Ebene des Unbewußten und Subtilen, machte, durchaus vertrauen durfte. Denn ohne die Informationen, die Jeff mir nach seinem Tod auf irgendeine geheimnisvolle Weise hatte zukommen lassen, wären wir niemals in der Lage gewesen, die Angelegenheit so schnell ins reine zu bringen.
Alles zusammen taugte jedenfalls allemal, um wieder ein wenig Selbstbewußtsein und Lebensfreude zu erlangen, um damit die vergangenen Tage des Trauerns und der Niedergeschlagenheit zu vergessen oder zumindest zu kompensieren.
Eigentlich wäre jetzt wieder Alltagsroutine angesagt gewesen und nach den letzten Tagen der Unruhe, die mich fast bis an meine Grenzen gebracht hatten, wäre ich dieser Routine gegenüber gar nicht so abgeneigt gewesen. Aber es sollte anders kommen.

Schon für den nächsten Abend war ich mit Steven im neuen Rainbow-Center verabredet. Ein wesentlicher Teil der dort stattfindenden Meditationen sollten in Spiegelarbeit bestehen. Ein Saal sei extra für diese Arbeit mit Spiegeln ausgestattet, hatte Steven mir erzählt. Also fuhr ich gegen sieben in Richtung Süden zum neuen Gewerbepark. Am Ende der Anliegerstraße lag eine alte Maschinenfabrik mit hellgelber Sandsteinfassade, die streng geometrisch durch überdimensional große Fensterfronten durchbrochen wurde, so daß das Licht der Sonne von allen Seiten bis in den letzten Winkel des Gebäudes eindringen konnte. Gekrönt wurde diese ästhetische Gebäudegruppe von einer überdimensionalen Glaskuppel im Zentrum der Anlage. Das Ganze strahlte eine Mischung von perfekter Restaurierung alter Bausubstanz und Sciencefictionstadt aus, einem gekonnten Ausgleich zwischen Altem und Neuem, zwischen Vergangenheit und idealisierter Zukunft.
Mein Gott, dachte ich beim Einparken meines Wagens, das muß wohl ein halbes Vermögen gekostet haben, diese alte Bruchbude so gekonnt zu restaurieren. Gespart wurde hier jedenfalls nicht.

Als ich in das weite Foyer des Gebäudes trat, lief ich Mike in die Arme. „Hallo Mike, ich dachte du lebst gar nicht mehr. Wir haben uns wohl eine Ewigkeit nicht mehr gesehen." Tatsächlich hatte ich Mike in den Turbulenzen der letzten Tage vollkommen vergessen. Wir hatten uns schon eine ganze Weile nicht mehr getroffen, erst hatte er seine depressive Zeit und dann erlebte ich meine Durchhängertage und wenn wir uns in diesem Seelenzustand sahen, war es ohnehin nicht zum Aushalten. Ich hielt zwar mehrmals Telefonkontakt zu ihm, aber so richtig gekriegt hatten wir uns eben

schon eine ganze Weile nicht mehr. Und jetzt traf ich ihn hier. Welch ein Zufall.
„Was tust du denn hier?“ - „Ich gehöre seit einer Weile dieser Gemeinschaft an,“ antwortete Mike in sehr ruhigem und ausgeglichenem Ton.
„Weißt du, mir ging es die letzte Zeit so miserabel,da dachte ich, ich muß jetzt irgendetwas tun. So kann das nicht mehr weitergehen. Und da fiel mir ein Werbeflyer der Rainbow-Gruppe in die Hände und nach einigem Zögern dachte ich, was kann ich denn schon verlieren, wenn ich da einmal hingehe und mir deren Arbeit anschaue. Ja, so kam ich hierher und seitdem bin ich geblieben. Es ist wunderbar mit Menschen zusammen zu kommen, die Verständnis für deine Wünsche und Empfindungen haben und dir einen Weg zu dir selbst weisen. Um so mehr freue ich mich, dich hier zu sehen, Marc.“

Ich war überrascht. Scheinbar gab es noch mehr Leute, die mit ihren unterschwelligen Bewußtseinsebenen arbeiteten und damit gute Erfolge erzielten. Denn so wie Mike vor mir stand, wirkte er um zehn Jahre jünger, gelöst und zufrieden. Keine Spur mehr von diesem eingeschüchterten, zurückgezogenen, dem Leben gegenüber feindlich eingestellten Träumer von früher.
„Ich habe von der Rainbow-Gemeinschaft über einen Freund erfahren, Steven. Du hast ihn sicher bei mir schon einmal kennengelernt. Er wollte heute Abend auch kommen.“ - „Wir sind über jeden Besucher erfreut, der sich wirklich für unsere Arbeit interessiert.“ - „Vor allem interessiert mich eure Spiegelarbeit. Ich habe gehört, ihr habt einen speziellen Raum nur für diese Arbeit gebaut.“ - „Ja, und ich denke, du wirst beeindruckt sein. Komm mit, ich zeige dir den Weg.“
Wir gingen durch die lichtdurchflutete Halle in einen Seitengang, der mit moderner Kunst in dezenten Far-

ben ausgeschmückt war. Wenn man die Bilder länger betrachtete, schienen sie wie Traumbilder zu wirken, ähnlich wie die Tempelmalerei im antiken Italien und speziell den Mosaiken und Fresken im alten Pompeji. Hier wie dort waren die Bilder auf mehreren Raumebenen angelegt und je aufmerksamer man das Bild betrachtete, um so tiefer konnte man in dieses Raumgebilde eindringen und sich mit den Darstellungen und Darstellungsinhalten verbinden. Ich war beeindruckt.

Am Ende des Ganges befand sich eine Flügeltüre, die Zugang zu einem großen Saal bot. Als ich diesen betrat, stockte mir der Atem. Der Anblick war einfach gigantisch. Anders konnte man diese Raumgestaltung nicht bezeichnen. Der Saal war quadratisch und vollständig verspiegelt. Alle Wände, Decke und Fußboden waren ein einziges Meer von Spiegeln, die nicht einfach aneinandergereiht dort aufgehängt waren. Nein, sie waren als sternförmiges Muster angeordnet, jeweils unterteilt durch schmale goldene Leisten, die allesamt auf ein imaginäres Zentrum im Raum hin angeordnet waren. Verfolgte man diese Linien konsequent, dann traf sich jeder Blick exakt im geometrischen Mittelpunkt des Saales, unabhängig davon, von welcher Seite des Raumes man eintrat und seine Beobachtungen unternahm. Alles war auf das Zentrum fokussiert. Beleuchtet wurde das Ganze durch eine riesige Spiegelglaskugel, die sich in der Mitte des Saales befand und sich mit Zeitlupengeschwindigkeit drehte.

Durch die Drehung und Reflektierung des Lichts in den Spiegeln und den sie unterteilenden Goldleisten entstand ein Flackern und sanftes Flimmern im Auge, so als ob man jedes Lichtatom einzeln betrachten und dessen Reise durch Raum und Zeit selbständig beobachten könnte; und das sich Kreuzen und Überschneiden der vielen Lichtatome auf ihrem raschen

Weg schien zu einer teilweisen Verschmierung und dieses wiederum zu einem Tanz des Lichts zu führen, einem Tanz von Sein und Gegenwart.
Wir traten ein und setzten uns auf einen der Stühle in den mittleren Reihen. Der Raum war bereits halbgefüllt und mit uns strömten immer mehr Menschen in den Saal, der vielleicht einhundert Personen oder mehr problemlos zu fassen in der Lage war.
Plötzlich stand Steven hinter uns. „Hallo Marc, gut daß ich dich gefunden habe." Er wirkte gehetzt und war vollkommen außer Atem. Und noch bevor ich ihm Mike vorstellen konnte, deutete er auf einen kräftigen dunkelhaarigen Mann, der in der hintersten Stuhlreihe Platz genommen hatte und sich durch seine Erscheinung und seinen Gesichtsausdruck irgendwie vollkommen von den übrigen Besuchern in diesem Hause unterschied.
„Kennst du den großen dunklen Mann dort hinten? Er verfolgt mich heute schon den ganzen Tag und wie du siehst, konnte ich ihn trotz einiger Versuche bis jetzt nicht abhängen. Ich fühle mich vollkommen nervös und irritiert in seiner Anwesenheit und während er anfangs wohl noch versucht hat, meine Beschattung so zu gestalten, daß ich nichts von ihm bemerke, scheint es ihm mittlerweile vollkommen egal zu sein. Er kommt mir immer näher und ich weiß nicht, wie ich ihn loswerden soll." - „Nun beruhige dich erst einmal. Solange wir hier zusammen sind, kann dir doch sowieso nichts passieren und später wird uns schon etwas einfallen. Schließlich hat uns Captain Morehead seine volle Unterstützung zugesagt." - „Du hast gut reden, Marc, dich verfolgt er ja auch nicht den ganzen Tag!" - „Hallo," mischte sich Mike in die Unterhaltung ein. „Ich bin Mike und ich möchte dich herzlichst in unserer Gemeinschaft begrüßen. Sei nur beruhigt! Hier wird dir nichts geschehen, das versichere ich dir." Und zu mir

gewandt sagte er leise und in scherzhaftem Ton: „Na, der passt ja gut in deinen Freundeskreis. Bislang dachte ich, du gehst vorzugsweise Freundschaften mit depressiven Menschen ein. Jemand mit Verfolgungswahn ist da bestimmt mal eine willkommene Abwechslung.“ - „Ich glaube nicht, daß Steven sich das mit der Verfolgung einbildet,“ antwortete ich laut. „Ich habe da so ein Gefühl...“ Und während ich noch mit Mike sprach, betrachtete ich diesen Mann dort hinten ganz unverhohlen und unsere Blicke trafen sich.

In diesem Moment fiel es mir wieder ein, wo ich ihn schon einmal gesehen hatte. „Genau, er ist der Assistent von Bürgermeister Hanson. Ich kenne ihn von irgendeiner langweiligen Museumseinweihung in meiner Heimatstadt, an der ich im Familienkreise meiner Mutter zuliebe teilnehmen mußte. Ich glaube, Onkel Joseph hatte dem Museum irgendetwas gespendet und wir sollten dabeisein, wie er dafür geehrt wurde oder so ähnlich. Jedenfalls war der Mann dort hinten immer in unmittelbarer Nähe von Bürgermeister Hanson und so, wie ich damals den Eindruck hatte, waren sie eng miteinander vertraut.“ - „Vielleicht war er so etwas wie ein Bodyguard mit speziellen Zusatzaufgaben?“ fragte Steven mit beunruhigtem Unterton. „Ja, so könnte man das wohl bezeichnen. Aber weshalb verfolgt er gerade dich. Ich meine, wie sind sie nur gerade auf deine Spur gekommen, wenn das immer noch mit der Metatox-Sache zu tun haben sollte? Weshalb sind sie nicht hinter mir her? Ich habe keinerlei Verfolgung bemerkt.“ - „Das muß ja nicht unbedingt heißen, daß es da keine Beschattung gäbe. Vielleicht waren sie bei dir nur einfach geschickter.“

Mike versuchte uns zu beruhigen. „Wer euch auch immer verfolgen mag, hier kann euch jedenfalls nichts passieren. Wenn die Anwesenheit dieses Mannes dort hinten euch unangenehm ist, kann ich den Wachdienst

rufen und ihn aus dem Gebäude entfernen lassen, wenn euch das beruhigt. Und Gästezimmer haben wir hier auch. Wenn ihr also heute abend aus Sicherheitsgründen nicht mehr vor die Türe gehen wollt, dann bleibt doch einfach hier." - „Danke Mike, aber vielleicht ist es sogar besser, wenn wir ihn hier im Auge behalten können, als wenn er draußen auf uns wartet und vielleicht in der Zwischenzeit irgendwelchen Unsinn an unseren Autos macht oder gar Sarah, Pete und Paul auflauert, während wir uns hier in Sicherheit wiegen. Hier sieht er uns, aber wir können auch sehen, was er macht" - „Marc hat recht, schauen wir uns erst einmal in Ruhe an, was hier heute abend geschieht. Das Problem dort hinten können wir dann immer noch beim Nachhausegehen erledigen oder wir übernachten tatsächlich hier und warnen Sarah und die anderen per Telefon vor." - „Gut," sagte Mike. „Dann versucht euch einfach erst mal zu entspannen."
Der Saal war zwischenzeitlich vollständig gefüllt und eine leise romantische Musik drang aus unsichtbaren Lautsprechern in den Raum. Zusammen mit den Lichteffekten der sich drehenden Glaskugel und der gedämpften Beleuchtung ergab das eine angenehme und ruhige Atmosphäre. Auch wenn mich die Gedanken an Hansons Assistenten dort hinten in der letzten Reihe nicht ganz losließen, konnte ich mich doch nach und nach immer mehr auf die hiesige Veranstaltung einlassen.

Ein Mann aus der ersten Reihe stand schließlich auf, um die Versammelten freundlich zu begrüßen.
„Ich heiße Sie herzlichst zu der öffentlichen Zusammenkunft der Rainbow-Gemeinschaft im Spiegelsaal des neuen Seminarzentrums willkommen," leitete er seine kurze Ansprache ein. „Für diejenigen, die schon öfter an unserer wöchentlichen Spiegelmeditation teil-

genommen haben, brauche ich nicht mehr viel zu erklären. Für all jene, die uns das erste Mal besuchen, möchte ich nur so viel sagen: Seien Sie offen. Offen sich selbst gegenüber und allem was Ihnen begegnen mag, dann ergibt sich alles von ganz allein. Wir werden zunächst eine Stunde bei sanfter Meditationsmusik in die uns umgebenden Spiegel schauen, um dabei nichts absichtlich zu fokussieren. Schauen Sie einfach in die Tiefe der Spiegel, mit entspanntem und freiem Blick und versuchen Sie sich dabei auf Ihr inneres Selbst zu konzentrieren.
Danach erfolgt eine kurze Aussprache, in der wir die in der Meditation erlebten Erfahrungen austauschen können, wenn Sie das möchten. Anschließend laden wir Sie herzlichst zu einem kleinen Umtrunk in das Foyer des Seminarzentrums ein. Dort finden Sie auch weiteres Informationsmaterial zu unserer Organisation und selbstverständlich stehen auch unsere Mitglieder, Ihnen liebe Gäste, jederzeit zur Verfügung, um Ihre Fragen zu beantworten, sei es zur Rainbow-Gemeinschaft als Ganzes oder zu den einzelnen von uns angebotenen Meditations- und Selbsterfahrungsmethoden. Ich wünsche Ihnen einen angenehmen und erkenntnisreichen Abend."

Recht werbewirksam das Ganze hier, dachte ich, während sich der Redner wieder setzte und leise eine wellenartige, leicht dahinfließende, angenehme Entspannungsmusik zu spielen begann, die wie ein in weiter Ferne herabfließender Wasserfall klang, der mal stärker und mal schwächer den Abhang hinabplätscherte und je nach der mit sich geführten Wassermenge unterschiedlich intensive Geräusche verursachte, insgesamt aber ein angenehmes Rauschen in einem selbst erzeugte, so als ob durch das Vernehmen des fließenden Wassers im Äußeren das Wasser in jeder einzelnen der eigenen Körperzellen in eine bestimmte Schwingungsfrequenz gebracht würde, die einen insgesamt weich machte, fließend und biegsam, so wie geschmolzenes Wachs und die die Seele und den Geist von der Schwere der Erde zu befreien half.

Ich schaute auf die Spiegelwand, die sich vor mir mehr und mehr auszudehnen schien. In ihr spiegelten sich alle hier anwesenden Pesonen und durch die Spiegel an der Rückwand, den Seiten und der Decke wurde dieses Bild nach jeder Seite um das Tausendfache vervielfältigt. Als ich mein Gesicht aus der Gruppe der Menschen heraus entdecken konnte, sah ich mein Spiegelbild in einem Spiegel, welcher sich wiederum in einem zweiten Spiegel befand, der in einem dritten Spiegel war, dem ein weiterer Spiegel folgte und immer so fort. Tausende meiner Abbilder konnte ich in hintereinandergeschalteten Spiegeln erkennen, in die Unendlichkeit vervielfältigt und je weiter ich meinem Abbild in die Tiefe folgte, um so mehr drängte sich mir die Frage auf: „Wer von diesen vielen Marcs bin eigentlich wirklich ich? Wer bin ich? Wer bin ich wirklich?"

Und dann geschah das mir bereits Bekannte. Mein Blick weitete sich. Ich sah alles in Tausenden von Regenbogenfarben getaucht. Ich war in Helligkeit, Wärme und Licht gehüllt und stand schließlich in dem mir vertrauten Raum auf der Traumebene, sah aus den weiten Fenstern über die Hügel der wundervollen grünen Landschaft, Celine und Jeff neben mir.

„Willkommen," begrüßten mich beide und umarmten mich. Es war immer das gleiche Begrüßungsritual. „Schön, daß ich wieder bei euch sein darf," antwortete ich. „Ich weiß gar nicht so recht, was ich dieses Mal bei euch soll. Eigentlich wollte ich nur diese Rainbow-Gemeinschaft kennenlernen. Ich hatte nicht erwartet, daß ich auch hier wieder zu euch finden würde. Ich meine..." - „Du dachtest, du findest uns nur, wenn du in deinen Schlafzimmerspiegel schaust. Ist es das, was du meinst?" - „Ja, so in etwa. Vielleicht habe ich auch einfach nur Angst, daß ich noch ganz verrückt werde, wenn Ihr mir jetzt in jedem Spiegel begegnen könnt, in den ich rein zufällig einmal hineinblicke." - „Na, so weit ist es ja wohl noch nicht, oder?" - „Nein." Und ich mußte darüber lachen, daß meine Schutzengel die Sache ihrer Aufgabe gemäß einmal wieder wesentlich positiver betrachteten, als ich selbst dazu in der Lage war.

„Ich dachte mir nur, daß ich mir heute einmal einen schönen Abend mit Steven und Mike mache, in der Realität meine ich, und nicht gleich wieder bei euch in der Traumwelt lande." - „Nun ja, jedenfalls hast du zu uns gefunden, aus welchen Gründen auch immer und wir könnten die Gelegenheit benutzen, dich ein wenig tiefer in die Ebenen der Traumwelt einzuführen, wenn du dazu bereit bist." - „Ja, gerne, aber wenn es möglich ist, würde ich gerne noch mehr über die Zusammenhänge zwischen der Traumwelt und meiner Realität erfahren und wie beide miteinander verwoben sind. Eure Informationen haben mir zum Beispiel außerordentlich geholfen, den von Jeff an mich gerichteten Abschiedsbrief richtig zu verstehen und der Polizei eine vollständige Schilderung der Ereignisse zu geben, die mit den in dem Brief vorhandenen Beweismitteln belegt werden können. Ich war schon sehr verblüfft über dieses gute Zusammenspiel zwischen Belegbarem in der realen Welt und verständnismäßiger Vervollständigung aus der geistigen Welt.

Es hat mir auch viel Vertrauen in die Bilder gegeben, die ich bei euch und mit euch erleben durfte und darf,

daß sie authentisch sind, echt und nicht lediglich irgendwelche Traumgespinste von mir.
Aber da gibt es noch so viel, was ich nicht verstehe. Ich meine zum Beispiel diesen Typ, der Steven heute den ganzen Tag schon verfolgt hat. Er ist Bürgermeister Hansons Assistent. Er hat also bestimmt mit der ganzen Sache um Jeffs Tod zu tun und ich frage mich, warum er uns noch belästigt. Was ich sagen will ist, daß die Sache für mich mit der Übergabe der Unterlagen an die Polizei abgeschlossen war. Ich weiß überhaupt nicht, was er noch von uns will. Und weshalb er gerade Steven verfolgt und nicht etwa Sarah und mich oder Pete und Paul, die ja auch bei der ganzen Angelegenheit mitgeholfen haben. Ich verstehe das einfach nicht."
„Das ist auch nicht so einfach nachzuvollziehen," erwiderte Celine. „Vielleicht wird es dir klarer, wenn du dir zunächst einmal betrachtest, wie Menschen mit anderen Menschen umgehen, wie sie auf andere reagieren, wie sie für sie empfinden und auf ihre Verhaltensweisen eingehen." - „Schau," ergänzte Jeff, „Menschen sind in Wirklichkeit nicht in erster Linie so wie sie scheinen, sondern sie sind vor allem das, was wir auf sie zu projezieren bereit sind. Nimm beispielsweise zwei Menschen, die in einer Partnerschaft zusammenleben. Sieht der eine Partner in dem anderen seinen Traumpartner, - also die Ehefrau in ihrem Ehemann zum Beispiel ihren „Traumprinzen", - dann wird sie auch alle Eigenschaften auf diesen projezieren, die ihn zu einem solchen machen. Sie wird in ihm alle guten Aspekte sehen, die man in einem Menschen nur sehen kann, und dadurch wird auch der Partner angesprochen, diese positiven Aspekte, die in ihm schlummern, auszuleben. Er wird dann in die Lage versetzt, diese Eigenschaften zu entfalten und weiter

zu entwickeln, die ihn in den Augen seiner Frau zu einem edlen Menschen machen.
Kippt dann aus welchen Gründen auch immer das Bild der Frau von ihrem Freund oder Partner irgendwann, so daß sie nun negative Eigenschaften auf den Partner oder die Partnerschaft als Ganzes projeziert, dann werden auch diese Eigenschaften in Resonanz gebracht und sie wird die negativen Erfahrungen machen, die sie erwartet hat.
Im Grunde ist daher der beste Weg zu glücklichen Erfahrungen im Leben, das Projezieren von positiven Gedanken. Denkst du von dir und über andere positiv, vertreibst du störende Energien und gibst negativen Stimmungen keinen Raum mehr." - „Das klingt für mich alles sehr einleuchtend, aber ich frage mich, was das nun mit dem Mann zu tun hat, der Steven den ganzen Tag über verfolgt hat. Ich meine, willst du etwa sagen, daß Steven sich diese Verfolgungsgeschichte sozusagen selbst kreiert hat? Daß er sie sich durch seine Gedanken irgendwie angezogen hat und er tatsächlich gar nicht verfolgt worden wäre, wenn er nur positiver gedacht hätte?"
„Ja, so in etwa möchte ich das schon ausdrücken. Natürlich verfolgt der eine den anderen nicht lediglich deshalb, weil sich einer von beiden auf irgendeine Weise schlechte Gedanken gemacht hat. Es muß bei dem Verfolger schon eine potentielle Energie zum Handeln zumindest latent vorhanden sein. Von wem diese Energie dann aber geweckt wird, wer also dann tatsächlich verfolgt wird und die Rolle des Opfers für den Verfolger spielt, das wird nicht unerheblich von dem Verfolgten selbst mitbestimmt.
Betrachte dir die konkrete Situation mit Steven doch noch einmal genauer und in aller Ruhe. Die Schlüsselfigur bei der Aufdeckung des Umweltskandals und dessen Folgen warst unstreitig du. Wenn also noch je-

mand nach Übergabe der Beweismittel an die Polizei von den Tätern hätte weiter observiert werden müssen, dann müßtest eigentlich du derjenige gewesen sein." - „Das ist richtig!" - „Aber für dich war die Sache nach Abgabe der Unterlagen an Captain Morehead erledigt; es war komplett abgeschlossen und dein Unterbewußtes ließ keinerlei Raum für Sorgen und Ängste oder für einen Gedanken, womöglich noch weiter belästigt und verfolgt zu werden oder überhaupt noch in die Angelegenheit tiefer hineingezogen zu werden. Im Gegenteil, du hast mächtig gefeiert und warst stolz, das dir Mögliche in dieser Sache erfolgreich getan zu haben und sie zu einem für dich positiven Abschluß gebracht zu haben. Du hast die weitere Vorgehensweise vertrauensvoll in die Hände der Polizei gelegt und nicht weiter über die Angelegenheit nachgedacht. Selbst wenn da zunächst ein Verfolger gewesen wäre. Du hättest ihn gar nicht bemerkt und dich so selbstbewußt und natürlich bewegt, daß dieser schnell gemerkt hätte, daß da nichts mehr Verborgenes ist, das es noch aufzuspüren gibt, daß da nichts mehr entdeckt werden kann und er hätte diese Verfolgung schnell wieder eingestellt." - „Das ist eigentlich wahr." - „Und du selbst hast dich ja vorher gefragt, weshalb Bürgermeister Hansons Assistent gerade Steven verfolgt und nicht etwa Sarah oder einen anderen deiner Freunde. Vielleicht liegt die Antwort tatsächlich in der inneren Einstellung der Personen. Vielleicht war die Sache für Sarah, Paul und Pete ebenfalls abgeschlossen, erledigt und sie machten sich im Innersten ihres Selbst keinerlei Gedanken mehr über die Sache. Dann konnte keine Resonanz zwischen ihnen und dem Verfolger entstehen. Sie hatten keinerlei Interesse an ihm und er nicht an ihnen. Vielleicht hat es Steven gerade deshalb getroffen, weil er als einziger mit der Sache gedanklich noch nicht abgeschlossen hatte, nachgrübelte oder gar

unterschwellig eine Verfolgungsangst bei ihm bestand. Wenn du deine Aufmerksamkeit in diese Richtung lenkst, wirst du sicherlich eine plausible Begründung dafür finden, weshalb Steven und kein anderer dieses unerfreuliche Erlebnis am heutigen Tage hatte."
Ich dachte eine Weile nach. Jeffs Erklärung schien mir schon recht einleuchtend, gleichwohl widerstrebte mir etwas an diesem Gedanken der Resonanz, etwas, was meine ganze all so weltliche Logik ins Wanken zu bringen schien, etwas, was die Beziehung von Täter und Opfer, von Gut und Böse vollständig auf den Kopf zu stellen schien.

„Jeff, entschuldige, wenn ich das frage, ich weiß, daß ihr mir hier nur Gutes wollt, und daß mich deine und Celines Erklärungen bereichern und mir irgendwie mein Leben in der grauen Realität auf der Erde zu erleichtern helfen. Aber was du mir eben gesagt hast, bedeutet das nicht, daß unser Verhältnis zu Gut und Böse, zu Opfern und Tätern falsch ist, daß es gar keinen Täter gibt, weil die Opfer sich ihre Täter mit den dazugehörigen Taten selbst anziehen? Oder habe ich da etwas falsch verstanden?" - „Ja und Nein," antwortete Celine. „Schau Marc, du mußt zunächst unterscheiden zwischen Verantwortlichkeit und Schuld auf irdischer Ebene, auf der Gut und Böse in einer ganz bestimmten Form definiert sind und zwischen der geistigen Wechselwirkung auf einer tieferen Ebene des Seins.
Auf weltlicher Ebene ist jemand, der einen anderen Menschen tötet oder an Leib und Leben verletzt, verantwortlich für seine Tat und wird zu weltlicher Rechenschaft gezogen. Das korrespondiert auch insoweit mit der geistigen Ebene, als Töten und Verletzen aus Resonanzen entstehen, die dem wahren Zweck des Kosmos, in Liebe und in Frieden miteinander zu

sein, entgegenwirken, also Energien beinhalten, die auch auf der geistigen Ebene zunächst aufgelöst werden müssen, um das eigentliche Ziel des Seins erreichen zu können. Insoweit hat die weltliche Einteilung in gute und in böse Aspekte eine gewisse Entsprechung auf der geistigen Ebene. Von einer anderen Bewußtseinsebene aus betrachtet sind die Dinge jedoch komplexer als das landläufig auf der Erde betrachtet werden kann. Dort dient die Einteilung in Gut und Böse vorrangig einer Spaltung der Dinge in zwei Seiten, in Schwarz und Weiß oder Hell und Dunkel und dann werden die Dinge irgendwie in die eine Spalte oder die andere hineinsortiert.

Aus unserer Sicht der Dinge ist alles das „gut", was dem Einssein aller Lebewesen in Frieden, Liebe und Freiheit dienlich ist. Alles andere ist lediglich in die Kategorie „Lebensspiele" der Menschenkinder einzuordnen. Betrachtet man die Dinge aus diesem Licht und berücksichtigt man zudem die Wechselwirkung der Resonanz, die Jeff dir eben zu erklären versucht hat, dann entsteht ein ganz anderer Beurteilungsrahmen, nicht mehr der schwarz-weiß gefärbte, übliche, wenn du verstehst was ich meine." - „Ja, das kann ich nachvollziehen." - „Und unser Beurteilungsrahmen bedeutet nicht, daß wir Verantwortung von den Tätern abwälzen wollen. Sie werden an ihren Taten gemessen und werden im Zweifel das ernten, was sie gesät haben. Wenn du aber das Resonanzprinzip als solches für dich annehmen kannst, jenseits von weltlichen Verantwortlichkeiten und Schuld- und Sühnefragen, dann dient es dir als gute Möglichkeit, Komplikationen in deinem Leben zu vermeiden, negative Erlebnisse erst gar nicht entstehen zu lassen und dein Leben zum Positiven hin neu zu gestalten.

Wenn du deine Gedanken insoweit kontrollierst, daß du Ängste und Sorgen abzubauen in der Lage bist und deine Gedanken mit Licht und Liebe füllen kannst, dann wird dir auch im Äußeren Gutes und Positves begegnen." - „Das klingt ja alles ganz fantastisch, aber wie kann ich das am besten bewerkstelligen," fragte ich nach. „Du kannst zum Beispiel immer, wenn dir irgendwelche Sorgen, Ängste und negative Gedanken kommen, sie als solche benennen, indem du sie dreimal ganz bewußt wiederholst und sie dann in ein Licht, das du dir am fernen Horizont vorstellst, wegschicken, indem du dir sagst: „Ich lasse diese Ängste und Sorgen nun los. Ich bin frei."

„Wenn Du das eine Weile übst, wird sich dein Denken zum Positiven hin wandeln, weil du deine fördernden Gedanken behältst, während du die störenden Ideen mit samt ihrer negativen Energie, Stück für Stück aus deinem Energiebereich entläßt, nachdem du sie dir noch einmal ausdrücklich bewußt gemacht hast. Durch das Bewußtmachen verhinderst du ein Unterdrücken negativer Gefühle und das Wiederauftauchen dieser unterdrückten Impulse an unerwarteten Stellen und in unerwarteten Lebenssituationen. Du machst dich wirklich frei von diesen Energien. Und das befreit dein inneres Selbst." - „Und noch ein weiteres," ergänzte Jeff. „Wenn du die Dinge aktiv angehst und die Probleme aufzulösen versuchst, statt sie bewußt oder unbewußt mit dir herumzutragen, dann wird dir alles gelingen und du wandelst selbst zunächst aussichtslose Situationen in positive Erfahrungen und Erfolge für dich."

„Ich danke euch sehr. Ihr habt mir sehr geholfen mit eurem Rat, aber ich glaube, es ist an der Zeit wieder zurückzugehen." - „Ja, wir wünschen dir alles Wohlergehen der Welt." Mit diesen Worten fiel ich in einen ohnmachtsähnlichen Zustand, wurde in einen Wirbel des Unbewußten hineingezogen und erwachte wieder im Spiegelsaal der Rainbow-Gemeinschaft.

Die Musik im Raum hatte geendet und mit mir kamen die anderen Meditationsteilnehmer ganz langsam wieder aus ihrer Entspannung zurück.
Nachdem wir eine Weile in absoluter Stille verharrt hatten, erhob sich der Herr aus der ersten Reihe, der bereits die freundliche Begrüßung gesprochen hatte, dankte uns für die Teilnahme an der gemeinsamen Meditation und lud uns ein, sich über das soeben Erlebte mitzuteilen.
Mike stand als erster auf. Er stellte sich vor und erzählte dann dem Plenum, was in ihm vorgegangen war: „Zunächst gelangte ich in meinen idealen Entspannungsraum, einem großen lichten Raum, in dem meine beiden Schutzengel auf mich warteten. Wir begrüßten uns herzlich und dann nahmen sie mich auf eine Reise ins Unbewußte mit, einer Reise zu den Ursachen für meine größten Ängste und Sorgen und für meine Unfähigkeit, mich den Problemen des Lebens zu stellen. Sie zeigten mir Bilder und Geschichten, wie auf einer richtigen Kinoleinwand, wo ich mich in ganz unterschiedlichen Szenen sehen konnte, die mich nach und nach immer ängstlicher und unsicherer gemacht haben. Und dann lösten meine Schutzengel mit mir gemeinsam die seelischen Bindungen an die zuvor betrachteten Szenen und Bilder auf, um im Hier und Jetzt frei von den überholten Lebensängsten und daraus folgenden Mustern leben zu können. Dann habe ich mich für deren Hilfe bedankt und ich kehrte wieder zu euch ins Hier und Jetzt zurück."
Ich hörte Mike erstaunt zu. Ich war zutiefst überrascht. Das von ihm Geschilderte deckte sich zwar nicht völlig mit meinen Erlebnissen auf der Traumebene. Aber die wesentlichen Eckdaten stimmten vollständig überein.

Da war dieser wundervolle ideale Entspannungsraum, genau wie in meinen Traumerlebnissen. Und da waren die beiden Schutzengel, die ihn leiteten, mit ihm geistig arbeiteten und ihm halfen, seine Probleme aufzulösen, um die Realität hier positiver und leichter bewältigen zu können. Und diese Arbeit erfolgte genau wie bei mir über die Wiedererinnerung alter, aus dem Bewußtsein ins tiefe Unterbewußte herabgesunkener Begebenheiten und die anschließende Auflösung dieser geistigen Bilder und der damit verwobenen Lebensmuster und Lebenseinstellungen.
Die erlebten Details waren zwar individuell verschieden, der geistige Prozeß und die wesentlichen Punkte wie Ort, beteiligte Personen und Auflösungsmethode war aber offensichtlich bei jedem Menschen gleich, wenn er sich einmal entschlossen hatte, sich auf die Traumebene einzulassen und auf dieser zu arbeiten. Diese Erkenntnis wurde durch die Aussagen von anderen Teilnehmern während dieser Aussprache bestätigt.
Was auch immer jeder einzelne im Detail berichtete, die von ihnen erlebten wesentlichen Abläufe auf der geistigen Ebene waren alle gleich. Und alle erfuhren Hilfe und Unterstützung durch ihre Schutzengel, alle kamen mit positiven Erkenntnissen aus ihrer tiefen Entspannung wieder in die Realität zurück.
Ich selbst verspürte kein Bedürfnis, mein Erlebnis den anderen öffentlich mitzuteilen. Gleichwohl gab mir der Austausch und die Schilderung der sich offenbarenden Teilnehmer ein unbeschreibliches Gefühl der Kraft und Sicherheit, so als ob nach langem ergebnislosem Versuch das erste Mal in meinem Leben mich wirklich jemand verstehen würde und eine Chance zur echten Kommunikation bestand. Denn wenn die inneren Vorgänge des Menschen im wesentlichen alle gleichartig waren, dann mußte doch wirkliches Verstehen auf

der Gefühlsebene möglich sein, ein Verstehen mit dem Herzen, von Mensch zu Mensch und in Liebe.
Das war es, was mir dabei durch den Kopf ging und mich unendlich glücklich machte in diesem Moment. Dann aber blickte ich zu Steven neben mir, und sein unverständiges Kopfschütteln über die Statements der anderen holte mich wieder ein kleines Stück aus meiner Euphorie auf den Boden der Tatsachen zurück.

„Steven, was hast du denn?“ fragte ich leise, um die laufende Aussprache weder zu unterbrechen noch zu stören. „Sag mal, ist das hier eine Sekte oder so was?“ Steven schaute mich verständnislos und leicht verschreckt an. „Die plappern doch alle dasselbe wie nach einer Gehirnwäsche und faseln nur noch von Licht und Liebe und solchem Zeug, das ist doch alles Unsinn. Schau dir die Wirklichkeit doch an, nirgends Liebe und Licht doch auch nur, wenn du deine teuren Halogenspots einschaltest und sie vielleicht noch, so wie hier, durch Spiegelreflektionen intensivierst.“ - „Hast du denn gar nichts erlebt, während der Meditation?“ fragte ich Steven in überraschtem Ton. „Wieso, sollte ich etwa? Natürlich war da nichts. Schöne Musik und tolle Lichtreflexe der sich drehenden Glaskugel in den Spiegeln. Schön, aber nichtssagend!“ - „Steven, das tut mir sehr leid. Aber nur, weil du nicht dasselbe erlebt hast, wie die sich mitteilenden Menschen hier, heißt das nicht, daß diese Schilderungen falsch sind oder manipuliert, von irgendeiner Sekte oder so was. Schau, ich bin so wie du das erste Mal hier und ich habe im wesentlichen das Gleiche erfahren wie die anderen hier auch. Ich war in einem wundervollen Klosterraum, sprach mit meinen geistigen Helfern und erfuhr dabei große Hilfe, ganz genau so, wie du es eben von den anderen geschildert bekommen hast. Ich finde, da muß doch etwas dran sein, wenn so viele Menschen die gleichen inneren Erfahrungen machen." - „Ach was, daß du diese Hirngespinste teilst, wundert mich überhaupt nicht. Du warst doch schon immer für diese Sachen ganz besonders empfänglich."

Aha, da war also wieder die übliche Beurteilung meiner Arbeitskollegen, daß ich doch nur ein hoffnungsloser Traumtänzer sei. Aber dieses Mal fühlte ich mich unterstützt durch die anderen hier in dem Saal, die mit mir das gleiche erleben durften. Und gemeinsam waren wir stark. „Nur weil du meinst, ich sei besonders empfänglich für die Dinge aus der Traumebene, heißt das noch lange nicht, daß diese Dinge nicht wirklich existieren," äußerte ich mit entschlossenem Ton. „Statt deinen Träumereien nachzuhängen, sage mir lieber, wie ich dieses Monstrum dort hinten loswerden kann. Damit würdest Du mir mehr helfen, als mit deinen Predigten über Sein oder Nichtsein von diffusen Traumerlebnissen."

„Steven, was ist denn nur mit dir los, du bist doch sonst nicht so verschlossen und angriffslustig. Allein daß du heute Abend mit mir hierhergekommen bist, zeigt doch, daß es da auch noch eine andere Seite in dir gibt." - „Ja, das mag sein, aber im Moment ist mir alles zuviel. Suzanna hat mich gestern verlassen und ich habe Angst, daß ich es ohne sie nicht schaffe, finanziell nicht, denn wie du weißt, haben wir uns doch gemeinsam dieses Appartement in der Vorstadt gekauft und psychisch auch nicht. Sie war ein wesentlicher Teil meines Lebens, weißt du." - „Steven, das tut mir unendlich leid und du solltest wissen, daß ich jederzeit für dich da bin, wenn du jemanden brauchst oder einfach nur nicht allein sein willst. OK?" - „Ich danke dir." - „Und mit Hansons Laufburschen da hinten werden wir schon fertig, laß mich das nur machen. Mir fällt da schon etwas ein."

Als ich dies sagte, hatte ich noch nicht die leiseste Ahnung, was ich tun sollte, aber ich erinnerte mich wieder an die Worte von Jeff aus der Traumebene über das aktive Angehen von Problemen und die Resonanz von Gedanken und Empfindungen zwischen den Menschen und der daraus resultierenden Anziehung oder Abstoßung. Wie könnte man die Beziehung zwischen einem oder mehreren Verfolgten am einfachsten auflösen, dachte ich bei mir. Am zweckmäßigsten wäre es doch, die Beziehung aufzudecken, das Katz- und Maus-Spiel zwischen Verfolger und Verfolgtem dadurch zu beenden, daß man die Verfolgung als solche benennt und klarstellt, daß es für die Verfolgung keinen triftigen Grund mehr gäbe. Damit würde der Beziehung die Grundlage entzogen und die Situation könnte sich auflösen. Ja, das war eine gute Idee. Wenn die Aussprache hier beendet wäre, würde ich zu Hansons Assistenten gehen und ihn konkret auf die Sache ansprechen. Bei den vielen Menschen hier im Saal bestünde dabei sicherlich keine Gefahr und da er mich ja gar nicht verfolgte, sondern Steven, konnte ich die Angelegenheit vielleicht am besten klären, wenn ich sie einfach so schilderte, wie sie tatsächlich war.
Als die Aussprache beendet war und die Versammelten aufbrachen, um bei dem kleinen Umtrunk im Foyer weiter die Erlebnisse mit der Spiegelmeditation untereinander auszutauschen, ging ich auf Bürgermeister Hansons Assistenten mit raschen, geraden Schritten zu und schnitt ihm den Weg zum Ausgang ab.
„Guten Abend, Sie sind doch Bürgermeister Hansons rechte Hand. Ich bin Marc Williams. Ich habe Sie anläßlich einer Museumseröffnung in Bradford kennengelernt. Ich wollte Sie bitten, meinen Freund Steven nicht weiter zu belästigen und ihn nicht länger zu verfolgen.“ Er schaute mich völlig überrascht an. „Wenn Sie wegen der Metatox-Sache hier sind,“

ergänzte ich meine Bitte, „dann ist die Sache für uns hier abgeschlossen. Die Beweisunterlagen, die mein Cousin Jeff mir noch vor seinem Tod zugeleitet hatte, haben wir gestern der Polizei übergeben, ohne diese gesichtet zu haben. Wir wissen also nichts genaueres von der Sache und irgendwelche Unterlagen haben wir auch nicht mehr. Sagen Sie das ihrem Boss und lassen Sie uns bitte künftig in Ruhe."
Er schnaufte leicht, sagte aber immer noch keinen Ton und ich schaute ihm fest und entschlossen in die Augen. Dabei empfand ich das Gefühl, daß er verstanden hatte, daß meine Information angekommen war und daß sich etwas gelöst hatte.
In diesem Moment kam Steven dazwischen. „Hören Sie, lassen Sie mich endlich in Ruhe und Marc und die anderen auch. Wenn Sie nicht endlich verschwinden, veröffentliche ich weitere Beweismittel, die ihren Chef und Sie sicherlich für einige Jahre hinter Gitter bringen werden. Verschwinden Sie endlich." Der so Angesprochene war binnen Sekunden verschwunden. Und zu mir sagte Steven: „Bist du denn vollständig verrückt, mit ihm auch noch persönlich zu reden? Was sollte diese Aktion denn? Wolltest du mit ihm vielleicht meinen morgigen Tagesablauf durchsprechen und ihm erklären, wo er mich wann am besten erwischen kann, oder wie?"

Steven hatte es nicht verstanden; und auch was er soeben angerichtet hatte, verstand er nicht. Wo ich versucht hatte, das Beziehungsgeflecht zwischen Verfolger und Verfolgtem durch Offenheit aufzulösen, hatte er mit nur einem Satz ein vollständig neues aufgebaut.
Trotzdem bemühte ich mich um einen Erklärungsversuch. „Ich glaube, ich hatte ihn soweit, daß die Sache erledigt gewesen wäre. Ich habe ihm einfach erzählt, daß wir die Beweise ohne sie vorher zu

sichten, vollständig an die Polizei weitergeleitet haben und das Ganze damit für uns erledigt war. Und er hat mir geglaubt. Er hätte uns sicher in Ruhe gelassen. Deine Idee, ihn dann mit zurückgehaltenem weiteren Beweismaterial zu ködern, war da wohl kein so guter Einfall. Damit hast du uns wieder interessant gemacht und mich gleichzeitig als Lügner hingestellt. Nun wird er uns nichts mehr glauben und sie werden bei uns Unterlagen suchen, die ja tatsächlich überhaupt nicht existieren. Nun, Steven, das war wirklich keine gute Idee."

Ich spürte wie die Angst in mir aufstieg, bei dem Gedanken, daß man mir auflauern könnte und dann versuchen würde, Beweismaterial von mir herauszupressen, das ich auf keine denkbare Art zu beschaffen in der Lage war. Was auch immer sie mir antun würden, ich könnte ihnen nichts geben, was dem Ganzen ein Ende zu setzen in der Lage wäre, eine schreckliche Vorstellung. Mir wurde ganz schwindelig und ich mußte mich für einen Augenblick setzen.

„Jetzt schiebe die ganze Schuld nicht auf mich," schimpfte Steven. „Du bist zu ihm hin und ich wollte nur das Schlimmste verhindern, nur deshalb habe ich mit neuen Beweismitteln gedroht." - „Ja, Steven," antwortete ich erschöpft und mit kraftloser Stimme. „Es ist ja gut." Ich vermochte ihn nicht zu überzeugen. Und im Moment hatte ich auch für den leisesten Versuch hierzu keine Kraft. Die in mir aufgestiegene Angst beschäftigte mich viel zu sehr.

Was hatte Jeff noch gesagt? Angst kann Resonanz entstehen lassen zwischen Täter und Opfer, zwischen Verfolger und Verfolgtem, so oder in etwa hatte ich ihn jedenfalls verstanden und Resonanz kann die Grundlage sein für die gegenseitige Anziehung zwischen beiden. Ich mußte also unbedingt meine Angst loswerden, sonst würde auch ich am Ende noch zum Ver-

folgten. Und dazu hatte ich momentan nun wirklich keine Lust.
Also, wie ging das doch gleich noch? Zunächst die Angst anerkennen und sich bewußt machen! Ich stellte mir meine Angst so plastisch wie irgend möglich vor und wiederholte drei mal: „Ich habe Angst vor Verfolgung und Erpressung." Dann visualisierte ich eine große Lichtsäule am Ende eines fiktiven Horizonts und sandte all diese Angst mit meiner ganzen inneren Kraft in dieses Licht. Dann sagte ich mir: „Ich lasse los und ich bin frei. Es gibt keinen Anlaß und keinen Grund dafür, weshalb ich verfolgt werden sollte."
Diesen Schuh ziehe ich mir nicht an, dachte ich mir zum Abschluß ergänzend und dabei fühlte ich mich sicher und wohl. Dann ging ich ins Foyer, um mit Mike einen alkoholfreien Aperitif zu trinken.

„Was macht ihr hier sonst noch, außer diesen wöchentlichen Spiegelmeditationen?" fragte ich Mike.
„Nun, hier gibt es eine ganze Reihe von Aktivitäten. Wir meditieren hier täglich. Die Spiegelmeditation ist dabei nur eine von vielen Techniken. Daneben gibt es stille Meditationen, mit geschlossenen Augen und einem Mantra, das dir hilft, das Bewußtsein von deinen täglichen Sorgen und Gedanken zu befreien und deinen Geist zu öffnen, für das was ist, wenn du deine ständigen Sinneswahrnehmungen für nur einen Augenblick beenden oder besser gesagt, abschalten kannst. Dann gibt es Bewegungs- und Tanzmeditationen und Bewußtseinstrainings, wo du zum Beispiel versucht, zunächst alle die gleichzeitig auf dich einwirkenden Sinneseindrücke wie Sehen, Hören, Riechen, Fühlen und Denken, dir im Detail bewußt zu machen, um nach und nach zu lernen, sich von alledem nicht ablenken zu lassen, wenn du dich tatsächlich auf etwas für dich ganz wesentliches konzentrieren

willst. Diese Veranstaltungen finden regelmäßig statt und du bist jederzeit dazu eingeladen, daran teilzunehmen.
Natürlich finden hier auch Seminare und Kurse in Meditation, bewußter Wahrnehmung und geistiger Weiterbildung statt, über deren Gebühren sich das Ganze hier finanziert."
„Das klingt alles sehr interessant. Aber weshalb nimmt gerade die Meditation eine so entscheidende Stellung in eurer Arbeit ein. Ich dachte immer, daß sei nur etwas für Weltfremde und Mystiker." - „Nun ja, da passe ich doch sehr gut in dein Klischee. Denn seit du mich kennst, war ich ja immer etwas verträumt und weltfremd." - „Stimmt, und das gilt ja in gleichem Maße für mich selbst. Nicht umsont haben wir uns ja gerade hier wiedergetroffen." - „Es hat eben alles seine Bedeutung, für denjenigen, der bereit ist, näher hinzuschauen. Und wer glaubt schon ernsthaft an Zufälle," scherzte Mike. „Aber im Ernst; die Vorurteile gerade im Westen gegen Meditation und östliche Bewußtseinstechniken sind enorm und ganz auszurotten sind diese Ansichten wohl nie. Tatsächlich führt Meditation jedoch keineswegs zu einer Abwendung von der Welt, sondern zunächst einmal zu einer klareren Wahrnehmung von dem, was ist und wer du selbst tatsächlich bist. Damit erhältst du durch die Meditation eine vorzügliche Möglichkeit, dich der Realität zu stellen, wie sie ist und nicht diffus in ihr herumzuirren, wie das die meisten tun, unbewußt für ihre Umgebung und ihre innersten Wünsche und Gefühle, die ja ebenso Teil der Realität sind, wie dieser Tisch hier oder das Glas, das ich gerade in der Hand halte. Und eine klare Wahrnehmung von dem, was ist, ermöglicht auch klare Entscheidungen, was man im Leben will und was man nicht will.
Vielleicht ist es gerade das, was Befremden über Menschen auslöst, die sich mit Meditation und Selbst-

findung beschäftigen. Daß sie nämlich ein Bewußtsein dafür entwickeln, daß die meisten Bedürfnisse in unserer modernen Welt künstlich geschaffen werden, durch Werbung, durch gesellschaftliche Normen und Zwänge und daß das, was es wirklich braucht, um Glück und Zufriedenheit zu spüren, ganz, ganz wenig ist und in der Regel sehr leicht zu haben, wenn man nur erst einmal erkannt hat, was dieses Etwas ist." - „Das habe ich für mich auch schon erkannt, daß die meisten Dinge, die ich glaube, unbedingt zu brauchen, mich eher von mir selbst und dem, was mich glücklich machen würde, ablenken, als mich zu mir selbst zu führen." Und ich war glücklich darüber, daß mich endlich jemand zu verstehen schien.

„Genau! Und Menschen, die diese Erkenntnis für sich noch nicht gemacht haben, nennen so etwas Weltfremdheit, ob du nun meditierst oder nicht." - „Ja, das ist allerdings richtig." - „Ich würde mich freuen, wenn du uns öfter besuchen könntest. Vielleicht findest du ja in unserem vielfältigen Angebot noch etwas anderes ausser der Spiegelarbeit, daß dir Spass macht und ich würde gerne wieder mehr mit dir unternehmen, Marc." - „Ja, das freut mich. Ich komme gerne wieder." - „Ich muß mich jetzt verabschieden. Es warten noch einige organisatorische Aufgaben hier auf mich. Aber du kannst dich ja ruhig noch etwas umsehen." - „Ciao."

Wir trennten uns und nach einer Weile, in der ich mir das Gebäude und den umliegenden Park etwas genauer angesehen hatte, fuhr ich nach Hause.

Erst auf dem Heimweg fiel mir ein, daß weder Steven noch dessen Verfolger nach dem Verlassen des Meditationsraumes noch einmal aufgetaucht waren. Sie hatten wohl beide die Veranstaltung vorzeitig verlassen, dachte ich und sah die Sache für mich damit als erledigt an. Schade nur, daß sich Steven nicht einmal von mir verabschiedet hatte.

Im Laufe des nächsten Vormittags fiel mir auf, daß Steven nicht zur Arbeit erschienen war. Pete und Paul sprachen mich am frühen Mittag an, wie denn unser gestriger gemeinsamer Abend verlaufen sei und was ich mit Steven denn angestellt hätte, daß er noch immer nicht im Büro aufgetaucht war und auch zu Hause nicht zu erreichen sei.
Ich erzählte ihnen die Geschichte mit Stevens Verfolger und daß ich beide aus den Augen verloren hatte, noch bevor ich die Veranstaltung verließ. Wir begannen uns Sorgen zu machen und gegen drei Uhr entschieden wir, nicht länger zu warten und Captain Morehead zu kontaktieren.

„Schön das du anrufst, Marc. Ich habe gute Neuigkeiten, was eure Sache anbelangt. Wir haben die von euch übergebenen Dokumente auf ihren Wahrheitsgehalt überprüft und die Bankkonten von Valerie Hunter und Jack Miller, wie von dir angeregt, überwacht und tatsächlich konnten wir gestern den Eingang von je 500.000 Dollar auf den Privatkonten der beiden verzeichnen. Die Überweisung erfolgte direkt vom Gehaltsbüro der Metatox. Auf die Erklärung, weshalb sie auf der Gehaltsliste der Firma mit einer so einträglichen Einmalzahlung stehen, bin ich bereits gespannt. Gerade in diesem Moment laufen die Verhaftungen und die Beschlagnahmungen von Unterlagen in der Metatox und in der Stadtverwaltung. Auch Bürgermeister Hanson ist auf der Verhaftungsliste. Ab morgen wird das wohl einige Wellen bei dir zu Hause schlagen, so wie ich das sehe.“ - „Ich freue mich über diese positive Nachricht, Captain Morehead, aber wir sind hier in großer Sorge wegen Steven.“ - „Wegen Steven?“ - „Ja, ich traf ihn gestern, als er gerade einen Assistenten von Bürgermeister Hanson von seinen Fersen abzuschütteln versuchte. Er verfolgte Steven bereits den

ganzen Tag lang und als ich ihn deshalb zur Rede stellen wollte, gab es ein ziemliches Mißgeschick, wie ich meine. Steven drohte diesem Mann mit der Veröffentlichung weiterer bisher noch zurückgehaltener Unterlagen, die wir aber tatsächlich überhaupt nicht besitzen.
Seither sind beide verschwunden. Steven ist heute nicht zur Arbeit erschienen und auch zu Hause können wir ihn nicht erreichen. Ich mache mir ernstliche Sorgen um ihn“ - „Wir kümmern uns sofort darum. Ich halte dich auf dem laufenden. Und passe die nächsten Tage auf dich und deine Freunde auf. Solange unsere Verhaftungen nicht erfolgreich abgeschlossen sind, möchte ich eine Eskalation der Situation vermeiden. Du weißt selbst, wie manche Menschen überreagieren und ich bin nicht sicher, ob wir alle Beteiligten bei Metatox auf einen Schlag erwischen werden. Vielleicht ergibt sich die eine oder andere Mitwirkung an der Sache erst aus den heute beschlagnahmten Firmenunterlagen. Dann dauert es sicherlich noch ein paar Tage, bis wir die zusätzlichen Haftbefehle auf dem Tisch haben.“ - „Ich danke Ihnen sehr für Ihre Hilfe, Captain Morehead. Ich hoffe, daß die Sache bald abgeschlossen sein wird, zugunsten aller Beteiligten. Und bitte finden Sie Steven.“ - „Natürlich, keine Sorge.“ Damit legte er auf.
Trotz der Beruhigungsversuche von Captain Morehead hatte ich kein gutes Gefühl. Stevens Provokation von gestern abend und dann noch die fast zeitgleiche Großaktion der Polizei mußte die Täter doch auf das Äußerste beunruhigen. Und zumindest die, die nicht gleich in der ersten Runde zu den Verhafteten gehörten, fühlten sich vielleicht zu Kurzschlußhandlungen veranlaßt oder zu mehr. Wir riefen sofort Sarah an, um sie vorzuwarnen und dann telefonierte ich lange mit Tante Anne, um sie von allem zu unterrichten, was gerade um sie herum geschah und sie darauf vorzu-

bereiten, daß Valerie zum Kreis der Verhafteten dazugehören würde. Es war ein sehr unerfreuliches Gespräch, denn ich spürte sofort, daß das Ganze sie überforderte. Sie konnte oder wollte es einfach nicht verstehen. Erst der Tod ihres Sohnes und dann noch dieser Vorwurf gegen die von ihr akzeptierte und in die Familie vollkommen integrierte Schwiegertochter, das war dann doch zuviel. Obwohl ich fühlte, daß sich ihre Zuneigung zu mir und ihr damit einhergehendes Vertrauen in meine Handlungen in keinster Weise gemindert hatte, so bemerkte ich doch, daß sich da etwas in ihr verschloß.

„Was du tust, Marc, ist sicherlich richtig," antwortete sie auf meine kurz und präzise gehaltene Schilderung von der Aktenübergabe an die Polizei bis zu deren heutigen Großaktion. „Aber ich kann damit nicht umgehen, jedenfalls jetzt noch nicht und vor allem nicht damit, daß Valerie da mit hineingezogen werden soll. Die Arme! Erst verliert sie ihren Ehemann, und dann noch ein so infamer Verdacht gegen sie. Ich bin sicher, daß sich keinerlei Beweise gegen sie finden lassen, keinen einzigen."

Ich beließ sie in diesem Glauben und begann einmal mehr an meinem ganzen Handeln zu zweifeln.

Da gefiel ich mir in der Rolle, einmal für ein paar Tage ein wenig Sherlock Holmes zu spielen, und was war das Resultat dieses Spiels: Ein einziger Scherbenhaufen.

Sarah, Pete und Paul waren gefährdet. Steven vielleicht sogar in großer Gefahr und das nicht zuletzt, weil ich so töricht war, zu glauben, daß man zwischen Verfolger und Verfolgtem vermitteln könnte und man hierzu nur einfach genügend guten Willen bräuchte. Und zu Hause löste ich das größte Familienchaos aus, das ich je zu liefern in der Lage war.

Mom würde mir nicht ein Wort von alledem glauben. Einmal weil sie mir sowieso nie irgendeinen Glauben zu schenken bereit war, egal welche Angelegenheit es betreffen mochte, zum anderen, weil sie ohnehin nur das zu glauben bereit war, was in ihre kleine heile Welt gerade so hineinpasste.
Und da Valeries Verhaftung nun ganz und gar nicht dazu geeignet war, ihre Welt in Frieden und vermeintlich heilem Zustand zu bewahren, würde sie die hierzu gehörende Geschichte niemals akzeptieren und könnten auch tausende von Beweisen die vorhandenen Tatsachen untermauern. Ihre Welt und ihre Auffassung von der Welt würde ich nicht zu erschüttern vermögen.

Und weshalb sollte ich das auch. Mom und meine ganze Familie lebten in einer kleinen Stadt. Jeder kannte dort jeden und jeder war in gewisser Weise auf den anderen angewiesen.
Da war es leicht für mich, als einer der sich zu jeder Zeit wieder in die Anonymität der Großstadt zurückziehen konnte, den Racheengel zu spielen und diesen Menschen dort eine Lektion über Wahrheiten zu erteilen. Ich brauchte ja nicht mit diesen Wahrheiten zu leben. Das mußten sie dort ganz allein und im Zweifel ein ganzes Leben lang.
Und zum ersten Mal erschien mir der ständige Hinweis meiner Mutter auf die Meinung ihrer Nachbarn nicht nur als bloße Böswilligkeit, nicht als Bevorzugung der üblichen Bräuche und Sitten gegenüber den persönlichen Gefühlen und Bedürfnissen ihres Sohnes, sondern als Schutzschild, als Hilfsmittel einer ansonsten hilflosen Frau, die den Anforderungen ihrer Umgebung ohnmächtig ausgeliefert war, ohne Ausweg und Möglichkeiten, das, was sie im Leben eigentlich für wünschenswert und wertvoll hielt, ausleben und verwirklichen zu können.

Nein, ich hatte kein Recht, sie gegen ihren Willen über Wahrheiten zu unterrichten. Wenn überhaupt, dann mußte ich die Wahrheit in meinem eigenen Leben suchen und meinen Weg finden, wie ich es angehen und sinnvoll bewältigen könnte.
Wie hatte Jeff so schön gesagt: „Es liegt ganz bei mir, ob ich die Wahrheit an die Öffentlichkeit bringe oder nicht. Es ist allein meine Entscheidung." Wenn ich mich dabei besser fühlte, dann sollte ich es tun, hatte er mir geraten. Nun, ich hatte es getan und ich fühlte mich keinesfalls besser damit. Und wieder kam mir in Erinnerung, was ich auf der Traumebene über die Rolle des Verräters gelernt hatte. Wieder fühlte ich mich als Verräter und wieder fühlte ich mich hundeelend dabei.

Das einzige, was mich davon abhielt, vollends in eine Depression abzurutschen, war der Umstand, daß durch die Aufdeckung des Umweltskandals die Gesundheit der Bürger meiner Heimatstadt gesichert würde und damit auch die Gesundheit meiner ganzen Familie. Allerdings war das ein nur schwacher Trost. Denn diesen Zweck hätte auch die kommentarlose Weiterleitung der von Jeff überlassenen Urkunden bewirkt, ohne Weitergabe meiner aus der Traumwelt erhaltenen Zusatzinformationen über Jeffs Tod und den daran Beteiligten. Nein, den Verrat hatte ich ganz allein begangen, aus ganz eigensüchtigen Motiven, aus Geltungsdrang vielleicht, aus dem Wunsch, Recht zu behalten und Anerkennung von außen zu genießen oder aus was auch immer für welchen Gründen. Die Hilfe für andere war da eine nur ganz nebensächliche Begleiterscheinung.

Und mit einem Mal wurde mir klar, daß ich so nicht weiterleben wollte. Nicht auf diese Weise. Nicht um diesen Preis. Ich mußte etwas ändern, etwas ändern an mir, damit meine Handlungen konstruktiv würden, damit sie etwas bewirken könnten, was mir und den mir verbundenen Menschen etwas Positives gäbe, ein wenig Glück, etwas Zufriedenheit, ein Stück Sonne im Leben, nicht aber Angst, Verfolgung, Ungewißheit und Sorge. Ich mußte mich drehen und zwar um hundertachtzig Grad und ich wollte es in diesem Moment mit aller Kraft, mit jedem Gedanken, mit jeder Zelle meines Körpers, und ich spürte, wie bei diesem Gedanken ein tiefer Schauer meinen Rücken entlang lief.

In diesem Augenblick sprach mich Pete an: „Was ist mit dir? Du siehst aus, als wenn du einem Gespenst begegnet wärst." - „Das bin ich auch. Ich bin mir selbst begegnet und ich habe in diesem Moment erkannt, daß es so nicht weitergehen kann mit mir. Ich habe euch alle in Gefahr gebracht mit dieser Mordgeschichte um meinen Cousin Jeff und ich weiß, daß ich das so nicht mehr will. Ich will künftig etwas Schönes im Leben haben, eine Arbeit, die mir gefällt, eine Partnerschaft, die mich ausfüllt und eine Lebensaufgabe, die mein Leben sinnvoll macht und mich dazu führt, daß ich meinen Freunden etwas Gutes tun kann und sie nicht in Gefahr bringe, wie im Moment.

„Nun bleib aber mal auf dem Teppich," mischte sich Paul in das Gespräch ein. „Wir wußten alle, worauf wir uns eingelassen haben, als wir dir unsere Hilfe anboten und Steven hat den Typen gestern Abend doch ganz allein provoziert, so wie du es uns geschildert hast. Nun komme bloß nicht auf die Idee, die Schuld der ganzen Welt allein tragen zu wollen. Dafür sind deine Schultern nun wirklich zu schwach. Du hast getan, was du tun mußtest und du hast es getan, so gut du es eben konntest." - „Ja," antwortete ich mit schwacher und trauriger Stimme, dankbar für diese rechtfertigende Version der Geschehnisse, der man sich durchaus anschließen konnte, wenn man zu einer wohlwollenden Beurteilung der Sache geneigt war. Trotzdem stand mein gefaßter Entschluß fest. Es mußte sich etwas ändern in meinem Leben und dazu mußte ich selbst mich ändern, offener werden und bereitwilliger auf die Bedürfnisse meiner Mitmenschen eingehen, auch wenn sie mir manches Mal nicht nachvollziehbar erschienen.

Glücklich zu sein, das heißt nicht, immer logisch zu sein, es heißt einfach so zu sein, wie es einem im Moment gefällt und das zu haben, was man im Moment benötigt, nicht mehr und nicht weniger. Und darauf wollte ich künftig achten, woran es tatsächlich fehlt und was es tatsächlich braucht, für mich und für meine Freunde und Verwandten.

Nancy kam plötzlich von ihrem Schreibtisch zu uns herüber. Ihrem Gesichtsausdruck konnte man ansehen, daß sie nichts Gutes zu berichten hatte. Sie sah eher so aus, als ob ihre beste Freundin ihr den Freund ausgespannt hätte oder so etwas Ähnliches. Und schlagartig war mir klar, was sie uns gleich mitteilen würde. Ihre Worte konnte ich nur noch wie aus weiter Ferne und ganz verschwommen vernehmen. „Die Polizei hat eben angerufen. Sie haben Steven in seiner Wohnung tot aufgefunden. Er wurde übel zugerichtet. Offenbar hat man versucht, irgendeine Information aus ihm rauszuprügeln. Die Fahndung nach Bürgermeister Hansons Assistenten läuft bereits auf vollen Touren."

KAPITEL 7

Als ich wieder zu mir kam, lag ich in einem Krankenhaus der städtischen Kliniken. Sarah saß an meinem Bett. „Hallo, Kleiner, wie geht es dir? Bist du wieder ganz da?“ - „Ich weiß nicht? Wie bin ich überhaupt hierhergekommen? Das Letzte, an das ich mich erinnern kann, war, daß ich im Büro saß und Nancy mir irgendetwas Schauerliches erzählen wollte. An mehr kann ich mich nicht mehr erinnern.“
„Du hast einen Kreislaufzusammenbruch gehabt, nachdem sie dir erzählt hat, daß Steven ermordet wurde. Aber hab keine Angst. Der Täter ist inzwischen verhaftet und hat gestanden. Das gilt ebenso für Bürgermeister Hanson selbst, für drei Vorstandsmitglieder von Metatox und Jack und Valerie. Captain Morehead hat gesagt, mit etwas Glück ließe sich ein Deal mit der Staatsanwaltschaft arrangieren, so daß Valerie nur wegen Beihilfe zum Mord angeklagt wird. Ansonsten hat das Ganze ziemlichen Wirbel in deiner Heimatstadt verursacht und die Presse feiert dich als Helden und Retter der Stadt vor vergiftetem Trinkwasser. Du siehst also, es gibt keinen Grund zur Panik mehr.“

„Du hast gut reden. Ich bin Schuld an Stevens Tod und daran, daß meine Familie zu Hause die Rache der Stadt für meinen Verrat zu tragen hat. Am liebsten wäre ich auf der Stelle tot.“ - „Nun höre aber auf mit deinem ewigen Selbstmitleid, Marc! Das mit Steven ist sicherlich eine Tragödie, aber die hat er sich doch ganz alleine inszeniert. Hätte er seine Verfolger nicht mit jenen gar nicht existenten Unterlagen provoziert, dann wäre das so doch niemals geschehen.
Und was deine Familie anbelangt, die sonnt sich derzeit im Glanze deines Medienruhmes. Alle feiern dich als Retter. Und selbst wenn der Medienrummel in

ein paar Wochen verklungen sein wird, bleibt diese Erinnerung doch jedenfalls insoweit, als keiner dir oder deiner Familie einen Strick aus deiner Rettungsaktion für die Sauberkeit des Trinkwassers wird drehen können. Und diejenigen, die die öffentliche Meinung gegen dich hätten beeinflussen können, die sitzen jetzt alle hinter Gittern.
Du machst dir wieder einmal völlig grundlos Gedanken. Ich habe übrigens mit deiner Mutter telefoniert, um ihr zu sagen, wie es dir geht und daß sie sich keine Sorgen zu machen braucht. Sie ist mächtig stolz auf dich. Und sie hat mir gesagt, daß sie dir so etwas Großartiges niemals zugetraut hätte."
Meine Mom, wieder einmal hatte ich sie vollkommen falsch eingeschätzt. „Ich finde, der Preis ist zu hoch, den wir für diese Anerkennung gezahlt haben. Ich meine, Steven und auch die Schwierigkeiten, die Val noch zu erwarten hat." - „Ja, Marc, ich weiß nur zu gut, was du sagen willst. Aber wir haben das doch alle nicht gewollt. Wir wollten helfen, deinem verstorbenen Cousin Jeff, den gesundheitlich gefährdeten Bewohnern deiner Heimatstadt und auch deiner Familie, die es verdient, zu wissen, wie ihre Schwiegertochter Valerie wirklich ist, der sie doch alle Vertrauen und Liebe geschenkt haben.
Und das diese Hilfe Opfer gefordert hat, das bedauern wir alle. Aber es ist ganz und gar nicht deine Schuld, Marc, denke bitte immer daran. Wir haben dir alle gerne bei der Sache geholfen und auch Steven hat es mit Freude getan, auch wenn das für ihn so tragische Folgen gehabt hat. Denke doch auch daran, was mit mir geschehen wäre, wenn er mir auf dem Highway nicht so wundervoll beigestanden hätte. Wir waren füreinander da und das ist es doch, was letztlich zählt."

Eine Krankenschwester betrat das Zimmer und gab mir eine Beruhigungsspritze. „Du brauchst noch viel Ruhe, Marc. Schlaf jetzt ein wenig, ich komme dich heute abend wieder besuchen. Captain Morehead hat vorsorglich zu deiner Sicherheit noch eine Wache vor deinem Krankenzimmer postiert. Aber glaube mir, die Sache ist abgeschlossen. Das fühle ich. Mache dir keine Sorgen mehr."
Sie gab mir einen Kuß auf die Stirn, und als sie gegangen war starrte ich eine ganze Weile mit geöffneten Augen an die weiße Decke des Krankenzimmers. Dann begann die Beruhigungsspritze zu wirken. Langsam dämmerte ich ein, durchwanderte einen Bereich dichten Nebels, um plötzlich bei Jeff und Celine auf der Traumebene zu sein. Ganz ohne Hilfe von Spiegeln gelangte ich dieses Mal auf die andere Seite des Seins. Jeff und Celine nahmen mich in die Arme. Ich spürte, daß ich mich kaum auf den Beinen halten konnte, geschwächt von der Beruhigungsspritze und meinen depressiven Gedanken über Stevens Tod und meine wiederholte Verräterrolle.
Beide legten mich auf einen weißen Diwan, um mir dann mittels ihrer Hände Licht und neue Lebensenergie zu schenken, die mich stärken und regenerieren sollte.

Nach einer Weile sprach mich Jeff an: „Nun, wie geht es dir nach deinem großen Erfolg?" - „Ach, was fragst du. Du siehst es ja selbst. Was die anderen als großes Werk feiern, hat mich niedergeschlagen und depressiv gemacht." - „Aber du hast dabei wichtige Dinge erkannt! Daß auch Erfolg zwei Seiten hat, wie alles auf der Welt, zum Beispiel. Du solltest dir zubilligen, auch die positive Seite zu genießen und nicht nur die negativen Aspekte der Sache betrauern. Und du hast wichtige Konsequenzen aus diesem Erlebnis für dich gezogen. Daß du dich der positiven Seite des Lebens bedingungslos öffnen willst, zum Beispiel, und daß du deine Arbeits- und deine Beziehungswelt neu zu ordnen und erfüllender zu gestalten bereit bist."

„Ja, das ist richtig. Du hast mich also wieder einmal belauscht, wie mir scheint," scherzte ich. „Wozu sind wir Schutzengel denn sonst da? fragte Celine mit einem liebevollen Lächeln. „Wenn du es wünschst, helfen wir dir dabei, deine Möglichkeiten in Beruf und Beziehung zu erkennen, um sie besser in dein tägliches Leben integrieren zu können. Wir könnten dir zeigen, wie es sich anfühlt, wenn du dich selbst auf diesen Gebieten intensiver engagierst und wirklich zu leben bereit bist." - „Ja, bitte. Ich glaube ich brauche eure Hilfe in diesem Moment mehr denn je." - „Gut, dann laß uns etwas tiefer in deine Traumebenen eindringen."

Jeff öffnete die mächtige dunkelbraune Türe an der Frontseite des großen Saales und wir gingen durch einen warmen rosafarbenen Nebel, weit durch Raum und Zeit, bis plötzlich ein kleiner Pavillon vor meinem geistigen Auge aufzutauchen begann. „Nun mußt du den restlichen Weg wieder alleine gehen. Du kennst das Ganze ja bereits zur Genüge und du weißt, du wirst deinen Weg finden."
Ich lächelte meinem Begleiter vertrauensvoll zu, denn auf irgendeine wunderbare Weise hatten Celine und Jeff es tatsächlich geschafft, mir dieses Gefühl des Vertrauens zu vermitteln. Ich wußte, ich würde meinen Weg finden und ich spürte, daß mich dort vorn zwischen den Nebeln etwas ganz Wundervolles erwarten würde.

Als ich mich dem Pavillon näherte, sah ich, daß er zu fast zweidrittel von einem Seerosenteich umgeben war. Die Blüten in rot, gelb und reinweiß funkelten wie farbige Diamanten und blendeten mich, so daß ich die im Pavillon auf mich wartende Gestalt nicht klar und deutlich erkennen konnte.

Was ich sah, war eine in regenbogenfarben gehüllte, männliche Person, groß, kraftvoll, mit goldbrauner Haut und durchdringenden braunen Augen. Augen, die mich wie Magneten anzuziehen vermochten, Augen, in die ich mich sofort verlor und die mich an jemanden erinnerten, an jemanden, mit dem ich einmal ganz tief verbunden war, einmal ein Stück Einheit verspürt hatte und Lebenslust und Liebe...

„Kennen wir uns nicht irgendwoher?“ fragte ich fast lautlos mit ehrfürchtiger Stimme. „Natürlich kennen wir uns bereits,“ antwortete die Männergestalt. „Aber es ist nicht so wichtig, was einmal geschah und was zur Vergangenheit gehört, sondern was heute ist, was wir füreinander verspüren, jetzt, in diesem Augenblick und was möglich erscheint, aus diesen Empfindungen für die Zukunft zu erschaffen. Was heute ist und was daraus erwächst, das ist es was zählt, nicht was einmal gewesen sein mag, auch wenn das eine wunderschöne Erinnerung für dich blieb, von der du gezehrt hast und Hoffnung geschöpft hast für dich und deine Zukunft.“ - „Das ist wahr, was du da sagst. Aber was haben wir denn hier in diesem Moment tatsächlich gemeinsam?“ fragte ich und forschte gleichzeitig nach einer Antwort in mir selbst, in meinen Gefühlen, Empfindungen und Absichten.

„Nun, zunächst doch einmal eine ganz wundervolle Begegnung und wenn ich dich so betrachte und tief in mich hineinspüre, dann ist da eine ganz tiefe Anziehung, eine Anziehung, die nach Vereinigung und Gemeinsamkeit strebt.“ Erst in diesem Augenblick wurde mir bewußt, daß ich ganz nackt vor ihm stand und daß auch er vollständig unbekleidet war. Offen und voller Erwartung stand er vor mir - und ich vor ihm. Ja, auch ich empfand wie er. Da war Anziehung und Erregung über den wundervollen Anblick seines makellosen Körpers hinaus. Es war da so etwas wie Seelenverbundenheit, so, als ob er ein Teil von mir und ich ein Teil von ihm sei, wie zwei Hälften eines Ganzen, die sich seit Urzeiten gesucht und nun endlich gefunden hatten. Da war keine Scham, keine Scheu oder Berührungsangst und schon gar kein schlechtes Gewissen darüber, daß wir zwei Männer waren, die so tief und nah füreinander empfanden. Nein, da war nur Seelenverbundenheit und Begierde, daß, was so lange getrennt zu sein schien, nun wieder miteinander zu vereinen.

Ohne ein Wort zu sagen, näherte ich mich ihm mit offenen Armen. Ich wußte, daß er mich auch ohne Worte verstehen würde, so wie ich ihn verstand und als wir uns berührten, zunächst nur mit den Armen, dann mit der ganzen Kraft unserer Körper, da war es, als ob sich tausend Blitze entladen würden und diese so freigesetzte, geballte Energiekraft durchzuckte unsere Körper wie in Ekstase und sie verschmolz uns miteinander zu einer tiefen Einheit.
Und in diesem Verschmelzen war eine wundersame Ruhe und ein Meer von blauviolettem Licht, das uns trug in das Reich der von Liebe Verzauberten. So, wie Amors Pfeile einst die Liebenden verwandelte, um sie für immer einander zugeneigt zu machen, so verwandelte uns diese Energie von Frieden, Glück und Verbundenheit, die sich hinter diesem blauvioletten Licht verbarg, und je länger wir dieser Energie ausgesetzt blieben, um so tiefer verbanden sich unsere Seelen miteinander. Und ich spürte, wie dieses Licht von unten

in meine Wirbelsäule eindrang, von dort langsam bis in meinen Scheitel aufstieg, um sich dann von der Wirbelsäule aus in meinem ganzen Körper auszubreiten. Als ich schließlich vollständig angefüllt war, mit diesem liebespendenden Licht, wußte ich mit einem Schlag, daß ich mich nie wieder von dieser Lebensenergie abschneiden würde, daß der Kanal nun ein für alle Mal geöffnet war, und daß diese Öffnung allein mich auf die Sonnenseite des Lebens zu bringen im Stande war.

Nur ganz langsam lösten wir uns aus dieser unbeschreiblich schönen Umarmung. „Es ist Zeit, wieder zu deinen geistigen Helfern zurückzukehren." - „Ja, das ist es. Werden wir uns wiedersehen?" - „Natürlich werden wir uns wiedersehen. Wann immer du willst." - „Immer und in jedem Moment will ich es, immer und jetzt und für alle Ewigkeit..." antwortete ich überschwenglich, während mich irgendetwas zu Jeff und Celine zurückzuziehen begann.
Und während ich langsam durch den farbigen Nebel zurückgleitete, hörte ich wie von fern eine Stimme rufen, die sowohl der meines Vaters als auch Tinas Stimme recht ähnlich war: „ Du kannst alles erreichen, wenn du nur willst und wenn du deinen Mitmenschen klar und deutlich sagst, was du eigentlich willst." Das gab mir Selbstbewußtsein, denn ich empfand es als Aufforderung, in meinem Leben klarzustellen, was ich tatsächlich wollte und brauchte, um zufrieden zu sein und zwar auf allen Gebieten des Seins, sei es im Job, in Beziehungen, oder im freundschaftlichen Umgang mit meinen Mitmenschen. Nur wenn ich offen aussprach, welche Art von Freundschaft oder Beziehung oder gemeinsamer Tätigkeit ich eigentlich wünschte, nur dann gab ich auch Gelegenheit zu prüfen, ob dieser Wunsch mit den Vorstellungen und Erwartungen meines Gegenübers auch übereinstimmte und eine Be-

reitschaft bestand, sich auf diese Wünsche und Erwartungen einzustellen.
Keine Verwicklungen mehr, keine Kompromisse und kein Leben aus Illusion und Täuschung heraus. Das alles würde auf einmal möglich, wenn man selbst eine klare Position bezog.

Celine und Jeff sahen mir an, daß meine Begegnung positiv verlaufen war. „Nun, fühlst du dich besser?“ - „Ja, wie neu geboren. Am liebsten wäre ich gar nicht mehr zurückgekehrt.“ - „Das haben wir gespürt und deshalb haben wir dich zurückgerufen, bevor du so stark mit der Liebesenergie hier auf der Traumebene verschmolzen wärst, daß du tatsächlich nicht mehr hättest zurückkommen können. Du sollst diese Erfahrungen mit auf die Erde nehmen und dort ausleben. Damit bist du deinen Mitmenschen eine große Stütze, denn sie spüren, wenn du von Liebe erfüllt bist und dein Handeln von Liebe durchdrungen ist und du versuchst, sie mit in diese Liebesenergie einzubinden. Du sollst diese Liebe leben. Hier auf der Traumebene ist sie ohnehin stets präsent. Aber auf der Erde ist sie leider noch immer Mangelware und jeder Mensch, der sie ein kleines Stück mehr in seinem Leben verwirklicht, ist ein Gewinn für die Welt, für die Menschen dort, wie für alle Lebewesen, für die wunderschöne Natur und die menschliche Umgebung. Wer alles in Liebe gestalten kann, der gestaltet es ganz automatisch schön, harmonisch und friedvoll. Dazu wollen wir dich ermutigen und deine gerade gemachte Erfahrung soll dir hierbei helfen. Du sollst unser Botschafter auf der Erde sein. Und falls du trotzdem einmal nicht weiter weißt, dann rufe uns einfach. Wie du siehst, können wir jetzt immer zu dir kommen, wann immer du magst, auch ohne der Hilfe von Spiegeln. Rufe uns einfach im Geiste und wir werden stets bei dir sein.

Ich dankte ihnen für ihre großartige Hilfe und als ich die Augen wieder öffnete, sah ich Sarah, wie sie gerade in mein Krankenzimmer kam. „Hallo, schön daß es dir wieder besser geht. Schau her, wen ich dir mitgebracht habe."
Und hinter Sarah trat Tom in das Zimmer ein, jener Tom, mit dem ich dieses wundervolle Erlebnis der Einheit und Verbundenheit seinerzeit an dem verwunschenen Bergsee hatte, mit dem ich dort stundenlang auf einem Findling in der Sonne gelegen und von Feen, Kobolden und Druiden geträumt hatte, mit dem ich...
Er lächelte mich an, als ob wir uns gerade eben erst begegnet wären. „Na, Marc, wie geht es dir denn?" - „Wo, eh, wo kommst du denn auf einmal her," stotterte ich völlig durcheinander und von der Situation überfordert aus mir heraus. „Ich habe ihn vor deiner Wohnungstüre aufgelesen. Er wollte dich besuchen und da du ja hier liegst, hätte er vor deiner Wohnung wohl noch lange warten können," erklärte Sarah. Und Tom ergänzte, daß er nach so langer Zeit einfach mal wieder vorbeischauen wollte und sehen, wie es mir gehe. „Ich hatte schon richtige Sehnsucht nach dir!"
Da war nun Tom auf einmal und da war diese wundervolle Erinnerung an das Einheitsgefühl von eben und meine Erinnerung an ein ähnliches Gefühl mit Tom von früher, während unserer tiefen Annäherung an dem Bergsee und alles verschmolz irgendwie zu einer einzigen Erinnerung und als ich mir Tom so von unten nach oben betrachtete, diese Figur, diese Ausstrahlung, diese tiefen braunen Augen. Da war es für mich plötzlich sonnenklar. Wie ein Blitz durchfuhr es mich mit einem Mal. Er war es. Er war es, auf den ich so lange gewartet hatte. Er mußte es einfach sein. Es gab keinen Zweifel daran.

Er war der Mann, mit dem ich mein Leben teilen wollte, mit dem ich alles gemeinsam anzugehen bereit war, alle Freuden und alle Sorgen, das Leben als Ganzes eben. Alles war ich bereit, mit ihm zu teilen, ja mich selbst wollte ich in ihm verlieren. Wo er war, wollte auch ich sein, was immer er tat, war ich bereit, mit ihm zu tun, einfach in seiner Nähe wollte ich sein, bei ihm sein, um mit ihm den Tag zu verbringen, das reichte plötzlich als Lebenszweck vollkommen aus und es erfüllte mich mit tiefem Wohlbefinden, ja mit Glück und Liebe, in seiner Gegenwart und durch ihn so empfinden zu können.

Und Tom erwiderte mein Gefühl. In den nächsten Tagen besuchte er mich täglich im Krankenhaus und er blieb über Stunden, half mir beim Aufstehen, erzählte mir Geschichten über sich und sein Leben, über seine Wünsche und Vorstellungen und darüber, wie lange er nun schon allein zu leben gelernt hatte, aber doch immer eine Partnerschaft angestrebt hätte, in der geteilte Freude doppelte Freude und geteiltes Leid nur halbes Leid wäre, aber bis heute sich keine solche Partnerschaft für ihn ergeben hätte.

„Das erste Mal, daß ich mir eine solche Partnerschaft wirklich vorstellen konnte, war, als wir uns begegnet sind," sagte er mir dann irgendwann während seiner regelmäßigen Krankenbesuche.

„Weißt du, eigentlich war mir das klar an jenem Tag, als wir uns im Wald verirrten und plötzlich auf diesen wundervollen Waldsee trafen. Dieses Zusammensein mit dir an jenem Tag war wie eine Offenbarung für mich. Es zeigte mir, daß menschliche Offenheit, Nähe und zwischenmenschliche Anziehung tatsächlich auf eine Weise möglich sind, wie ich sie mir immer ersehnt habe, sie mir aber niemals zuvor und auch danach nicht wieder begegnet sind. Da war mir klar, daß nur du mein Partner für`s Leben sein konntest. Ich habe dann

lange gezögert, dir wiederzubegegnen, auf einer so tiefen und einzigartigen Weise, weil ich noch immer dachte, daß eine Partnerschaft für mich nur auf herkömmliche Weise möglich sei, und ich mit einer Frau zusammensein müßte, oder es jedenfalls versuchen sollte, wenn du verstehst was ich meine.
Ich habe dann immer und immer wieder versucht, Beziehungen mit Frauen aufzubauen, aber es gelang mir nie, auch nur annähernd jene Tiefe der Verbundenheit, des Einklangs und der Harmonie zu ereichen, die wir beide damals am See miteinander erleben durften. Immer blieb mir dieses Erlebnis als der Maßstab für eine wirkliche Liebesverbindung in Erinnerung und was ich auch unternahm und mit wem auch immer ich zusammen war, nichts reichte an jenes Erlebnis heran."

Mit diesem Geständnis war es besiegelt und wir wurden ein Paar. Ich öffnete mich Tom in der gleichen Weise, wie er sich mir geöffnet hatte und es verging kein Tag mehr, an dem wir nicht zusammen waren.
Als ich aus dem Krankenhaus entlassen wurde, begleitete Tom mich auf Stevens Beerdigung und stand mir bei und in den ersten Wochen nach meiner Entlassung pflegte mich Tom gemeinsam mit Sarah zu Hause bis ich wieder kräftig genug war meine täglichen Aufgaben selbständig zu erfüllen. Zu diesem Zeitpunkt hatte es sich bereits eingebürgert, daß Tom ständig bei mir wohnte. Kurze Zeit später zog er ganz zu mir.
Und mit dieser Beziehung wandelte sich mein Leben. Nicht länger Streß und Ärger waren die bedeutendsten Ereignisse in meinem Alltag, sondern Liebe, Nähe, Geborgenheit und gemeinsame Unternehmungen, die mein Leben mit positiven Erfahrungen füllten, so daß für Probleme, wenn überhaupt, nur noch wenig Raum verblieb.

So verflog der Sommer in Windeseile. Es war wie ein großes Fest. Sarah mochte Tom ebenso wie ich und wir verbrachten viele Abende gemeinsam auf ihrem kleinen Balkon, grillten im gegenüberliegenden Park oder zogen durch die Straßencafés des benachbarten Vorstadtzentrums. Manches Mal brachte Sarah einen ihrer neuen Verehrer mit und manches Mal begleiteten uns Mike, Pete und Paul. Die Freundschaft mit ihnen hatte sich seit den turbulenten Ereignissen des Frühjahrs intensiviert und besonders mit Mike gestaltete sich unsere Beziehung enger und vollständig neu, seit wir regelmäßig einmal die Woche im Rainbow-Center an den dort stattfindenden Spiegelmeditationen teilnahmen. Es war ein fester Punkt in unserem gemeinsamen Terminkalender und eine schöne Begegnungsmöglichkeit mit Mike und uns gleichgesinnten Menschen. Tom fand sich in die Spiegelarbeit schnell und auf außergewöhnlich begabte Weise ein. Ihm waren die vielfältigen Bewußtseinsebenen wohl nie wirklich fremd gewesen und er wanderte auf den Traumebenen bald ebenso sicher wie in den nahe gelegenen Bergen. Und auch ich wurde mehr und mehr vertraut, mit den Ereignisebenen meines Unterbewußtseins und im Umgang mit meinen geistigen Begleitern Celine und Jeff.

Irgendwann zu Beginn des einsetzenden Herbstes kam Tom die Idee, noch einmal den wundervollen Bergsee von einst aufzusuchen, wo wir beide unsere vielleicht erste bewußte Begegnung mit den auf die Realität einwirkenden Traumebenen gehabt hatten. „Wir können doch versuchen, diesen See noch eimal zu finden," fragte er mich irgendwann. „Ich weiß zwar, daß Wiederholungen niemals so intensiv wirken, wie ganz spontane und neue Ereignisse. Aber ich glaube, dieser Ort dort oben am See ist etwas ganz Besonderes, vielleicht so etwas wie ein Einfallstor der Traumebenen

in die uns hier geläufige Realität. Vielleicht macht das diesen Platz dort so verzaubert und angenehm. Und da wir durch die Spiegelarbeit doch mittlerweile recht gut trainiert sind, um für Energien aus der Traumebene offen und empfänglich zu sein, könnten wir dort dieses Mal womöglich sogar noch viel tiefere Erfahrungen machen, als es uns damals, als einfache verirrte Wanderer möglich war." - „Das ist eine ganz fantastische Idee. Aber bist du denn sicher, daß wir den See überhaupt wiederfinden werden?" - „Nun ja, ich weiß, daß wir uns damals komplett verlaufen hatten und nur rein zufällig auf diesen wundervollen Platz gestoßen sind. Aber ich denke, wenn wir auf unsere Intuition vertrauen und einfach unserem Gefühl nachfolgen, wird uns das sicherlich wieder an diesen Ort zurückführen." - „Gut, dann lasse uns doch morgen gleich aufbrechen. Das Wetter ist noch sehr gut und die rot und beigebraun verfärbten Blätter an den Bäumen geben sicherlich eine wundervolle Kullisse für eine romantische Bergwanderung ab.
Willst du, daß wir allein gehen, oder sollen wir Sarah und Mike Bescheid sagen? Vielleicht hat ja dieser Platz dort am See auch ihnen etwas zu geben?" - „Gute Idee, laß uns beide einladen mit uns zu kommen. Eine Bergwanderung zu viert ist sicherlich eine ganz wundervolle Sache."

Am nächsten Tag brachen wir gegen neun Uhr zu den nahe gelegenen Bergen auf. Sarah und Mike waren mitgekommen, sie waren sofort ganz begeistert von unserer Idee, nach dem verträumten Bergsee zu suchen, an dem wir beide uns das erste Mal so richtig nahe gefühlt hatten und mit vier Rucksäcken, voll von Proviant für ein ausgedehntes Picknick und reichlich Getränken traten wir unseren Wanderausflug an.

Vorsorglich hatten wir Sarah und Mike verschwiegen, daß wir nicht mehr im geringsten wußten, wo wir überhaupt anfangen sollten, nach dem See zu suchen und so parkten wir auf dem gleichen Waldparkplatz am Rande der Berge, an dem wir damals den Wagen abgestellt hatten und tappten gemütlich los.
Tom ging voran und bald glaubten wir alle, er werde den Weg schon wiederfinden und verließen uns vollständig auf sein Gespür.
Nach einigen Stunden langsamer Wanderung stießen wir auf eine kleine Lichtung, die von einem Bachlauf durchzogen war. „Wenn wir diesem Bach immer bergaufwärts folgen, müßten wir eigentlich auf unseren See stoßen," meinte Tom. „Können wir nicht erst einmal ein ausgiebiges Picknick machen," fragte Mike. „Ich habe einen Bärenhunger und Durst habe ich auch und ein wenig Rast könnte uns doch allen guttun." Und so begannen wir auf einer großen Decke alle unsere Leckereien auszubreiten. Sarah hatte Leberpastete, französischen Käse und frisches Baguette besorgt, Mike hatte für Rohkost und frisches Obst gesorgt und Tom und ich breiteten kalten Braten, Enten- und Gänseschlegel aus und öffneten den mitgebrachten Rotwein. „Das ist ja ein Fest," rief Sarah entzückt, als sie die angerichtete Tafel vor sich sah. Dann aßen wir etwa zwei Stunden, langsam und voller Genuß, ein klein wenig von hier und etwas von da, tranken reichlich Rotwein und Wasser und am Ende packte Tom zur Überraschung aller einen selbstgemachten Schokoladenkuchen aus, der mit Rumkirschen und Nüssen gefüllt war und als wir uns zum Weitermarsch aufmachten, waren wir so pappsatt, daß wir uns nur noch im Zeitlupentempo vorwärtsbewegen konnten.

„Ich glaube, bei all unserer Schlemmerei haben wir den herbstlichen Zeitaspekt unserer Wanderung vollständig

übersehen,“ äußerte Mike nach einer Weile und erklärte uns, daß die Sonne in nicht weniger als einer Stunde wohl untergehen würde und wir dann mitten im Wald im Dunkeln dastünden. „Verdammt, daran habe ich überhaupt nicht gedacht,“ meinte Tom. „Sollen wir lieber umkehren?“ - „Ach kommt, erst habt ihr mich ganz neugierig gemacht auf euren märchenhaften Traumsee und jetzt soll das alles gewesen sein? Wenn ihr auf eure Intuition wirklich vertraut, dann wird sich hier irgendwo auch eine Übernachtungsmöglichkeit ergeben und Proviant haben wir sowieso viel zu viel dabei. Da werden wir doch eine romantische Nacht im Herbstwald noch überstehen.“ Damit ermunterte Sarah uns zum Weitergehen. Nach einer weiteren Stunde der vergeblichen Suche standen wir plötzlich vor dickem undurchdringlichem Gestrüpp, das sich zwischen den Bäumen vom Boden bis in die Baumkronen emporrankte. „Da müssen wir durch,“ meinte Tom. „Bist du dir sicher?“ fragte ich ihn. „An dieses Dickicht kann ich mich gar nicht mehr erinnern.“ - „Ich auch nicht, aber ich weiß, daß wir da sind. Dahinter muß unser Bergsee sein.“ - „Und wer von euch hat ein Buschmesser dabei?“ fragte Mike. Und während wir uns noch alle verwundert anschauten, denn selbstverständlich hatte niemand von uns an eine derartige Ausrüstung gedacht, da flüsterte Sarah uns zu: „Schaut her, vielleicht brauchen wir gar kein Buschmesser, wenn wir den Hirschen dort einfach folgen. Sie wissen wohl einen Weg durch dieses Gestrüpp. Schaut doch nur!“
Und wirklich, vor ihr sammelten sich in der einsetzenden Dämmerung an die zwanzig Hirschkühe und betraten dann gemeinsam hintereinander einen schmalen Pfad, der vom wuchernden Dickicht des umliegenden Waldes wie durch ein Wunder vollständig verschont geblieben war. Wir warteten, bis die Herde den kleinen Pfad passiert hatte und folgten ihr in gebührendem

Abstand. Nach etwa fünfhundert Metern weitete sich der schmale Pfad zu einem breiten Weg und dann zu einer weiten Lichtung und genau in dem Moment, als die Dunkelheit der Nacht vollständig über den Wald einbrach, standen wir vor jenem Bergsee, der uns vor Jahren so glücklich zu stimmen in der Lage gewesen war.
Schon begannen die ersten Sterne am wolkenlosen Himmel sich im strahlend klaren Wasser des Sees zu spiegeln und die Kulisse um uns herum ein wenig zu erhellen und nach und nach gewöhnten sich unsere Augen an die von keinerlei künstlicher Beleuchtung durchdrungenen natürlichen Dunkelheit der Nacht.
„Sieh nur," flüsterte Tom und deutete auf den Druidenstein, der noch immer leicht erhöht und von drei Seiten vom Wasser des Sees umspült, eine fantastische Aussichtsplattform über den See bot, und auf dem wir einst für Stunden gelegen und die Atmosphäre der Umgebung genossen hatten. „Wundervoll," flüsterte Sarah. Denn auf dem Druidenstein thronte ein majestätischer Hirsch mit riesigem Geweih und genau in dem Moment, als wir ihn ansahen, begann er durch den nächtlichen Wald zu röhren, so als ob er alle Bewohner des Waldes zu einer Versammlung rufen würde und tatsächlich sollten wir ein ganz einzigartiges Naturschauspiel zu sehen bekommen.

Denn auf den Ruf des Hirsches hin versammelten sich in nur kurzer Zeit eine unüberschaubar große Zahl an Hirschen und Hirschkühen aus dem Wald um diesen See. Begleitet wurden sie von einzelnen Rehen, Hasen und Eichhörnchen, die sich zu der Versammlung hinzugesellten. Ein Großteil aller friedvollen Tiere der Umgebung schien sich hier zu etwas Besonderem zu versammeln.

Dann stimmten sie einen gemeinsamen Gesang an, jedes Tier mit den ihm eigenen Lauten. Statt eines wilden Durcheinanders entstand aber zu unserer aller Überraschung ein intensives harmonisches Geräusch. Ein Geräusch, wie es etwa aus den Didgeridoos der australischen Aborigines ertönt oder den Hörnern tibetanischer Mönche. Es versetzte uns selbst und wohl auch alle anderen Lebewesen, die dieser Zeremonie beiwohnten, in eine besondere Art von Schwingung, eine Energie des Wohlbefindens, des mit dem Boden Verbunden- und Geerdetseins und wir wurden immer sprachloser und faszinierter von dem vor uns stattfindenden Geschehen je länger wir diesen besonderen Klang vernahmen. Und irgendwie schienen die Geräusche der Tiere vom Wald aufgesaugt und widergespiegelt zu werden. Denn nach einer Weile schallte aus allen Ecken, Baumwipfeln und Berghängen um uns herum das gleiche „Mmmmh“ wie schon aus der versammelten Tierherde am See. Wir konnten uns der Faszination dieses Schauspiels einfach nicht entziehen. Automatisch waren wir miteinbezogen, Teil dieses ganzen, sehr irdischen und natürlichen Schauspiels, auch wenn wir immer noch abseits im Gebüsch der Lichtung beisammenstanden ohne uns zu bewegen.

„Was machen die da?“ fragte Mike irgendwann mit fast lautloser Stimme. „Ich weiß es auch nicht,“ antwortete Sarah. „Vielleicht ist das so eine Art Mondanbetung oder etwas Ähnliches,“ meinte Tom. „Mond?“ fragte ich verwundert. „Da ist aber nirgends ein Mond, deshalb ist es doch auch so stockdunkel hier,“ versuchte ich zu ergänzen. „Noch nicht, aber vielleicht rufen sie ihn ja gerade. Ich meine, es müßte heute Nacht Vollmond sein. Er geht nur etwas später auf, aber so wie es hier aussieht, müßte er sich dann wundervoll in dem glasklaren Wasser spiegeln.“

Und tatsächlich. Nach nur wenigen Minuten des Wartens konnten wir den Mond am Horizont aufgehen sehen und nach etwa einer Stunde stand er bereits am Himmel und spiegelte sich in tausendfachen kleinen Lichtpunkten in der Mitte des Bergsees.
Der röhrende Hirsch auf dem Druidenstein war nun vollständig in das blauweiß schimmernde Mondlicht getaucht. Das Röhren der umstehenden Rehe und Hirsche wurde intensiver und wie auf ein unsichtbares Signal hin sprang die versammelte Herde in das vom Mondlicht durchflutete, kristallblau widerscheinende Wasser des Sees. Einzig der mächtige Hirsch auf dem erhöhten Felsen hielt einsam die Wacht über das ganze Geschehen. Er erhob seinen mächtigen Kopf gen Himmel und so, als ob er den Mond anheulen wollte, intensivierte er sein Gebrüll noch einmal in ein durchdringendes Schallen, das Wohlbefinden und Zufriedenheit auszudrücken schien und der inzwischen in der Mitte des Sees angelangten Tierherde ein Gefühl von Sicherheit und Geborgenheit zu vermitteln schien. Jedenfalls waren die Tiere vollkommen ruhig, fast wie hypnotisiert, als sie plötzlich in der Seemitte dreimal ins Wasser untertauchten und anschließend einen Ruf ausstießen, der bis in die letzten Winkel des Waldes zu vernehmen war und von uns etwa so gedeutet wurde, wie: „Hier sind wir gestärkt und kraftvoll vom Wasser des Sees und der darin gespiegelten Mondenergie. Wir sind die Herrscher des Waldes und uns vermag niemand ernsthaft zu bedrohen solange wir zusammenstehen."

„Seit wann baden denn Rehe und Hirsche?" fragte Mike völlig verwundert und gleichzeitig beeindruckt von dem vor uns stattfindenden faszinierenden Ritual. „Keine Ahnung, aber wie du siehst, scheinen sie es dann und wann ganz angenehm zu finden ein Bad im

Mondschein zu nehmen," antwortete Tom. „Scheinbar ist das so eine Art Reinigungsritual," bemerkte Sarah mit fast stockender Stimme. „Ich hätte so etwas bei Tieren niemals für möglich gehalten. Und gleichzeitig scheinen sie sich mit den Energien des Vollmondes zu verbinden und sich aufzuladen, um für die nächsten vier Wochen kraftvoll und gesund ihren Feinden im Walde begegnen und Gefahren besser abwehren zu können." - „Meinst du, die machen das jeden Monat bei Vollmond?" fragte ich nach. „Vielleicht," antwortete sie. „Jedenfalls scheint es ihnen gut zu gefallen. Weshalb sollten sie daher die nächste Gelegenheit auslassen?". Typisch Sarah, dachte ich, nur keine günstige Gelegenheit verpassen. Selbst bei Tieren konnte sie sich keine andere Verhaltensweise vorstellen und ich mußte leise vor mich hinlachen. „Möglicherweise hat Sarah Recht," meinte Tom. „Denke doch welch überwältigenden Eindruck dieser See dort bereits bei uns hinterlassen hat, daß wir noch nach Jahren nachts im Wald umherirren, nur um diesen Platz wiederzufinden und uns solche verrückten Sachen hier ansehen.

Und wir haben damals doch nur einen recht kurzen, wenn auch ganz wundervollen Eindruck von diesem Ort hier gewonnen. Welche Kraft muß dieser See wohl zu geben in der Lage sein, wenn man ihn bei Vollmond durchquert und in ihn eintaucht und das noch jeden Monat einmal wiederholen würde?" - „Das ist richtig, am liebsten würde ich es diesen Tieren nachmachen und mit ihnen gemeinsam in den See springen." - „Vielleicht erhalten wir ja noch diese Gelegenheit, auch ohne die Hirsche bei ihrem Ritual stören zu müssen," erwiderte Tom. Und als ob die Tiere unser Gespräch auf irgendeine Weise belauscht hätten, schwammen sie langsam wieder vom See ans Ufer, schüttelten sich das Wasser vom Leib, leckten sich gegenseitig trocken, um nach und nach wieder im Wald zu ver-

schwinden. Einzig eine weiße Hirschkuh blieb am See zurück. Sie lief geradewegs auf den Druidenstein zu, wo der mächtige Hirschbock die ganze Zeit über ausgeharrt hatte. Sie beschnupperten sich einige Augenblicke lang und dann besprang der Hirsch die weiße Hirschkuh und sie paarten sich unter lautem Gebrüll. Wir sahen diesem Schauspiel völlig erstarrt zu. Denn die Vereinigung dieser beiden wundervollen Tiere auf diesem exponierten Platz über dem verzauberten Bergsee und umflutet vom blauweißen magischen Licht des herbstlichen Vollmondes, war wie ein Bild der Vereinigung schlechthin.
So wie der dunkelbraune mächtige Hirsch für einen Augenblick lang eins wurde, mit dieser zarten grazilen weißen Hirschkuh, so schienen sich im gleichen Moment Himmel und Erde zu vereinigen und miteinander zu verschmelzen und Sonne und Mond, hell und dunkel, schwarz und weiß, Nord und Süd, alle Menschen und alle Tiere, ja alle Lebewesen auf diesem Planeten und alle, die es im fernen Universum womöglich noch gab. Alles vereinigte sich mit allem und alles war gut, ganz egal wie es noch einen Augenblick zuvor gewesen sein mochte. Mit dieser Vereinigung wurde alles Störende und Unschöne, alles Berunruhigende und Problematische verschlungen und ging auf in einem Einssein von Liebe und Lust, von Sein und Wirklichkeit, von gestern, heute und morgen.
Nachdem sie den Akt der Vereinigung beendet hatten, sprangen beide Tiere ins Wasser, durchschwammen gemeinsam die vollständige Länge des Sees, so wie einst Tom und ich diesen See durchquert hatten, voller Genuß, voller Lebensfreude und Ekstase, um auf der anderen Seite aus dem Wasser zu steigen und in der Dunkelheit des Waldes unterzutauchen.

„Träum ich, oder habe ich das eben wirklich gesehen?" fragte Sarah, noch vollkommen von dem soeben Geschehenen gebannt. „Du hast nicht geträumt, Sarah, es sei denn, daß dies ein kollektiver Traum gewesen ist, an dem wir alle Anteil genommen haben," antwortete Mike. „Wir könnten ja testen, ob das alles um uns herum nur ein großer Traum ist, indem wir, nun in dem wir selbst in dieses Wasser eintauchen und schauen, was mit uns geschieht," schlug Tom vor. „Oh ja, laß uns in den See schwimmen gehen. Jetzt, da die Hirsche von allein wieder gegangen sind, können wir ja auch niemanden mehr stören, oder?"
Also gingen wir zu dem vor uns im vollen Mondlicht schimmernden Druidenstein, legten dort unsere Sachen ab und sprangen gemeinsam in den See.

Zunächst wurden wir wie von einem unsichtbaren Sog in die Tiefe gezogen, bis auf den Grund des Sees. Als ich meine Augen öffnete, sah ich Abertausende von kleinen Fischen, deren lilablau phosphorisierende Schuppen das auf den Grund des Sees scheinende Mondlicht in die verschiedenen Regenbogenfarben brach. Zusammen mit den Lichteffekten der um uns herwirbelnden Sauerstoffbläschen ergab sich das Bild eines nichtendendwollenden Feuerwerks. Wie im Tiefenrausch tanzten wir in diesem Spiel der Farben, Tom schlug einen Purzelbaum, um die um ihn herumtobenden Sauerstoffbläschen in noch intensivere Bewegung zu bringen und dementsprechend das Feuerwerk noch zu verstärken und wir versuchten es ihm nachzumachen. Der dabei aus unseren Mundwinkeln entweichende Sauerstoff verband sich mit dem Rausch des Farbenspiels der übrigen Partikel im Wasser und wie in einem großen Tanz bewegte sich alles um uns her, ein wenig wie in einem bunten Kaleidoskop. Dann sah ich wie Tom, Sarah und Mike neben

mir immer undeutlicher wurden, wie durch eine Weichmacherblende erschienen ihre Konturen immer unschärfer und geisterhafter und im gleichen Maße, wie die Konturen der drei an Schärfe verloren, wurden die Umrisse anderer Wesen um mich herum deutlicher. So konnte ich Jeff und Celine neben mir schwimmen sehen. Sie waren mit einer Art durchsichtigem weißen Schleier umhüllt, nahmen aber an Schärfe von Sekunde zu Sekunde zu und nach und nach konnte ich zwischen ihnen noch andere, mir fremde Wesen erkennen. Je mehr ich mich auf sie konzentrierte, um so deutlicher vermochte ich ihre Erscheinungsformen zu sehen. Da waren Männer, Frauen und Kinder, die nackt mit ihren wohlgeformten Körpern in der Tiefe des Wassers umherschwammen und ich sah einige Wesen, die mehr dem Reich der Fabel anzugehören schienen und nur wenig menschliche Züge und menschliche Ausstrahlung an sich hatten; ein weißes Einhorn zum Beispiel oder eine Katze mit Frauenkörper, einen kleinen Jungen mit Engelsflügeln und Pfeil und Bogen oder eine Frau mit einem Fischschwanz.
Ein Wesen übte eine ganz besondere Anziehung auf mich aus. Es war eine weiße Frau mit goldenem Haar, die in ein wunderschönes aus Dutzenden von übereinanderliegenden Schleiern gebildetes und dennoch durchsichtig schimmerndes weißes Kleid gehüllt war. Sie schaute mich an und ihr Blick enthielt eine Aufforderung ihr zu folgen.
Während ich mich in dem mich umgebenden Medium des Wassers nur recht mühsam fortbewegen konnte, war sie in der Lage durch das Wasser gleichsam zu schweben. Wie in Zeitlupe glitt sie im Wasser entlang ohne sich in geringster Weise anzustrengen, und während ich ihr völlig fasziniert folgte, wehten die Schleier ihres Gewandes im bunten Spiel der reflektierenden Farben vor mir her. Tiefer und tiefer folgte ich ihr, bis

wir in eine Höhle gelangten, eine Höhle, die nur vom Wasser des Bergsees aus zugänglich schien. Wir tauchten aus dem Wasser auf und ich folgte ihr stumm und raschen Schrittes weiter durch ein tiefes Labyrinth von Gängen, die in sanftes goldenes Licht gehüllt waren, sie immer ein wenig vor mir, ich hinter ihr her, ihr wehendes goldenes Haar und die Sanftheit ihrer Bewegungen bewundernd und immer wieder gebannt von den wehenden, sie umhüllenden weißen Schleiern, die wie tibetanische Gebetsfahnen im Wind, jeden Energiehauch aufzufangen und zu binden schienen, immer weiter und immer tiefer folgte ich ihr nach und am Ende des langen Tunnels weitete sich der Raum in einen kreisrunden kuppelartigen Saal.

Als ich die Mitte des Saales betrat, war die weiße Frau plötzlich verschwunden, aber um mich herum standen Tausende von Menschen, die ihre Aufmerksamkeit alle auf mich gerichtet hatten und mich mit erwartungsvollen Blicken ansahen. Es waren alte darunter und ganz junge, große und kleine Menschen mit verschiedenen Hautfarben und unterschiedlichem Aussehen. Ich stand zunächst starr vor Entsetzen in dieser unüberschaubaren Menge, dann plötzlich löste sich mein Schreck, als ich diesen Menschen nach und nach ins Gesicht und in ihre Augen schaute, denn ich erkannte, daß sie alle ich waren. Alle waren ich selbst, wie ich einst war und wie ich womöglich noch sein würde. Ich stand allen meinen Manifestationen als menschliches Wesen gegenüber, allen Rollen, die ich je gespielt und die ich noch zu spielen hatte. All dies verkörperten die Menschen um mich herum.
Und je genauer ich mir jeden einzelnen von ihnen betrachtete, um so vertrauter wurde ich mit ihm, um so mehr konnte ich meine Rolle akzeptieren, konnte ich anerkennen, daß ich auch das bin, auch so zu leben in

der Lage war wie dieses Spiegelbild von mir und auch jene Eigenschaften verkörperte, die ich das eine ums andere Mal abzulehnen bereit war und zurückzuweisen vermochte, wenn sich andere so oder ähnlich mir gegenüber verhielten. Alles das war auch ich. Lieben, Hassen, Zärtlich- und Grausamsein, Mann und Frau, gut und böse, hell und dunkel, liebenswert und abschreckend, alles war ich und alles war ich in tausend Facetten, Nuancen, Kombinationen und sich wandelnden Schwerpunkten. Und ich erkannte mit einem Schlag, was die eigentliche Aufgabe des Lebens war: „Sich zu erkennen, wie man wirklich ist." Daß man alles ist, was existiert und mit allem verbunden ist und man das eine Mal lediglich einen besonderen Schwerpunkt des Seins zu leben gewählt hatte, um das andere Mal vielleicht genau das Gegenteil auszuleben, oder eine Nuance intensiver oder distanzierter, hilfsbereiter oder egoistischer, gemeinschaftsorientierter oder zurückgezogener das Spiel des Lebens zu spielen, solange bis man schließlich erkannt hat, daß alles gleich gut ist, daß alles zur Natur gehört, daß alles eine göttliche Einheit beinhaltet, welcher Lebensrolle auch immer man sich gerade verschrieben hatte.

Und im Moment dieser Erkenntnis traten alle dort befindlichen Erscheinungen dicht an mich heran, um Wesen für Wesen sich mit mir zu vereinigen. Und mit jeder Wesenheit, die tief in mich eindrang und sich mit mir verband, um sich dann in mir aufzulösen, spürte ich noch einmal für einen kurzen Augenblick, wie es war, so gewesen zu sein, wie jenes Wesen, das mir gerade gegenüberstand, wie es war, ein Kind zu sein oder eine Frau oder ein ängstlicher Mann oder ein starker furchtloser Kämpfer, oder ein großzügiger im Gegensatz zu einem geizigen, ein guter im Gegensatz zu einem bö-

sen und ein glücklicher im Gegensatz zu einem todunglücklichen Menschen.
Am Ende stand ich allein in diesem großen Saal und doch war ich nicht einsam, denn alles war in mir und ich war in allem, für diesen einen unsagbar schönen Moment.

Dann begann sich der Raum um mich herum aufzulösen, ganz langsam, mehr und mehr sah ich nur noch die schemenhaften Konturen meiner Umgebung, sah plötzlich ein grelles weißes Licht und für einen kurzen Moment noch einmal die weiße in wehende Schleier gehüllte Frau, die mir den Weg zeigte nach oben, zurück zu meinen Freunden und ins Leben...

Als ich erwachte, dämmerte es bereits am Horizont. Neben mir lagen Tom, Sarah und Mike. Sie schliefen wie kleine unschuldige Kinder, mit einem leichten Lächeln auf ihren Lippen und einem zufriedenen Gesichtsausdruck, einem Ausdruck, der mir sagte, daß sie sich geborgen und sicher fühlten, wie zu Hause und daß es ihnen an nichts fehlte in diesem wundervollen Augenblick.
Als ich mich umsah, entdeckte ich, daß wir alle auf dem großen Druidenstein genächtigt hatten, umspült von den klaren Wassern des Sees und geschützt von den angrenzenden Berghängen des Waldes. Alle vier lagen wir nackt auf diesem Stein. Offensichtlich waren wir direkt nach unserem nächtlichen Bad hier heraufgeklettert und sofort eingeschlafen.
Ich blickte auf den See und dachte an all das, was wir seit gestern hier erlebt hatten, an das Schauspiel mit der Hirschherde, den sich paarenden Hirschen auf diesem Stein hier und meinen Traum mit der weißen Zauberfee.

War es wirklich nur ein Traum? Das Schwimmen und Tauchen im See und die durch den Mond im Wasser ausgelöste Farbenpracht waren doch ganz real, oder nicht? Und die Hirsche und deren Ritual hier bei Vollmond waren es doch auch? Ich war mir nicht mehr sicher. Aber von Jeff und Celine wußte ich, daß es ja schließlich gar nicht so sehr darauf ankam, immer sicher zu sein mit unserer Beurteilung was Realität auf der Erde für uns konkret bedeutete. Was wir aus einer Perspektive als vollkommen real zu betrachten bereit waren konnte von einer anderen Position aus bereits vollkommen anders erscheinen, undeutlich, diffus und ganz und gar nicht mehr eindeutig und klar. Unterschiedliche Betrachtungsebenen führten zu unterschiedlichen Wahrnehmungen, das wußte ich jetzt. Und vielleicht waren wir hier an einem Ort, an dem sich verschiedene Realitätsebenen überschnitten, ineinander verwoben waren und miteinander in Kontakt traten. Oder es war einfach ein Ort, an dem es leichter war, die unterschiedlichen Ebenen des Seins gleichzeitig zu erkennen und sich nutzbar zu machen. Ein heiliger Ort eben.

Ich war mit meinem Nachdenken noch nicht zu Ende, da erwachten die anderen aus ihrem Schlaf. Und ihre Verwunderung über das in dieser Nacht erlebte war ebenso groß wie die meine. „Hallo Marc," begrüßte mich Tom mit herzlicher und langandauernder Umarmung. „Du lebst ja noch. Ich hatte irgendwie den Eindruck, daß wir alle ertrunken wären und im Augenblick des Ertrinkens ganz außergewöhnliche Erlebnisse hatten, Grenzerfahrungen, wie man sie vielleicht als Nahtoderlebnisse umschreiben könnte, die aber auf jeden Fall mit einer ganz anderen Seinsebene zusammenhängen und die man nicht so einfach macht, wenn man mal nachts in einem Bergsee kurz schwimmen geht." Und dann beschrieb Tom klar und präzise, was ihm in dieser Nacht widerfahren war. Daß er seinen geistigen Begleitern begegnet sei, eine weiße Fee ihn in die Tiefen des Sees und weiter in die dunklen Gänge einer Art Unterweltsreich geleitet hätte, um schließlich nichts anderem zu begegnen als bloß sich selbst, in tausend unterschiedlichen Facetten, Rollen und Personen, aber eben immer sich selbst.

Bis auf ganz wenige, unbedeutende Details schilderte er genau das, was auch mir widerfahren war, was auch ich erlebt hatte, nur daß meine geistigen Begleiter Celine und Jeff waren, während seine Begleiter die Namen Angeline und Raoul trugen und die ihn führende weiße Fee starke Ähnlichkeit mit seiner verstorbenen Tante, einer außergewöhnlich schönen Frau, hatte.

„Schließlich weiß ich nicht im entferntesten, wie ich dann aus den Tiefen der Unterwelt wieder zu euch zurück auf diesen Felsen hier gelangt bin. Es ist wie ein Filmriß. Na auf jeden Fall geht es euch allen gut und das ist die Hauptsache."

Mike und Sarah berichteten nach Tom von ihren Erlebnissen und sie deckten sich mit seiner Geschichte und meinen Erfahrungen von heute nacht. „Wenn wir alle dasselbe erlebt haben," faßte Sarah schließlich das Ganze zusammen, „dann war das alles vielleicht gar kein Traum, sondern eine Art Einweihung, ein Hinüberschreiten in die anderen Ebenen des Seins." - „Ja," ergänzte Mike. „Das habe ich mir auch überlegt, und das Tor könnte uns durch die besonderen Kräfte dieses Ortes geöffnet worden sein, verbunden mit den gesteigerten Energien des Vollmondes. Die Tiere im Wald scheinen ein Gespür für das Zusammenwirken dieser besonderen Kräfte und Energien zu haben, deshalb versammeln sie sich hier bei Vollmond und vollziehen durch den Geschlechtsakt des mächtigen Hirsches mit einer wunderschönen weißen Hirschkuh symbolisch die Vereinigung der verschiedenen Seinsebenen miteinander, die hier in besonderer Weise aufeinandertreffen." - „Eine Vereinigung von Himmel und Erde, von Sonne und Mond, von Liebe und Hoffnung," schwärmte Sarah verträumt. „Es gibt doch so ein Gedicht, ich weiß nicht mehr von wem es ist, aber es hat mit dem Mondlicht zu tun und beginnt etwa so: „Es war, als ob der Himmel, die Erde still geküßt, daß sie im Blütenschimmer, von ihm nun träumen müßt..." - „Ja genau," antwortete ich. „Es ist von Eichendorff und heißt: „Mondnacht". Ich weiß aber auch nicht mehr, wie es weitergeht. Ich weiß nur noch, daß es auf wunderbare Weise die Vereinigung des irdischen mit den himmlichen Energien, in diesem Falle repräsentiert durch den Mond und sein besonderes blauweißes Licht, beschreibt, eine Vereinigung von zuvor Getrenntem, das keine Chance zu haben scheint jemals wieder zusammen zu finden, so wie die Königskinder, denen es niemals vergönnt war, wieder zusammen zu kommen." - „Vielleicht waren wir Zeugen einer besonderen Vereinigung nicht nur zweier großartiger Tiere, sondern zweier getrennter kosmischer Energien, die symbolisiert durch Himmel und Erde, sich hier einmal im Monat bei Vollmond vermählen und deren Verbindung erreicht, daß sich Kosmos und Erde weiterdrehen, weiterexistieren im Gleichklang der Kräfte, bis zum nächsten Vollmond, wo sich die beiden Energien erneut treffen, um sich gegenseitig zu durchdringen und zu befruchten, um so die Welt im Gleichgewicht zu halten und die sie umgebenden Planeten auch." - „Das klingt ganz wunderbar, Mike, was du da sagst. Aber was auch immer das heute nacht auch war, es war das Wundervollste, was ich bislang in meinem Leben erleben durfte. Und es war das, was ich in meinem Inneren all die Jahre vergeblich gesucht habe, immer und immer

wieder, in jeder Beziehung zu einem Mann, in jeder Vereinigung mit ihm, habe ich eigentlich immer nur dieses Eine gesucht und nie zu finden vermocht. Eigentlich wollte ich wohl immer diese Vereinigung der Seelen mit..., ja mit was eigentlich? fragte sich Sarah. „Mit dem All-ein-sein vielleicht?“ fragte ich sie. „All-ein-sein? Ja, in gewisser Weise war das heute ein Verbundensein mit dem All und mit allem, was darin existiert und mit uns selbst. Wir waren in besonderer Weise mit diesem Ort hier verbunden, mit den Tieren hier, mit dem Wasser, dem Mondlicht und dieser herrlichen Luft. Und wir waren ganz intensiv mit uns selbst verbunden, denn jeder von uns ist ja sich selbst in all seinen unterschiedlichen Facetten begegnet. Dann waren wir mit irgendeiner anderen Dimension verbunden, denn schließlich begegneten wir weißen Feen und geistigen Begleitern, wanderten auf anderen Ebenen, wie dem Wasser des Sees hier oder der Unterwelt. Und bei allem waren wir untereinander verbunden, denn obwohl jeder von uns seinen Weg ganz allein ging, erlebten wir doch alle das Gleiche und das zur selben Zeit. Ja, wenn das nicht All-ein-sein ist, was sollte es dann sonst wohl sein?“ - „Was es auch immer war,“ beschloß Tom dieses Gespräch, „es war etwas ganz Besonderes, was wir heute nacht erleben durften, und wir sollten es in guter Erinnerung bewahren, wo auch immer unser Weg uns hinführen mag.“
Dann sprang er mit einem Satz ins Wasser, tollte ein wenig in dem von den Strahlen der Morgensonne hellgelb gefärbten Wasser des Sees umher, zog mich schließlich zu sich ins Wasser hinein und als hätte sich nichts Außergewöhnliches ereignet, genossen wir die Frische und Kraft dieses Morgens wie kleine Kinder, die nach einem langen Winter und kühlem Frühling das erste Mal wieder im nahen Badesee die Wärme der

Sonne und die Erfrischung von natürlichem Wasser zu genießen vermochten.

Dann frühstückten wir die Reste unseres gestrigen Festmals, packten schließlich die Sachen zusammen und traten den Rückmarsch zu unserem Wagen ins Tal an.
Nach etwa zwei Stunden zügigen Weges ohne vieler Gespräche, erreichten wir den Parkplatz und fuhren in die Stadt zurück. Beim Ankommen zu Hause verspürten wir, daß wir uns gar nicht so recht voneinander trennen mochten. Das gemeinsame Erlebnis der letzten beiden Tage hatte uns auf irgendeine besondere Weise aneinander gebunden, eine Bindung der Liebe und Geborgenheit untereinander, die wir der Stadt mit ihren besonderen Lebensanforderungen und Gegebenheiten nicht sofort wieder zu opfern bereit waren. So aßen wir noch gemeinsam zu Abend, feierten das vergangene Wochenende, das uns so viele neue Erfahrungen gebracht hatte und übernachteten schließlich zu viert in Sarahs Bett, das als wahre Spielwiese ihr halbes Schlafzimmer umfaßte und hinreichend Platz für uns alle bot.
Natürlich war uns klar, daß wir diese Art der Symbiose nicht ewig aufrechterhalten konnten. Aber für heute war es uns allen recht und auch die darauffolgende Zeit verging kaum ein Tag, an dem wir uns nicht trafen, sei es im Rainbow-Center zum Meditieren oder bei uns, um bei Spaghetti und Rotwein das gemeinsam Erlebte durch Erzählen erneut ins Bewußtsein zu rufen und weitere Gedanken und Ideen darüber auszutauschen und zu vertiefen.

Als schließlich der Winter hereinbrach beschlossen wir nach langer Zeit des Zögerns und Wartens endlich meine Familie zu besuchen.

Durch Telefonate und einige Besuche von Tante Anne bei uns in der Stadt, war zu Hause bereits hinreichend bekannt, daß ich mit einem Mann zusammenlebte, einem Mann, der ausgesprochen attraktiv und anziehend war und den Tante Anne sofort ins Herz geschlossen hatte, vielleicht, ja vielleicht weil er sie irgendwie an ihren verstorbenen Sohn Jeff zu erinnern vermochte und in der Tat, Tom erinnerte mich oft an Jeff, die Art, wie er sich gab, wenn er etwas besonders wichtig machen wollte, oder sein Blick, wenn er müde und erschöpft war oder sein befreiendes Lachen, wenn er sich über irgendetwas ganz intensiv zu freuen vermochte. All dies hatte Jeff auf die gleiche liebevolle, etwas schüchterne und dennoch ausdrucksstarke Weise getan. Beide waren sich darin ausgesprochen ähnlich. Vielleicht war es das, was ihr Tom sofort sympathisch machte, vielleicht liebte sie auch einfach seine offene und herzliche Art, so wie ich auch.
Jedenfalls ebnete Tante Anne uns den Weg und öffnete uns die Türen, indem sie unseren ersten gemeinsamen Besuch zum Anlaß nahm, um ein kleines Fest zu veranstalten und so sollten Mom und Dad mit Tom das erste Mal in Tante Annes Haus zusammentreffen, dort wo wir uns auch das letzte Mal anläßlich Jeffs Trauerfeier gesehen hatten.
Tante Anne war glücklich, die Gastgeberrolle übernehmen zu dürfen und bombardierte uns schon Tage vorher telefonisch mit Vorschlägen und Ideen zur Feier und was wir am Wochenende so alles unternehmen sollten und auch ihr Mann schien sich auf unser Kommen zu freuen.
Und zu unserer vorsorglichen Verstärkung hatten wir Sarah und Mike mitgenommen. Wir hingen seit unserer Bergtour ohnehin ständig wie ein vierblättriges Kleeblatt zusammen und Sarah war meiner Familie seit Jeffs Beerdigung bereits bekannt. Das schien die Vor-

aussetzungen für eine Begegnung mit meinen Eltern zusätzlich ein wenig zu entspannen.

Mit der beginnenden Abenddämmerung trafen wir in Tante Annes Haus ein. Wir waren recht gut gelaunt, denn wir hatten im Auto die neuesten Witze aus unseren jeweiligen Büros ausgetauscht und so begrüßten wir Tante Anne und die anderen der Familie in noch immer aufgeheiterter und lachender Stimmung.
Dann stellte ich Tom meinen Eltern vor. „Mom, Dad, das ist mein Freund Tom. Wir leben zusammen und ..." Ich konnte nicht weitersprechen. Irgendetwas war wie ein großer Kloß in meinen Hals gerutscht, aber zu meinem Erstaunen entwickelte sich die ganze Sache auch ohne mein weiteres Zutun wie von selbst und keineswegs zu meinem Nachteil. „Guten Abend," begrüßte Tom meine Mutter mit einem Lächeln, daß selbst einen Stein zum Schmelzen hätte bringen können und ganz spontan gab er ihr einen Kuß auf die Wange.
Mom war so perplex, daß sie für einen Moment ihre Haltung verlor. Nur für Sekunden verlor sie die ihr eigene strenge Fassung, die sie über Jahrzehnte hinweg in ihre eisige, distanzierte und zu keiner Gefühlsregung fähigen Rolle mehr und mehr hineingedrängt hatte, nur für einen ganz kurzen Augenblick. Und dieser Moment genügte. Er reichte aus, daß Toms Lachen durch ihren Panzer von Eis und Kälte in ihr Herz dringen konnte, wie ein Blitz, ein Funke von Wärme und einer Ahnung von Liebe und Geborgenheit. Und dieser Funke war geeignet, ihr ein Lächeln zu entlocken. Noch nie hatte ich meine Mutter lächeln gesehen. Jedenfalls war es so lange her, daß ich mich nicht mehr daran erinnern konnte. Und wie in Zeitlupe, völlig unwirklich und wie von einem anderen Stern aus beobachtete ich, wie Tom und Mutter sich einander in die Augen schauten,

sich einfach gegenüber standen, sich anlächelten und für einen Augenblick miteinander verbunden waren.

Damit war das Eis gebrochen. Mom fand selbstverständlich alsbald wieder zu ihrer üblichen Contenance mit ihrer Distanz, Gefühlskälte und Besserwisserei zurück. Aber das alles war nicht mehr dasselbe wie zuvor. Es war nur noch altgewohnte eingespielte Rolle. Denn der Panzer hatte einen Riß bekommen. Ich wußte es und sie wußte es auch. Ich erkannte es an ihren Blicken und an ihrem entspannteren Gesicht. Toms Lächeln hatte wieder Leben in ihre fast versteinerte Fassade zu bringen vermocht. Und diese Lebendigkeit konnte sie nicht mehr vollständig unterdrücken, so sehr sie sich an diesem Abend auch darum bemühte.
Wir aßen fantastisch, Sarah und Mike erzählten viel über unsere gemeinsamen Aktivitäten und am Ende des Abends hatte es sich in den Köpfen meiner Familie festgesetzt. Ich lebte mit Tom zusammen und Tom war nett und liebenswert, so daß man sich mit der ganzen Sache schon irgendwie arrangieren könnte. Ich jedenfalls hatte meine Berührungsangst verloren und ein Großteil meiner Familie wohl auch.

Auch das weitere Wochenende bei Tante Anne wurde ein voller Erfolg. Sarah und Mike gewöhnten sich schnell an die ländliche Atmosphäre, die Weite der Natur hier draußen, aber auch an die Enge der Menschen, die hier lebten. Keine glanzvollen Bistro-Café`s und Bars, wie in der Stadt, sondern Bierpinten und biedere Landfrauencafés und einmal im Monat einen Diskoabend im Kellerlokal des einzigen Hotels in der Stadt. Das war alles, was diese Gegend an Unterhaltung zu bieten hatte. Wir hatten Glück, gerade zu jenem Wochenende hier zu sein und natürlich wollte Sarah unbedingt hin und dieser Abend genügte, etwa

der Hälfte der heiratsfähigen Männer hier am Ort den Kopf zu verdrehen und einigen der bereits Verheirateten wohl auch.
Als wir uns nach mehreren großartigen Essen und Einladungskaffees, einer ausgiebigen Familienwanderung am Meer und jenem ereignisreichen Discoabend schließlich von Tante Anne herzlichst verabschiedeten, sagte Sarah zu ihr: „Ich danke Ihnen für dieses wundervolle Wochenende und für die damit verbundenen Erfahrungen. Wissen Sie, noch bis gestern Abend hätte ich mir niemals vorstellen können, außerhalb einer Stadt mit mindestens einer Million Einwohnern auch nur eine Woche lang leben zu können. Für mich war das Flair und die Lebendigkeit, die eine Großstadt auf ihre Bewohner auszustrahlen in der Lage ist, immer ein notwendiges Lebenselixier, ohne das ich glaubte, nicht existieren zu können. Aber die Tage hier haben mich eines Besseren belehrt. Die Kraft dieses weiten Landes, die Ausstrahlung, Geradlinigkeit und Einfachheit der Menschen hier haben etwas Besonderes. Ich glaube jetzt zum ersten Mal auch auf dem Land leben zu können, auf eine einfache Weise und einer ganz direkten Art." - „Das ist ja wundervoll, daß Sie das sagen," anwortete daraufhin Tante Anne. „Kommt, setzt euch noch einen Augenblick. Ich möchte euch noch etwas sagen oder besser gesagt, ich wollte euch ein Angebot machen!"
Statt uns zu verabschieden und zu unserer Rückfahrt aufzubrechen, setzten wir uns noch einmal und hörten erstaunt zu, was Tante Anne uns zu sagen hatte: „Wißt ihr, seit Jeff tot ist, habe ich mich nicht mehr so wohl und lebendig gefühlt, wie mit euch an diesem Wochenende. Ich glaube, ihr könntet nicht nur in diese Familie, sondern auch in die ganze Stadt neuen Schwung bringen, mit eurer offenen Art und euren ausgefallenen Ideen, von denen ihr mir erzählt habt. Natürlich werden

nicht alle Leute hier von Spiegelarbeit, Gruppenmeditationen und alternativer Lebensweise gleich begeistert sein. Die Leute hier sind doch im Grunde ihres Herzens noch sehr konservativ, an das Alte gebunden und ängstlich, vor allem Neuen und Unbekannten. Aber der Metatox-Skandal hat die Stadt hier sehr aufgewühlt und aus ihrem Dornröschenschlaf gerissen.
Viele haben erkannt, daß sie die Augen vor der modernen Realität nicht verschließen können und daß ihr blinder Glaube an Autoritäten und Obrigkeiten das ganze Ausmaß des Skandals letztlich erst möglich gemacht hat. Sie sind jetzt offener für Neues, zumindest für neue Ideen und Ansätze, die ihnen jetzt weiterhelfen können, einen neuen Glauben aufzubauen und womöglich einen Ersatz für ihr erschüttertes altes Weltbild zu schaffen.
Kurzum, ich wollte euch anbieten, ob ihr nicht hierher ziehen wollt. Ich meine ihr alle vier. Natürlich ist uns auch jeder einzelne von euch herzlichst willkommen, obwohl ich mir gar nicht so recht vorstellen kann, daß Marc ohne dich Tom noch irgendwohin zu gehen bereit wäre. Und wenn ihr alle vier kommen würdet, wäre das eine große Bereicherung für alle hier und zumindest für den Anfang könntet Ihr euch gut untereinander stützen."

Ich war vollkommen platt. „Aber..., aber wie hast du dir das vorgestellt, Tante Anne?" fragte ich völlig perplex.
„Nun, ganz einfach. Jeffs Haus steht seit Valeries Verhaftung leer. Die Kinder leben, wie Ihr ja mitbekommen habt, hier bei mir und selbst wenn Valerie nach Abschluß ihrer Verhandlung auch nur eine geringfügige Bestrafung erhalten sollte; nach allem, was hier vorgefallen ist, wird sie nicht wieder in die Stadt zurückkehren. Das wird sie weder uns noch sich selbst antun wollen.

Das Haus wäre groß genug für euch alle. Und qualifizierte Jobs gibt es seit der Verhaftungswelle nach der Aufdeckung des Umweltskandals ja wieder in Hülle und Fülle in unserer Gegend. Ein Zustand, den keiner von uns jemals erwartet hätte. Marc, du könntest zum Beispiel bei der Daily News anfangen. Bei deinem derzeitigen Bekanntheitsgrad nehmen die dich mit Kußhand und für die anderen wird sich doch ebenfalls etwas finden lassen, wenn man das wirklich will." - „Das klingt gar nicht so schlecht," meinte Tom und aus dem Funkeln in Sarahs Augen konnte ich entnehmen, daß sie im Innersten ihres Herzens bereits zugesagt hatte, selbst wenn ihr das im derzeitigen Moment vielleicht noch gar nicht so richtig bewußt war. Wahrscheinlich hatte sie sich gestern Abend während der Disco in einen dieser Rancher verliebt oder sie liebäugelte mit Jeffs Brüdern, die beide noch ungebunden waren, jedenfalls fühlte ich mich mit meinen inneren Einwänden vollkommen in der Minderheit. Ach ja Mike, der war ja auch noch da. Aber der würde mitmachen, wenn wir alle zusagen würden, auch das wußte ich nur zu genau.

„Tante Anne," wagte ich trotzdem den Versuch, diesen spontanen und überaus großzügigen Vorschlag von ihr, aus einem etwas problematischeren Blickwinkel zu beleuchten. „Ich finde es ganz großartig, daß du mir dieses Angebot machst, in Jeffs traumhaftes Haus ziehen zu dürfen und bei euch leben zu können, aber... Ich ..., schau, denke an Mom, denke an alle eure alten Nachbarn. Was werden die sagen, wenn ich mit einem Mann zusammenlebe und das ganz offen, nicht heimlich und wenn ich auch noch offen dazu stehe und wenn wir dann noch vielleicht Meditationsabende anbieten sollten. Das ist doch irgendwie vollkommen verrückt, ich meine hier auf dem Land. In der Stadt kann man so etwas vielleicht machen, aber doch nicht hier bei euch." Ich wunderte mich selbst über das Ausgesprochene, denn es hätte wortwörtlich aus dem Munde meiner Mutter stammen können, aber auf irgendeine Weise hatte es Wahrheit für diesen Ort hier, ein Stück Erfahrungsschatz, den ich wohl so verinnerlicht hatte, daß ich ihn nun selbst für unumstößlich hielt. Oder hatte ich einfach nur Angst vor dem Ungewissen? Tante Anne lächelte mich liebevoll an. „Mom und die lieben Nachbarn," sagte sie. „Nun ja, ich habe nicht gesagt, daß es ein Kinderspiel werden würde. Aber ich versichere euch meine volle Unterstützung und die unserer ganzen Familie. Ich habe mit Mom und den Tanten gesprochen. Sie würden hinter euch stehen. Es war nicht ganz einfach, sie zu überzeugen, aber wichtig ist allein, daß sie dich nun ganz akzeptieren, so wie du bist, Marc, und Tom hat hier sowieso alle Herzen auf Anhieb erobert, das hast du doch sicherlich auch gesehen, oder?" - „Ja," und ich mußte dabei herzhaft lachen, weil ich das Bild von Moms erster Begegnung mit Tom wieder vor Augen hatte und sie ihm trotz aller Bemühungen und Anstrengungen doch nicht widerstehen konnte. „Und ihr werdet nicht allein sein. Wenn erst einmal bekannt ist, daß Marc und Tom ein Liebespaar sind, dann werden sich andere auch wagen, offener zu ihren Beziehungen zu stehen oder was denkst du denn wohl, was Nick und Hank seit Jahren zusammen machen oder weshalb Jo Walker noch immer unverheiratet ist. Eigentlich weiß es doch die ganze Stadt. Man spricht nur eben nicht darüber." - „Du hast ja recht, Tante Anne es ist ganz allein mein eigenes Ding, ich weiß ja." - „Ihr müßt euch ja auch nicht gleich entscheiden. Jeffs Haus wird wohl noch eine ganze Weile verwaist bleiben, so daß ihr es euch in aller Ruhe überlegen könnt. Schließlich sollte es ja auch wohl überlegt sein, wo man seinen Lebensmittelpunkt wählt. Ich wollte euch nur sagen, daß ihr hier immer willkommen seid und daß ihr ein Zuhause habt, hier bei uns." Alle waren zutiefst gerührt. „Danke, Tante Anne, wir werden es uns in aller Ruhe überlegen und ich verspreche dir, egal wie ich mich entscheide, ich werde mir die Entscheidung nicht leicht machen." Sarah verabschiedete sich mit Tränen in den Augen und flüsterte Tante Anne ins Ohr: „Ich bin bald wieder da." Dann sagten Mike und Tom good bye und wenig später waren wir auf der Landstraße zurück in unsere Stadt.

„Mit allem hätte ich gerechnet, aber nicht mit dem Angebot, wieder nach Hause zurückkehren zu können, und gleich noch zu viert." Damit eröffnete ich die Diskussion über Tante Annes Vorschlag, die über die ganze Rückfahrt hinweg andauern sollte.
Bei unserer Ankunft zu Hause waren wir uns einig. Wir wollten es wagen, alle vier von uns. Dafür sprach vor allem, daß es eine unbeschreibliche Chance zu einem Neuanfang zu bieten in der Lage war. Berufsmäßig konnte ich endlich aus meiner Verliererrolle ausbrechen, obwohl sich in der letzten Zeit die Dinge bereits sehr zum Positiven gewandelt hatten. Als Fotoreporter einer Tageszeitung hatte ich allerdings ganz andere Möglichkeiten, zumal, wenn ohnehin nur eine örtliche Tageszeitung existierte, das Blatt also sozusagen eine Monopolstellung innehielt. Und mit dessen Verleger hatte ich mich schon immer gut verstanden. Weshalb sollte sich das künftig ändern? Dann war da das Haus von Jeff, eigentlich war es mehr eine Villa, als ein einfaches Haus. In der Großstadt wäre ein solches Objekt unbezahlbar. Keiner von uns hätte es auch nur zu träumen gewagt, jemals in einem solchen Haus wohnen zu können. Und der Platz dort reichte tatsächlich für alle, selbst wenn Sarah und Mike später mit festen Partnern dort zusammen leben wollten. Schließlich konnten wir regelmäßigen Kontakt zu den Rainbow-

Leuten halten und diese zu Seminaren und Vorträgen nach Hause einladen. Mit der Zeit könnte so in Jeffs Haus ein kleines Seminarzentrum entstehen, ein Ableger des großen Zentrums in der Stadt mit aktuellem Austausch und gegenseitiger Unterstützung. Mike wollte sich um diese Zusammenarbeit kümmern, da er den engsten Kontakt zum Rainbow-Center unterhielt. Auf jeden Fall wollten wir von Anbeginn wöchentlich öffentliche Spiegelmeditationen anbieten und bei genügender Nachfrage auch Wochenendseminare. So könnten wir das Haus nach und nach der Allgemeinheit öffnen und unsere alternative Lebensweise den Landbewohnern transparent machen. Es war eine einfache Chance zum gegenseitigen Kennenlernen und damit verbunden zum Abbau von gegenseitigen Vorurteilen. Natürlich würden zunächst nur die Jungen kommen, aber später zögen die anderen sicherlich nach.
Schließlich war keiner von uns derart in der Großstadt verwurzelt, daß er hier etwas Außergewöhnliches aufzugeben hatte, wenn er Tante Annes Angebot annehmen und auf´s Land ziehen würde. Sarah und Mike liebten weder ihren Job, noch lebten sie in einer festen Beziehung. Tom mochte seine Arbeit hier zwar durchaus gerne, aber er hing nicht gerade daran. Er war ohnehin eher ein Landbursche, nicht umsonst initiierte ja gerade er immer wieder unsere gemeinsamen Bergwanderungen. Ihn hielt nicht viel hier in der Stadt. Und unsere wenigen Freundschaften konnten wir von fern ebenso weiterpflegen wie vom Großstadtdschungel aus. Nancy zum Beispiel wäre die erste, die nicht nur ein Wochenendseminar bei uns besuchen würde, sondern auch sonst jede Gelegenheit nutzen würde, uns in unserem Landhaus besuchen zu können, um mit uns die Ruhe und Behaglichkeit dieses rauhen Landstrichs zu genießen. Sie würde sich sicherlich in die Klippen und das Meer verlieben und unsere treueste

Anhängerin werden. Und auch Piet und Paul würden kommen. Vielleicht würde sich der Kontakt zu David verlieren, aber das tat es ohnehin bereits jetzt. Ein Umzug wäre lediglich dazu geeignet, die realen Gegebenheiten bewußter zu machen, inwieweit man mit jemandem tatsächlich noch verbunden war und mit wem diese Verbundenheit schon lange nicht mehr existierte. Und schließlich blieben wir vier ja zusammen, die ohnehin auch hier in der Stadt das engste Verhältnis untereinander hatten. Natürlich blieb das Ganze auch ein Risiko. Denn was würde geschehen, wenn die Landbevölkerung wider Erwarten doch mauern und uns einen ausgleichenden Kontakt mit ihnen verweigern würde? Tom und ich könnten sicherlich allein mit den Freundschaften innerhalb meiner Familie zu leben lernen, aber unangenehm wäre das Ganze dann doch und für Mike und insbesondere für Sarah wäre das auf Dauer wohl nicht zum Aushalten. Und was wäre, wenn wir keine adäquaten Job`s finden oder uns untereinander auf Dauer nicht vertragen würden?
Aber wie auch immer, die Sache war uns dieses Risiko wert. Schließlich hatten wir nichts zu verlieren, wir konnten nur gewinnen und falls das Ganze am Ende doch zum Scheitern verurteilt wäre, stünde uns einer Rückkehr in die Stadt doch zu keiner Zeit etwas im Wege, erst recht nicht, da wir fest entschlossen waren, den Kontakt zu unseren alten Freunden hier keinesfalls abreißen zu lassen. Es war beschlossene Sache. Schon am nächsten Tag unterrichtete ich Tante Anne von unserem gemeinsamen Entschluß. Sie freute sich wie ein kleines Kind.
„Ich wußte, daß ihr Ja sagen würdet," sagte sie mir am Telefon. „Aber ich hatte wirklich nicht mit einer so schnellen Zusage gerechnet. Es ist ganz wundervoll."
Danach setzten wir unsere Arbeitgeber von unserem Entschluß in Kenntnis. Mike hatte von uns allen die

längste Kündigungsfrist, so daß er wohl erst nach Weihnachten seine Firma verlassen konnte. Schließlich kündigten wir unsere Wohnungen und bereiteten alles für den Umzug vor. Eigentlich mutete es irgendwie verrückt und wie ein großes Spiel an. Zu kündigen, ohne einen neuen Job in der Tasche zu haben, irgendwo in ein fremdes Haus unter fremde Menschen zu ziehen, mit dem Kopf voller Träume und der Ungewißheit, ob diese Träume tatsächlich auch in die Wirklichkeit umzusetzen wären, tatsächlich zu realisieren wären und in der Welt bestehen könnten. Aber schon immer hatte ich mir genau ein solches Leben gewünscht. Ein Leben voller Freiheit, mit allen Möglichkeiten und allen Chancen, diese Möglichkeiten zu nutzen und ein klein wenig aus der ach so fantastisch schönen Traumwelt ins tatsächliche Leben hineinholen zu können. Ich fühlte mich glücklich und ich fühlte mich frei.

Bereits zu Neujahr waren wir in unserem neuen Haus, in unserer „Neuen Welt", mit allen unseren neuen Möglichkeiten.

Zur Feier zum Jahreswechsel hatten wir meine ganze Familie eingeladen, die uns diesen Schritt des Neuanfangs schließlich erst ermöglicht hatte und alle unsere Freunde aus der Stadt waren gekommen, um sich mit unserer neuen Umgebung ein wenig vertraut zu machen und uns zu zeigen, daß sie uns nicht vergessen würden, nur weil wir jetzt einen neuen Lebensweg einzuschlagen gewählt hatten.

Es war ein rauschendes Fest, ein Fest voller Freude und voller Zuversicht in das beginnende Neue Jahr und die neue Zukunft, der wir entgegensahen.

Auch Mikes Rainbow-Freunde waren zahlreich erschienen. Und sie hatten ein ganz außergewöhnliches Geschenk für uns.

Mr. Clear, der Leiter der Rainbow-Gruppe überreichte es uns mit den Worten: „Da wir gehört haben, daß ihr hier ein Seminarzentrum, ähnlich unseres Rainbow-Centers in der Stadt zu gründen beabsichtigt, haben wir zusammengelegt und überreichen euch diesen prächtigen Spiegel, sozusagen als erste Grundausstattung für eure Spiegelmeditationen und Seminare.“ Und als er den Spiegel enthüllte, traute ich meinen Augen nicht. Es war jener Zauberspiegel aus dem Antiquitätenladen in der oberen Hill Street, mit dem die ganze Sache hier erst so richtig begonnen hatte. Ich war perplex.
Während Tom, Mike und Sarah sich überschwenglich bei Mr. Clear und seinen Begleitern bedankten, flüsterte ich leise zu Tom: „Jetzt kann uns nichts mehr passieren.“ - „Wieso,“ fragte er nach. „Nun, weil das dieser Zauberspiegel aus dem alten Trödelladen ist, von dem ich dir so viel erzählt habe und der mir meine ersten Einblicke in die Traumebenen ermöglicht hat. Mit dem können wir sogar den dickfälligsten Hinterweltler von der Wahrheit unserer Arbeit überzeugen. Dieser Spiegel fängt sie alle ein. Ich bin ganz sicher.“ Tom lachte. „Na, dann ist ja alles bestens. Und wenn er uns einmal zu viele Träume in den Kopf setzen sollte, dann hängen wir einfach ein schönes Tuch über ihn und er wird uns in Ruhe lassen.“ - „Ja, Tom, das ist eine gute Idee.“

Den Jahreswechsel begingen wir im Garten mit einem riesigen Feuerwerk, dessen Lichter sich in den Kristallfenstern des Hauses - und natürlich in den Facetten dieses wunderbaren Spiegels - brachen und die Freude, die mit dem Anblick dieser Farbenpracht verbunden war, gelangte so über die Strahlen des gebrochenen Lichts mit in unser neues Heim.

Nach unzähligen Gläsern Champagner und jeder Menge Tanz, liebevollen Gesprächen und vielerlei Spaß, schliefen Tom und ich irgendwann gemeinsam im Gartenhäuschen unseres neuen Anwesens ein. Der Mond schien in die großen Fenster des als Wintergarten konstruierten Häuschens von allen vier Seiten herein und ich fühlte mich in irgendeine ferne Traumlandschaft versetzt, so irreal erschien mir die ganze Szene.
Wir verbrachten eine wundervolle Neujahrsnacht zusammen, eine Nacht voll tiefer Liebe, Glück, Wohlbefinden und Geborgenheit.
Als ich am nächsten Morgen erwachte, stand Tom schon am Fenster und blickte gedankenverloren in die Weite der über Nacht mit dem ersten Neuschnee bedeckten Landschaft. Als er mein Erwachen bemerkte, drehte er sich zu mir um, umarmte mich herzlich und sah mich dann lange Zeit schweigend an.
„Glaubst du, wir werden ein wirklich neues Jahrtausend erleben können? fragte er dann nach einer ganzen Weile. „Ich meine, ein Jahrtausend mit neuen Menschen, die neue Werte haben und einen neuen Umgang miteinander und mit der sie umgebenden Natur?" - „Ja, Tom, das werden wir. Ich bin ganz sicher!" antwortete ich ihm und meine Antwort kam aus tiefer Gewissheit und aus tiefstem Herzen, und es war, als ob diese Anwort in mir nachhallte und dadurch auch mich selbst bis ins Letzte zu überzeugen vermochte.
„Schau! Wenn, wir noch mehr Menschen für unsere Arbeit gewinnen, und ich bin sicher, daß wir das können, gerade hier und gerade mit Sarah und Mike und mit diesem besonderen Spiegel, der uns gestern auf so wunderbare Weise wiedergefunden hat, dann wird unser Sein nicht länger geprägt werden, von der unendlichen Suche nach Liebe, Glück, Verständnis und Zuwendung im Äußeren. Nein, wir werden wieder beginnen, diese Dinge im Inneren, in uns selbst zu suchen.

Und dort werden wir alles finden, alles, wonach wir bislang vergeblich im Äußeren gesucht haben. Und wir werden es in einem Miteinander finden, nicht länger in Konkurrenz und einem Wettlauf mit anderen und mit der Zeit.
Wir werden alles finden, was es braucht, um in Frieden und in Liebe zu sein und es wird Fülle sein, in all den Dingen, die tatsächlich zählen und Bedeutung haben im Leben. Das ist unsere Welt der Zukunft, unsere neue Welt, in einem neuen Jahrtausend."

INHALTSVERZEICHNIS